AF607096

Aquellos días

Aquellos días

Lucy Caldwell

Traducción de Marcelo E. Mazzanti

Primera edición: febrero de 2025

Título original: *These Days*, Faber & Faber

Dirección editorial: Ester Pujol
Edición: Iago Fernández
Ilustración de la cubierta: Ignasi Font
Diseño de la colección: Enric Jardí
Maquetación: Xavi De Juan

Catedral
Perú, 186
08020 Barcelona

Impreso en Romanyà Valls
Depósito legal: B-423-2025
Impreso en la UE
ISBN: 978-84-19722-04-1

a aquellos abril y mayo,
al abril y al mayo aquí incluidos
y a los que vendrán.

Ahora mismo nadie se siente bien o feliz. En tiempos de guerra nadie escapa a la ilusión de que cuando esta acabe todo volverá a ser igual y uno volverá a tener la misma edad que al empezar y podrá reemprender las cosas justo en el punto en que las dejó. Pero el templo de Jano tiene dos puertas, y tanto la de la guerra como la de la paz tienen claramente grabado «No hay vuelta atrás». Y los muertos no están más irrevocablemente muertos que los vivos están irrevocablemente vivos.

Sylvia Townsend Warner
correspondencia privada

Estos días, aunque perdidos, serán todos tus días.

Louis MacNeice
«Selva oscura»

EL RAID DEL MUELLE

1.

Emma es la primera en despertarse.

Emma ha pasado la noche hasta ahora corriendo, buscando, avanzando por los pasillos de sus sueños. Cuando encontró por fin a su supervisora, el rostro de Sylvia era severo bajo su casco metálico, y cuando salió a la avenida Templemore para hablar con Emma (porque estaba, claro, donde siempre, donde ella debería de haber buscado primero), estaba incandescente de rabia, más furiosa de lo que la había visto nunca.

Cuántas veces, le preguntó, vas a hacer esto, y en el sueño Emma comprendió, y cuando despierta, le sangra la boca porque se ha mordido el interior de la mejilla intentando encontrar la respuesta correcta.

Hace semanas que no duerme bien. Madre dice que es por efecto de los turnos de noche, que le descompensan los ritmos naturales del cuerpo. Madre —aunque nunca lo diría de forma explícita, ya queda claro como el cristal hasta en algo tan aparentemente inocuo como el ángulo de sus agujas de tejer— no está de acuerdo con que Emma se haya presentado como voluntaria para el puesto de Primeros Auxilios.

Entre los turnos de noche, tres o cuatro por semana, y los guardas masculinos —que, en opinión de Madre, son gente grosera—, ¿cómo va a encontrar ella a alguien adecuado? También está el peligro del regreso a casa de madrugada, aunque hacen la mayor parte en grupo o en parejas, y lo más habitual es que alguno de los conductores auxiliares se ofrezca a llevarlas. No, Madre no aprueba nada de eso, excepto, y con reluctancia, su carácter de servicio público, porque seguro que hay otras formas en las que Emma podría contribuir a la guerra.

¿Cómo cuál?, pregunta ella. ¿Tejer?

Por supuesto, en la realidad nunca mantienen esas conversaciones.

Sin embargo, para Emma, su servicio en Primeros Auxilios es lo primero que ha hecho en su vida que tiene sentido, un progreso natural de tantos años como miembro júnior de la Brigada de Ambulancias de San Juan. Ojalá pueda sobreponerse a las necesidades de su cuerpo.

Las noches en las que no está de servicio se acuesta en cuanto acaba el ritual de cerrar las persianas; se toma una fuerte dosis de aspirina que la ayude a dormir. Pero siempre se despierta sobre las tres, a veces incluso antes, y yace indefensa en la asfixiante oscuridad, incapaz por alguna razón de encender la lámpara y sentarse en la cama e intentar leer un libro, prisionera de los pensamientos que se suceden a toda velocidad según los crujidos y los tictacs y los ruidos nocturnos, sin poder evitar escuchar el reloj de pie del pasillo que divide sin piedad en cuartos las horas incesantes, hasta que fuera oye al primer mirlo, al que al poco le siguen el buen día, buen día, alegría del petirrojo y la cháchara del tordo, y ha comenzado un nuevo y miserable día.

Hay una extraña claridad y definición en los pensamientos que se tienen a las cuatro de la mañana. A medida que se asienta el día se van desvaneciendo, pero sabes que siguen ahí, pacientes, maliciosos, traidores, esperando a la próxima vez y la siguiente. En esos momentos parece que sepas cosas que durante el día no eres capaz de articular sobre quién eres y cómo deberías estar viviendo la vida.

A Emma le tiemblan las manos cuando va a coger el vaso de agua de la mesilla de noche. Le tiembla todo el cuerpo. El rostro de Sylvia, tan furioso. Siente el sabor a sangre en la boca. Piensa que necesita volver a hablar con ella porque tiene cosas que debe decirle, y si no se las dice... si no se las dice...

Se da cuenta de que no se ha despertado voluntariamente de su sueño. Ni siquiera ha sido a requerimiento de algún instinto desesperado por protegerse, o por huir. Ha sido otra cosa la que la ha hecho despertarse de repente.

Entonces lo oye de nuevo. El largo y agudo rugido de un avión que vuela por encima de ella, inconfundible; el restallar de lo que debe de ser fuego de ametralladora, y por fin un golpe horrible, sordo y a la vez estruendoso.

Pero, piensa, no ha sonado ninguna sirena... Encuentra el interruptor de la lámpara, y su cabeza nada en la repentina inundación de luz. Entorna los ojos y distingue en su reloj de muñeca que es justo después de la medianoche. Se levanta y va hacia la ventana. Se pone en cuclillas entre las cortinas y levanta una lama de la persiana. La ventana de la habitación da al este, hacia los muelles, el astillero, y ve que el lugar donde este debería encontrarse está cubierto de llamas, bañado por una luz roja que se eleva desde abajo.

Se aparta el pelo nudoso y húmedo de la frente con el dorso de la muñeca. Siente que su corazón, que aún no se ha recuperado del sueño, vuelve a latirle con fuerza. Sigue mirando e intenta comprender lo que ve: más disparos, otro estallido de luz, otra gran sacudida al cabo de unos segundos.

Madre, dice, y la palabra le rasca la boca. Madre, repite, esta vez más fuerte. Padre, Madre, Audrey... ¡Paul! Ahora grita, da tumbos por la habitación, se da un golpe en la espinilla con el borde de la cama.

¡Despertad! ¡Despertad todos!

Un momento después, y como si sus gritos las hubiesen despertado también a ellas, suenan las sirenas. Oh, su ulular ultraterreno, creciente y descendiente, lejano y cercano y lejano, un antiguo lamento que parece entrar en el estómago hasta el fondo y llevarse algo. Pasos, voces que llaman, puertas que se abren, el resto de la familia que sale al pasillo. Audrey con su camisón, el pelo suelto que le cae por los hombros, dando saltitos mientras se pone los calcetines; Paul, con su pijama de franela y los ojos aún entrecerrados; Madre con la redecilla del pelo, intentando anudarse la bata. El pelo normalmente liso y con raya de Padre desmañado mientras le grita a Madre que le ayude a encontrar las gafas y grita también sobre máscaras de gas, sobre resguardarse todos bajo las escaleras, ¡ya, por Dios, daos prisa, ya!

Está sucediendo por fin, dice Audrey, su voz un susurro contra las sirenas. ¿De verdad? ¿Está sucediendo?

Desde que empezó la guerra ha habido un par de docenas de alertas rojas, todas ellas simulacros o falsas alarmas. Pero esta...

¡Cuántas veces os lo tengo que decir!, ¡las máscaras de gas!, grita Padre, ¡por Dios bendito!

Emma corre de vuelta a su dormitorio para coger la maleta de cartón de debajo de la cama. Se queda un momento ahí parada. ¿Qué más? Su casco. Agarra un chaleco sobre una silla, los zapatos. No puede evitar ir a mirar por la ventana una vez más. El ruido metálico de las armas de fuego, el zumbido quejoso de lo que deben de ser granadas incendiarias. Alza el cuello intentando ver de dónde salen, dónde pueden caer. El aullido de las sirenas se ve entrecortado por el ruido familiar de un nuevo avión, justo encima, y otro, y otro más. El cristal tiembla bajo las dos tiras de cinta que lo recorren en diagonales cruzadas. Emma da un paso atrás.

¡Abajo!, atruena Padre. ¡Ya!

¡Hala!, exclama Paul. ¡Los muelles, el aeropuerto de Sydenham!

Tendríamos que llenar la bañera, piensa Emma. Es como si las ideas le llegaran muy lentas, como si pasara un tiempo entre pensarlas y oírlas. Tendríamos que llenar las pilas y la bañera. Deja todo lo que lleva bajo el brazo, va hacia su pila, le coloca el tapón de goma y abre el grifo chirriante del agua fría, que sale a borbotones, como entre tosidos.

¡Emma!, la llama alguien.

¡Ya voy!, responde. Pero ¿no tendríamos que llenar las pilas? ¿No tendría que llenar alguien la bañera?

Nadie contesta.

La pila se está llenando. Emma ve la luna pálida de su rostro en el espejo. ¡Qué absurdo es todo esto!

La pila se ha llenado. Cierra el grifo con fuerza y coge de nuevo sus cosas. Un último vistazo a la habitación. Si esta noche bombardean la casa, si una bomba atraviesa el techo y lo destruye todo, ¿hay algo más que quiera conservar?

No quiere conservar nada más, piensa. No quiero conservar nada de esta vida.

Y ahora están los cinco en el hueco mínimo de debajo de las escaleras. No tienen sótano; aquí el subsuelo es demasiado permeable, se inundaría. Por la misma razón no cuentan con un refugio antiaéreo. Casi nadie tiene uno, a pesar de la campaña de folletos en que los recomendaban. Padre ha dicho que el lugar más seguro es debajo de las escaleras; a fin de cuentas es lo bastante bueno como para guardar aquí mi mejor clarete. Emma piensa que ha sido solo medio en broma. Están rodeados por las botellas polvorientas. La escoba que tiene el palo roto. Un recogedor. Telarañas. Alguien ha cubierto con cinta adhesiva la ventanita de bisagras y su roseta de cristal de colores, y ha apilado unas cuantas mantas de pícnic en un rincón, y eso es todo.

No hemos pensado muy bien todo esto, se dice, y le vienen unas ganas irracionales e impropias de echarse a reír. Nunca creímos que fuese a pasar. Aquí estamos, como sardinas enlatadas. Paul dando saltitos en cuclillas. Las rodillas de papá que suenan al doblar sus largas piernas, que le hacen quedar como una gran araña casera. Mamá como una tricotadora de Dickens, uno al derecho, uno al revés mientras el hilo cae por la guillotina. Audrey, que se ha traído un espejo de mano y un peine, Dios no quiera que la vean despeinada durante un bombardeo.

¡Por el amor de Dios!, estalla Audrey, ¡para ya de moverte y de dar saltitos, Paul!

Tranquilos todos, dice Madre, y los hace recitar poemas para ahogar el ruido. Hablan por turnos. Fragmentos de sonetos de Shakespeare, Keats, De la Mare. Padre declama:

Ser o no ser,
esa es la cuestión.
¿Qué es más noble para el alma:

sufrir la injusta fortuna
o que te atropelle un camión?

Paul se parte de risa. Audrey, que se toma la poesía muy en serio, mira al infinito. Una vez se quedan sin más poemas, Madre les hace cantar himnos. ¡Madre y su afición por la iglesia! Audrey y Emma intercambian una mirada casi automáticamente, aunque por una vez a Emma no le resulta un plomo del todo. Empiezan por algunos tradicionales y acaban cantando otros contemporáneos. «Sé mi visión», a Emma le gusta ese, con música de una antigua canción popular irlandesa: Sé mi visión, Señor de mi corazón, nada tiene sentido mas Tú... Se concentra en adaptarse al soprano de Madre y Audrey, con el barítono de Padre por debajo.

Ah, pero qué apretados están ahí y qué poco aire hay. Cada pocos minutos el cielo estalla en un color blanco de magnesio, iluminándolo todo. Lo inquietante es que, más que verlo, lo sienten. Bajo las oleadas de aviones que van y vienen, empiezan a oír sirenas de manos, lo que les levanta el ánimo: son las de los camiones de bomberos y los servicios de auxilio. Aunque, para consternación de Paul, no han oído ni un solo avión de la RAF. Jura que distingue la diferencia entre los de los chucruts y los nuestros, e intenta una larga explicación sobre cómo los aviones alemanes hacen como uuuh, uuuh, uuuh, mientras que el de los nuestros es un ruido constante.

De vez en cuando Padre extiende sus largos miembros y sale al pasillo, al porche, a estirarse y a mirar al cielo. Paul ruega acompañarlo, Madre se lo prohíbe terminantemente. Padre vuelve adentro, la boca cerrada con fuerza, y niega con la cabeza. Esto no es bueno, dice. Nada nada bueno.

Continúa durante horas, sin piedad, sin remordimientos. Deben de haber arrasado la ciudad entera, ¿cómo es que nuestra casa sigue en pie?, ¿cuánto más puede durar esto?

Se les han acabado los poemas, se les han acabado los himnos, o bien se les han acabado las ganas. Se quedan sentados intentando contar los segundos entre aviones que pasan por encima de la casa y el ruido que hacen las bombas, igual que hay quienes cuentan los segundos entre el rayo y el trueno.

Poco después de las tres suena el teléfono. Padre contesta. Le han pedido que vaya al hospital, necesitan tantos doctores más como puedan conseguir.

Oh, Philip, dice Madre, su rostro blanco. Oh, Philip.

Padre, dice Emma, ¿te acompaño?

Pero él ya sube las escaleras corriendo, de dos en dos peldaños y de tres en tres.

¡Padre! Emma pasa por el lado de Audrey, se agacha para salir y lo sigue con una pierna dormida. ¡Tengo que ir contigo!

¡Vuelve abajo!, le grita él, como si Emma fuese una niña pequeña. Pero ella lo sigue, desafiante, hasta la habitación de él, hasta la puerta del vestidor, y exclama a través de esta, ¡voy contigo!

Ibas a ser más una molestia que una ayuda, contesta él, y la vergüenza y la indignación brotan en Emma, pero él ya pasa por su lado y baja atronadoramente las escaleras. Ella alcanza la barandilla justo a tiempo como para asomarse y verlo coger su maletín de cuero negro en el pasillo, el sombrero y el abrigo del colgador, y salir dando un gran portazo mientras ella sigue donde está y no encuentra las palabras.

Emma, la llama Madre. Por el amor de Dios, vuelve aquí ahora mismo, por favor.

Pero Emma no se mueve. Tiene lágrimas de furia en los ojos.

Me han instruido para hacer esto, dice. ¿Cuándo vais a tomarme en serio Padre y tú, Madre? Esto es exactamente para lo que me han instruido.

De haber querido que fueras tú, te habrían llamado a ti, replica Madre. Y ahora vuelve dentro.

Ven, Em, dice Audrey, que asoma la cabeza.

Emma baja hasta el descansillo a medio camino y se detiene.

Me parece que debería ir y ya está, piensa.

Pero Padre ya se ha ido. —Oye el ruido del Austin que sale a la calle y acelera mientras se aleja—. ¿Cómo va a llegar ella hasta la avenida Templemore? ¿Caminando enfurruñada?

Tendría que intentar llamar, piensa, intentar hablar con Sylvia...

Decide no hacerlo. Madre tiene razón: de necesitarla, la habrían llamado a ella. Tienen protocolos para todas las eventualidades. Sylvia no la necesita ni la quiere allí. Así que en vez de hacer lo que debería, lo que la han estado instruyendo para hacer desde hace un año, vuelve a entrar de rodillas y se queda sentada, rechaza con rabia la oferta de Audrey de compartir una manta, se lleva las rodillas al pecho, tiembla no tanto de frío como de resentimiento e impotencia.

Aquí estamos, piensa con amargura, el 8 de abril de 1941, el pináculo de la autodenominada civilización occidental, escondidos en un armarito minúsculo bajo las escaleras mientras el mundo se acaba alrededor de nosotros.

Eventualmente los cielos agónicos cesan sus aullidos. Unos minutos después, minutos en los que nadie se ha atrevido a hablar, ni siquiera Paul, empieza a sonar la única, fija, extendida nota del todo despejado.

Bueno, pues hemos sobrevivido, piensa ella, pero ¿para qué?

2.

El día anterior: mientras Audrey atravesaba apresurada el mercado del Maíz en dirección a Arthur Street, las puertas de Woolies se abrieron de par en par como si lo hicieran solo para ella. Eso quería decir, por supuesto, que llegaba tarde al trabajo, pero «porque un día es un día», como diría la abuela, dio media vuelta y entró. Pasó de largo el mostrador de las bandejas para pasteles, las bandejas de loza con dibujos azules, los cazos de esmalte. ¡Lo mejor de Gran Bretaña!, la sección de material de escritorio en la que acostumbraba a curiosear camino de la de cosméticos con estanterías llenas de cajitas de polvos, maquillaje, cremas y carmín líquido, todo brillante bajo las luces. Pasó la mano en el aire, por encima de los pintalabios.

Esto es lo último que nos ha llegado, dijo la vendedora, cuyos propios labios eran brillantes y veloces. Rojo Victoria. O aquí tengo Carmine, que queda especialmente bien en pieles más cetrinas como la suya, sí, si no le importa que se lo diga.

A Audrey no le importó, no esta vez. Esta vez solo se echó a reír. Eligió un tubo dorado al azar, lo abrió.

Beso de rubí, dijo la vendedora. Es ese rojo con un tono azulado, pero a usted también le quedaría bien, desde luego, añade.

Me lo quedo, dijo Audrey. Beso de rubí, el solo nombre ya le sentaba bien en los labios.

En el lavabo de señoras se aplicó un poco y después, con más confianza, se pasó la barra de un extremo al otro y de vuelta hasta que los labios le quedaron de un color rojo lleno, voluptuoso. Padre no aprobaba que las jovencitas se pintaran en exceso. Sin duda, al señor Hammond también iba a parecerle mal. Y a Richard.

Qué caramba, dijo en voz alta, pues que lo desaprueben, y se lanzó un beso al aire a sí misma, para diversión de la empleada sentada en su taburete en un rincón.

Es mi cumpleaños, se dijo, y se sintió ruborizarse. Añadió un Pues sí más humilde, e inmediatamente se despreció a sí misma por ser tan obsequiosa. ¿Por qué siempre tengo que hacer eso?, ¿por qué siempre intento caerle bien a la gente, demostrarles que no soy diferente a ellos?

Tengo veintiún años, añadió.

Yo también, dijo la mujer, y le guiñó un ojo. Y seguro que usted será la primera en decirme que no aparento ni un día más. Ah, no me haga caso, solo es una broma. Feliz cumpleaños.

¡Ah, no, de eso nada!, replicó Audrey. Nada de las felicitaciones de siempre. No quiero más de lo mismo. Estoy lista para algo diferente. Estoy lista para... ¡para que la vida empiece!

Ah, pues suerte con eso, dijo la empleada, moviendo la cabeza y con una risita acompañada de un pitido de fumadora, agitando rizos y papada y busto. Verá, en mi experiencia, cuanto más cambian las cosas, más iguales siguen.

Bueno, ahora Audrey se sintió un poco como si hubiera dicho una tontería, ya veremos.

En algún lugar un reloj señala que son y cuarto. Ahora sí

que llegaba tarde, tarde de verdad. Pero no cada día se cumplen los veintiuno, seguro que hasta el señor Hammond es capaz de entender eso. Se echó una última mirada en el espejo. No le habían salido granitos, esa mañana su pelo se había mostrado manejable sin parecer grasiento, llevaba una blusa nueva de viyela a topos y su mejor sombrero de fieltro, y el pintalabios le quedaba bien, a juego con el gris pálido paloma de su chaqueta.

En un acceso de generosidad le dio a la empleada todo el cambio del billete de una libra con el que había pagado. Podía permitirse ser generosa: la mañana, el día, la ciudad eran suyos.

Después del trabajo cogió el tranvía de regreso al este por la calle Hollywood y subió la colina a pie. En esa época del año siempre le parecía como estar bajo el agua, bañada por la luz verdosa de las hojas nuevas de las viejas hayas enormes, plantadas, como a Padre siempre le gustaba recordar, para conmemorar la victoria sobre Napoleón en la batalla de Waterloo. Todas esas batallas de los libros de historia, esas columnas de estadísticas y maniobras y resultados que memorizar y recitar... no tenían relación alguna con cómo se debía de haber sentido, vivido en el momento. Según Wellington, estaban más igualados imposible, la victoria no estaba garantizada en absoluto; y bajo su mando lucharon más alemanes que ingleses: la gente siempre olvidaba eso, con qué rapidez nuestros aliados se vuelven nuestros enemigos, lo enmarañados que estamos todos en realidad... aunque, claro, eso no era algo a mencionar en el momento actual.

Abrió la portezuela de la entrada del servicio, aunque eso enfurecía a Madre, y siguió el caminito lleno de musgo y rodeado por jacintos silvestres, pasó los lavabos exteriores de ladrillo y entró por la puerta trasera al frescor de la cocina, el suave suelo de terrazo que se curvaba al llegar a las paredes para que a la señora Price le resultara más cómodo fregarlo y contra el que Audrey se había pasado horas tumbada, la nariz apretada contra él, buscando formas y caras en las manchitas, como buena niña rara y ensoñadora que era. Y ahí estaba la señora Price ahora, las mangas subidas, los pronunciados codos al aire, preparando el mismo pan de roca con el que antes Audrey y Emma la ayudaban, de rodillas sobre taburetes y midiendo con solemnidad puñados de pasas y fruta confitada, y que Audrey aún no se ha animado a decirle —¡tan pesadas, tan difíciles de digerir!— que ya hace años que no son de sus manjares preferidos, y por eso los estaba preparando fielmente ahora para el té de celebración del cumpleaños.

¡Oh, señora Price!, exclamó, precipitándose sobre ella y dándole un beso en la mejilla que hizo que las dos se pusieran coloradas.

Venga, vete, le dijo la señora Price, así que Audrey entró en el pasillo de paneles de madera, siempre tan oscuro y tétrico —de ser suya la casa, retiraría los paneles y dejaría a la vista el roble natural, mucho más luminoso—. Al alcanzar el final, y con una vaga sensación de deslealtad, llamó: Hola, soy yo, ya estoy en casa.

¡Hola!, gritó Paul mientras bajaba corriendo las escaleras, y Madre dijo Paul ojalá dejaras de gritar así (a lo que Paul gritó ¡Yo no grito!). Hola, querida, siguió Madre, no te había oído llegar, oh, Audrey, por qué nunca usas la puerta principal como los demás; ese camino solo hace que vayas dejando barro por toda la casa, bueno, y qué tal en la contaduría, le preguntó con tono ligeramente cómico, porque la facilidad de Audrey con los números le resultaba divertida, igual que para su padre era una fuente de orgullo y confusión a la vez; y como no era una pregunta que buscara respuesta, ella solo dijo Genial, gracias, Madre, y tiró a Paul de la oreja (¡Ay! ¡Quita!).

Entonces la llamó Emma desde el comedor, Hola, Aud; Madre, dile a Audrey que no entre aún, y Paul dijo, haciéndose el importante y de forma totalmente innecesaria, No tienes que entrar en el comedor, y añadió Pero, Madre, ¿cuándo, cuándo va a llegar Padre?, porque era tradición familiar que en los cumpleaños, en vez del té normal a las cuatro y la cena a las siete, hicieran un té excepcional a las seis, y Paul, tal como empezó a contarle, había ido aquella mañana en bici con una bolsa de sándwiches y un frasco de ginger ale a su partido de críquet del primer día de vacaciones de Semana Santa en el campo de Ashfield, y ahora estaba casi muerto de hambre. El reloj de pie no le resultó de ayuda con su lento tictac, su cara empecinada e inocente con dibujos de rosetones y viñas, y aún no era ni siquiera menos cuarto, y Madre lo mandó de nuevo escaleras arriba.

Ojalá el tempus fugitara un poco más rápido, dijo él.

El tiempo vuela con alas de algodón, el tiempo se queda, pero tú vete a tu habitación, le canturreó Audrey. Paul le sacó la lengua y subió con pasos pesados.

Ella lo siguió, deteniéndose en el rellano para tocar con la punta de un dedo uno de los eléboros que flotan en un bol de agua y que parecen nadar a la luz roja y azul que entra por los diamantes de cristal de colores de la ventana alta. Recientemente ha sentido una curiosa nostalgia por esa clase de cosas en las que apenas se fijaba, toques de su madre que daba por sentados en la casa de la familia. Se imagina que es porque ella misma no está lejos de tener su propia casa, menús semanales y un jardín que cuidar, su propia señora Price o al menos a Betty cada tres o cuatro días, y a continuación, de forma inevitable, un bebé y todo lo demás; aunque, cuando intenta imaginárselo, es como si los bordes de la imagen se difuminaran por alguna razón.

Ya lleva casi un año saliendo con Richard. Cines, salones de baile, paseos los domingos por la tarde, salidas al campo, pícnics. Pero no se imagina la cara de él, su bigote, sus labios deseosos y tentativos, en la almohada de al lado y viéndolos cada día al despertarse. Quizá, pensó ahora, es que eso nadie nunca puede imaginárselo.

Se sentó al tocador y se puso dos dedos de crema Pond's en las mejillas, eliminando poco a poco la suciedad de los tranvías, el humo de la pipa del señor Hammond, los últimos restos de pintura de labios, que al final se quitó en el lavabo antes del trabajo, y se aplicó loción de hamamelis por todo el rostro. A ver si ahora que tengo veintiún años, pensó, se me aclara un poco la piel. «Cetrina», había dicho la vendedora. Y es cierto: ha heredado el pelo oscuro de su padre y su tono español de piel. Se masajeó con un poco de crema facial, cerró la tapa del mueble, se levantó y se estiró. Tenía húmedas las axilas de la blusa nueva debido a los apretujones en el tranvía y la caminata colina arriba. Se la cambió por otra limpia y su jersey de color cereza. Una de las chicas de la oficina tiene la teoría de que hay que vestir del mismo color de aquello a lo que se intenta atraer: el rojo significa pasión, el amarillo es la felicidad, el verde es el amor y así, aunque resulta difícil porque al señor Hammond solo le parecen apropiados los colores más sobrios.

El reloj de muñeca marcaba las seis menos cinco. Desde el pasillo le llegaron los ruidos de su padre volviendo a casa, puertas que se abren y se cierran, el lejano trinar de la campanilla con la que Madre requiere la presencia de la señora Price, Paul bajando de nuevo las escaleras en tromba hasta detenerse y saltar por la barandilla —seguido, como siempre, por el golpe del aterrizaje y el temblequear de los objetos sobre el mueble, el entrechocar de los platos de porcelana decorativos en las paredes, Madre riñéndolo—... y, con todo ello, una vez más esa sensación casi, no del todo, nostálgica que no puede sacarse de encima.

Madre había dado por supuesto que Richard vendría al té de cumpleaños, pero Audrey no llegó a invitarlo, por razones que no acababa de explicarse ni a sí misma. A estas alturas del año pasado, pensó, aún no lo conocía, y a estas alturas del año que viene, quién sabe, hay tiempo como para casarse y tener un hijo... así que prefiero que seamos nosotros, solo nosotros, una última ocasión, por si acaso esta es la última ocasión.

En vez de eso iba a ir con Richard a un baile en el Plaza el sábado, y Madre la estaba ayudando a hacerse un vestido para la ocasión, y cada vez que Audrey se lo probaba y se abrochaba los botones del pecho, intentaba imaginárselo a él volviendo a desabrocharlos, metiendo dentro los dedos...

Se volvió hacia la ventana, le quitó el pestillo, la abrió y se asomó fuera. Ahora que el año ha pasado el equinoccio de invierno, aún quedan horas de luz que se desbordan en dirección al oeste. Los dos cerezos acaban de empezar a dar sus frutos; dentro de un mes estarán en flor, como espumosos. Un par de tórtolas adormiladas daban vueltas al ciprés mientras emitían su canto somnoliento. En algún lugar, un mirlo vierte su corazón en una corriente líquida. La figura encorvada del señor Gracy, el viejo jardinero, que dejó el retiro cuando su hijo, el joven señor Gracy, se alistó. El viejo señor Gracy salía del invernadero, en el que había estado plantando tomates, que unas pocas semanas después desprenderían un aroma dulzón demasiado fuerte al calor húmedo tras las grandes paredes de cristal... Más allá de los manzanos y el retorcido y nudoso ciruelo, ha cavado la tierra para plantar patatas, guisantes, judías, lechugas, calabacines y cebolletas. Como decía el cartel de guerra que promovía el cultivo autosuficiente: ¡Cavando hasta la victoria!

Aunque en un día como aquel todo lo que tuviera que ver con la guerra parecía muy lejano. Pensó en los anuncios que había visto el pasado otoño en Anderson & McAulley, cuando comenzaron los raids sobre Londres, y que ofrecían cinta adhesiva de una cara para evitar que salieran volando astillas del cristal: ese día hizo cola para comprar seis rollos y ayudó a Madre a pegarlos en las ventanas de las habitaciones, aunque desde entonces han empezado a despegarse por las puntas formando pequeños rizos. Los folletos del Ministerio de Seguridad Pública, cada semana uno nuevo, con instrucciones para construir un refugio en casa contra bombas muy potentes o incendiarias. El viejo inspector Johnston, del hospital de veteranos de enfrente, resoplando por los caminos con su narizota llena de venitas rotas, su dentadura postiza traqueteando por el esfuerzo de ponerse la máscara de gas e insistiendo en que cada vivienda saque un cubo de agua durante los simulacros de alertas. La señora Price mirando al infinito: el hombre está en su elemento, desde luego, pero ¿de qué iba a servir un cubo de agua de nada contra una de esas bombas incendiarias? Y mientras él esperaba sin moverse, terco, sudando con la gabardina y la máscara y el casco de aluminio, la señora Price llenaba el viejo cubo en el fregadero y lo sacaba fuera. ¿Qué, ya está contento?

Y aun así, pensó Audrey, en cierto sentido el pobre y anciano inspector Johnston tenía razón, y es que todos tenemos que vivir un poco como si la cosa fuese a acabar así, o cuando menos como si fuese una verdadera posibilidad: los pesados y húmedos sacos de arena apilados contra los lavabos exteriores, el cerrar las persianas del todo cada noche para que no salga luz, el cubo de agua... Lo que de repente se había vuelto nada normal era encontrar el equilibrio entre mantener la vida cotidiana de siempre y el prepararse para que todo dejase de ser normal en un instante. Aunque, pensó, a fin de cuentas, la vida es siempre así, ¿no? Lo que cuenta es saber mantener el equilibrio. Los místicos dicen «Vive cada momento como si fuese a ser el último». ¿Y si ese fuera justo el caso?, se preguntó, ¿y si esa fuera la última vez que iba a estar ahí parada una tarde de primavera, mirando por la ventana de su habitación al jardín y los árboles y los campos deportivos más allá, y aún más allá el lago y las colinas, Divis, Colin, el gigante durmiente de Cave Hill...? ¿Y si era la última vez que veía al ciprés mecerse así al viento, que oía el canto del mirlo? De ser así y saberlo, ¿qué es lo que haría diferente con su vida?

Agitó la cabeza y se rio de sí misma: ¡Vuelve a la realidad! Pues claro que cada minuto de cada día es en cierto sentido un final: el último 7 de abril de 1941, el último primer lunes de ese mes, el último y único día en que ella cumplía los veintiuno. Y el reloj ahora señalaba las seis, y Paul hacía sonar el gong con la fuerza de batallones metálicos que se extendían en ondas por el aire. La estaban esperando abajo.

Pero, por mucho que lo intentara, no conseguía quitarse esa sensación de encima: durante la lectura en voz alta de las tarjetas que le habían llegado con el correo de la tarde, cuyos versos túrgidos declamó con un tono solo mínimamente exagerado (Que Dios en su trono celestial bendiga esta celebración anual, que Dios bendiga tu vida mientras desde los cielos te cuida, que tus sueños se hagan realidad y que den frutos tus esperanzas, que en tu camino hacia la verdad Dios vigile tus andanzas); durante el ritual algo incómodo de aceptar y admirar los regalos, la lata de tofes de Paul (ofrecida, sospechó ella, de forma no del todo altruista), las *Historias cortas americanas modernas* de Emma, el último en la serie de la Penguin, el colgante en forma de llave con filigrana y cadena de plata de Madre y Padre, ante el que se inclinó de forma ceremonial para que se lo colocaran al cuello... y la pregunta que Padre les hacía a cada uno en su cumpleaños desde que ella recordaba, Bueno, ¿qué se siente?, y, como siempre, no saber qué responderle porque, por mucho que lo desees, de repente te das cuenta de que no sientes nada distinto, ni a los veintiuno ni a los cuarenta ni a los sesenta... y el té del cumpleaños, con panecillos con jamón y sándwiches de lechuga y tomate y escones, tarta Victoria y el pan de roca; y el cruzársele por un momento la idea de que tendría que haber invitado a la señorita Bates del trabajo, a la que habían trasladado hacía poco desde Inglaterra y que no dejaba de sorprenderse con la cantidad de comida que había por aquí, que casi no hablaba de otra cosa; y los chistes malos de Padre y Paul hablando de bates de críquet con la boca llena, y Madre sirviendo té y pasando tarta. Emma estuvo en silencio, como de habitual últimamente, aunque cuando Audrey le apretó la mano bajo la mesa y volvió a darle las gracias por las historias, ella le sonrió... En ese salón que estaba igual de como siempre había estado, paneles de madera en las paredes y cortinas y ventanas francesas y sillas con pequeñas garras talladas en las patas y el cubo de latón lleno de carbón y la pantalla de la chimenea y las pinzas y la inocente pastorcilla de porcelana en la repisa y la vieja otomana en la que de pequeños jugaban a que cabalgaban un poni y la un poco gastada alfombra turca con borlas, todo ello tan familiar que en cierta forma parecía irreal; tan de memoria se lo conocía, tanta era la sensación de ser una actriz interpretando su propia vida.

3.

Audrey piensa ahora en eso.

Cuando sonó el «todo despejado» estaban demasiado agotados y tensos a la vez como para volver a la cama. Salieron al jardín, a la calle, a comprobar que los vecinos estuvieran bien, y lo estaban: ninguna casa cercana se había visto afectada, aunque más al este, hacia los muelles, sí se veían manzanas enteras en llamas. Se quedaron allí fuera unos minutos, aliviados, entumecidos, horrorizados, respirando el aire amargo y asfixiante, hasta que Madre los hizo volver a entrar. Preparó una cafetera, añadiéndole un buen toque de brandi de Padre, y un batido instantáneo para Paul. Se sentaron a la mesa de la cocina, todos dándose calor cerrando las manos en torno a sus tazas. Emma temblaba. Audrey subió a buscarle un chaleco, y al volver se estaba riendo sola: ¿en qué les hubiese ayudado una pila y un tercio de bañera llenas si una bomba incendiaria hubiese atravesado el techo?, ¿cómo los hubiese salvado un cubo de agua —que, por cierto, habían olvidado sacar?

Audrey, dijo Madre, y dejó la taza como diciendo no delante de Paul, pero ella no pudo evitar seguir teniendo accesos repentinos de risa y de algo que no era exactamente risa.

Entonces Madre indicó con firmeza que era hora de que volvieran todos a la cama.

Pero yo quiero esperar a que Padre vuelva, protestó Paul, aunque ya no podía contener los bostezos.

Aún puede tardar horas en regresar, le contestó Madre, que se levantó y dijo, de nuevo en tono muy firme, que si no descansaban no le iban a ser de ninguna ayuda a Padre ni a nadie, y así Audrey y Emma, obedientes, lavaron las tazas y a continuación subieron todos.

Aunque sabe que Madre tiene razón, no consigue conciliar el sueño; no deja de pensar en que ahí sentados, en esa mesa, en esa sala, sin darse cuenta de ello, la vida tal y como la conocían había acabado. Todo ese tiempo, en su base de Juvincourt, en Picardy, en la de Poix, en Amiens, en Utrecht, por toda la Francia ocupada y los Países Bajos, los escuadrones de la joven Luftflotte han estado preparándose... Piensa que también ellos deben de estar al borde de la extenuación, los Karls y los Kurts y los Gerhards y los Ottos, esos Peter y Friedrich y Franz, después de ocho meses de bombardeos nocturnos del interior casi ininterrumpidos, con sus largos y azarosos trayectos de ida y vuelta, los depósitos de combustible peligrosamente llenos, miles de libras de explosivos bajo el fuselaje o donde sea que los llevan... Pero tienen que intentar no pensar en eso. Deben de haberse pasado el día sesteando o jugando a cartas o al pimpón en la cantina, o fuera, dándole patadas a un viejo balón de cuero. Algunos estarían tumbados en sus literas, escribiendo cartas a casa, a sus madres o a sus hermanos pequeños o a sus novias, sus Ilsas y Gerdas y Liselottes... ¿Qué debían de decir? Ya había olvidado demasiado de las clases de alemán del colegio como para imaginárselo, aunque el alemán le gustaba, se le daba bien, le gustaban los ojos oscuros y nerviosos de fräulein Ziegler, o Ziggy, como la llamaban... Aunque seguro que escribirían las mismas palabras que todos los hijos les dicen a sus madres, todos los hermanos mayores a los pequeños, las que se escriben los amantes, las que siempre se han escrito y se escribirán a los seres queridos lejanos y echados de menos... *Mein Liebling* —piensa—, *ich kann es kaum abwarten, dich wiederzusehen... o in meinen Armen zu halten...*

Debieron de firmar y cerrar los sobres, o quizá no, deben de tener censores igual que nosotros... En todo caso, acabadas y dejadas las cartas donde sea que tienen que dejar las cartas, y salido fuera a comprobar sus paracaídas, guardar sus cuadernos de bitácora, enfundarse las cazadoras de pelo de caballo, con el emblema del águila dorada al pecho, a la derecha, y las botas de vuelo. Ajustarse las gafas de aviador, quizás un último cigarrillo antes de cubrirse las bocas con finas bufandas de lana y subirse a la cabina, los pilotos y sus navegantes, los artilleros de cola y los operadores de radio y todos los demás... Piensa en el poema de Yeats: *este fragor entre las nubes...* al lado de esta vida, de esta muerte... y piensa en qué extraño, qué extraños los bandos en los que nos encontramos sin buscarlo, las cosas en las que no tenemos ninguna elección o capacidad de decidir, las formas en que vamos por la vida siguiendo surcos ya trazados...

... y finalmente rueda abajo por entre capas de algo parecido al sueño, cuando oye ruido de botas en el pasillo, voces, el estremecimiento metálico de la puerta de hierro colado del porche. Los pasos ligeros y veloces de Madre, la voz de Padre y... ¿Richard?, ¿es esa la voz de Richard?

Se incorpora en la cama. Los ojos le pesan, siente arenilla en ellos, tiene la cabeza como entre nubes. Las sienes le aprietan, como entre pinzas aún por cerrar, la amenaza de una de sus jaquecas. Tarda un momento en enfocar las agujas del reloj de la mesilla: son poco más de las siete. Piensa que le quedaba casi una hora más antes de tener que levantarse y prepararse para ir al trabajo; le hubiese venido bien. Aparta las mantas y se levanta. Aún lleva puestos los gruesos calcetines de lana Donegal y una chaqueta de punto mal abrochada encima del camisón; se metió en la cama sin sacárselos. Se pasa la mano por el pelo, intenta hacerse la raya a un lado; debe de parecer el nido de un pájaro. Siente que le late un punto al borde de la mandíbula, de esos tercos y furiosos que siempre le salen una semana antes del periodo.

¿Audrey? Madre llama suavemente a la puerta.

Sí, responde ella, pasa.

Ha venido Richard.

Ya me pareció oírlo.

Ha vuelto con Padre. Insiste en que tiene que verte. Yo le dije que venía a mirar, aunque creía que aún estabas durmiendo.

En los labios de Madre se dibuja una ligera sonrisa, sus ojos muestran una vigilancia bienintencionada.

¿Qué quieres que le diga?

Ya bajo, dice Audrey. Estoy en un minuto.

Está en el comedor.

De acuerdo.

Después de que Madre se ha ido, se sienta un momento, para a continuación ir hasta la pila y echarse agua fría en la cara. Tiene el pelo, en efecto, hecho una maraña. Y le ha salido un granito. Dos. Demonios, exclama. Oh, demonios, oh, demonios. Se cepilla el pelo, que ahora está pasando de manejable a grasiento, hasta que se le escarpa y se le llena de estática, y se maquilla la cara lo mejor que puede. Se aplica base sobre la mandíbula y la afianza con polvos. Un poco de vaselina para dar forma a las cejas. Después se viste rápidamente, la falda de lana marrón, no, la azul marino, su blusa a cuadros. El corazón le late con fuerza debajo.

Se dirige al piso inferior. El maletín de Richard, igual que el de Padre pero de color marrón, está en la puerta, su sombrero marrón en el colgador. Se queda quieta un momento en el pasillo, ante la puerta del comedor, pero él la ha oído bajar y ya abre, la abraza, al final da un paso atrás para contemplarla.

¡Oh, Audrey!

Hola, Richard.

Tiene el pelo húmedo en las partes que recientemente se ha mojado para peinárselo. En el cuello le ha quedado una línea de suciedad que no ha visto.

¿A ti también te llamaron?, pregunta ella.

A todos. Les dio el pánico, no sabían qué gravedad tenía el ataque. Le dieron al McCue Dick's. Por Dios, dicen que fue un infierno. También le dieron a varias pilas de troncos, solares, la fábrica de jabón y la de productos químicos; toda la calle Duncrue ha recibido de lo lindo. Y partes de Templemore y Albertbridge. Pero podría haber sido mucho peor, gracias a Dios.

La mira. Por Dios, repite. Oh, Audrey.

Le tiembla su pequeño hoyuelo. El tacto de los pelillos en las partes que tiene que afeitarse. Ve que a Richard le late con fuerza una vena en el cuello. Extiende un brazo para tocársela. Él la agarra más fuerte por la cintura, la explora con los dedos.

Eh, dice ella, Richard.

Audrey Louise Bell, la interrumpe, ¿quieres casarte conmigo?

¿Qué?, duda ella, pero, Richard...

Lo sé, dice él. Lo sé, no iba a proponértelo así. Ni siquiera tengo el anillo. Pero durante toda la noche, una vez estuvo claro que estaban bombardeando el este, estuve muerto de miedo, no sabes cuánto. Lo que intento decir es que te quiero, Audrey, así que ¿vas a casarte conmigo?

¿Se lo has pedido a Padre?, dice ella estúpidamente.

Pues claro, tontita. Se lo he dicho en el coche mientras volvíamos. Él creyó que debería esperar, que tú querrías que te lo pidiera como Dios manda. Pero, Audrey, estos son tiempos sin precedentes, son...

Se separa. De acuerdo, vuelve a empezar. De acuerdo, solo es que pensé que... por Dios.

Y entonces añade Aún no me has contestado que sí.

Sí, Richard Graham. Sí, doctor Richard Clive Graham. Sí, me casaré contigo. Sí, seré tu... esposa.

Ve que él sigue esperando y se da cuenta de que no lo ha dicho en voz alta.

Caramba, exclama.

¿Qué quieres decir con caramba? ¿Caramba, sí, vas a casarte conmigo?

Caramba, sí, voy a casarme contigo, responde ella lentamente, pero esta vez sí en voz alta.

Él se la queda mirando un momento. Entonces ríe. La agita, haciendo que se le mueva la cabeza como si fuese una muñeca de trapo —¡Richard!—, y empieza a hacerle dar vueltas. La suelta. Da una vuelta él mismo en círculo, exhala. ¡Yuju! La mira de nuevo con la cara encendida, mostrando una pasión que a ella le resulta casi insoportable.

Hoy mismo iremos a por el anillo, dice él. ¿Nos vemos

para almorzar? ¿Crees que vas a poder escaparte? Nos vemos para almorzar y lo elegimos juntos. Si es que las tiendas abren. Pero claro que abrirán. El centro de la ciudad no se ha visto afectado, ahí todo seguirá como siempre. Quedamos y elegimos el anillo y... ¡Dios mío, vas a casarte conmigo, Audrey, vas a ser mi esposa!

Y entonces la besa. La suave presión de sus labios, las puntas del bigote, su lengua. Tiene sabor a café de achicoria y a menta. Parece imposible, piensa ella, que solo ¿ayer mismo?, ¿fue ayer mismo?, estaba ahí abriendo las tarjetas de cumpleaños. En ese momento ya lo sabía, sí, no podría decir cómo, pero lo sabía. Y aquí estoy, aquí estamos, y en cierta manera ya ha sucedido, más de lo que hubiese podido imaginarme, y más rápido, aunque no, porque... ¡Oh, la cabeza me da vueltas!

Audrey, dice él.

Me siento como... bajo el agua, responde ella.

Es por el shock, pobrecilla. Es demasiado para ti (dijo con ternura infinita). Siéntate. Le ofrece una silla y la ayuda. Voy a pedirle a Madre que te haga un café, y una parte lejana de ella se pregunta ¿Ya está llamando Madre a Madre?, pero ahora no quiere pensar en eso, cierra los ojos, se acomoda en el confort de lo solícito que se muestra él. El manojo de lirios de invernadero que le envió ayer está en el centro de la mesa, en el mejor jarrón alado de cristal de Madre, y por la noche han empezado a desplegarse, desanudándose, perdiendo la palidez y soltando su fuerte e impregnador aroma. Se imagina a sí misma más tarde, contándoselo todo a las chicas de la oficina, y de repente se sobresalta al caer en la cuenta de que no va a ir mucho más tiempo al trabajo, va a dejarlo cuando sea la esposa de Richard Graham, cuando sea la mujer del doctor Graham. Quizás él hasta quiera que se despida ya, durante el compromiso; algunos hombres lo prefieren así. Nunca lo han discutido. Hay tanto que no hemos discutido, piensa, tanto que no hemos hecho aún...

Ahora es cuando va a empezar mi vida real, piensa. Ahora es cuando va a empezar todo.

4.

La pequeña Betty Binks, a pesar de ser la mayor de cinco hermanas, no ha conseguido nunca en sus catorce años de vida quitarse de encima el «pequeña», ni siquiera de pasárselo como una prenda de segunda mano a una de las otras cuatro, a pesar de sus esfuerzos por compensar su mínima estatura subiéndose a un taburete para alcanzar el pomo de la puerta y quedarse colgando de este y meciéndose tanto tiempo como le es posible, estirando los pies hacia el suelo, a pesar del manotazo que le da su madre en la espalda, a pesar de que su descarado grupo de hermanas menores corretean como monitos jugueteando a su alrededor y le aseguran que así solo conseguirá alargar los brazos. La pequeña Betty Binks tiene también la oreja izquierda más salida —es la otra gran maldición de su vida—, y se la pega cada noche a la cabeza con pasta adhesiva, lo que le deja un punto sin pelo detrás, como en los círculos que va dejando en los bebés la caída de los primeros cabellos.

Y la pequeña Betty sabe bien de bebés: ha sido la encargada de cuidar de ellos, aunque últimamente la responsabilidad ha recaído sobre su siguiente hermana, ahora que ella trabaja, que es la única en la familia que cobra una nómina semanal, que entrega orgullosamente.

Su padre acudía al llamado «pequeño taller», la fábrica Clark's, que acabó siendo la primera en cerrar. Había llegado a haber hasta doscientas o trescientas personas aguardando a las puertas traseras para conseguir trabajo para el día, aunque nunca contrataban a más de una docena a la vez. A veces él se quedaba allí todo el día hasta que sonaba la sirena, con la esperanza de ver a alguien a quien conociera y que pudiese recomendarlo, conseguirle algo para el día siguiente, ni que fuese la posibilidad de volver a intentarlo.

Los adultos se echan a temblar cuando hablan de los años treinta. No había trabajo, a veces ni para los doce entre los doscientos o trescientos. Algunos de ellos, después de tomarse unas cuantas pintas, hablan de los funcionarios a cargo de la Ley de Pobreza, y de la gran huelga del 32; hablan amargamente de los encargados de los comités de desempleo, en Corporation Street, y de los ricachones de Stormont, los financieros a los que solo les importaba cuidar de sus propios culos gordos, pero, más que nada, no hablan de esas cosas en absoluto.

La pequeña Betty, que por entonces, claro, era aún más pequeña, recuerda los cánticos de «Queremos manduca, queremos trabajo»; recuerda los comedores populares, los cucharones con un líquido espeso verde o marrón y círculos de aceite en la superficie, y taquitos de zanahoria o nabo o a saber qué otras verduras flotantes. La rebanada de pan que recibía, y el mirar atrás y ver que a los siguientes les daban dos por persona, y es que la mujer que las servía pensaba al verla que alguien tan pequeño debía de tener un apetito igualmente minúsculo. Recuerda a su padre yendo con el tío Sammy y el tío Shooey a Crawfordsburn, en la propiedad de los Dufferin, a poner trampas para conejos, con su madre muy preocupada por si los guardas los atrapaban o incluso les disparaban. Recuerda que un vecino atrapó una vez una liebre, esta vez no en Crawfordsburn, sino en las colinas al oeste de la ciudad; aunque se decía que no eran muy buenas para comer, sí que servían para hacer un buen guiso. Recuerda esperar en Nochebuena a las puertas de Sawers, por si conseguía hacerse con algún cuello de pavo o entrañas para la cena de Navidad. Y el olor que desprende la piel de cerdo al quemarle el pelo con un atizador al rojo para sacárselo. Recuerda cuidar a cada una de las más pequeñas mientras su madre iba a la tienda de empeños o a la de intercambio, dejándole trapos mojados para que los bebés los chuparan y no lloraran.

Los rumores sobre la guerra animaron las conversaciones. El gobierno británico iba a tener que encargar más barcos. Fabricaron el HMS Belfast, que otorgó a Harland's la reputación de crear los mejores motores, lo que les hizo recibir aún más encargos, por lo que tuvieron que volver a contratar trabajadores. Pero antes su padre se fastidió la espalda, lo que le impidió trabajar durante dos meses, y después, hace un año, sufrió el accidente que le aplastó una pierna. Ahora, como no puede subir las estrechas escaleras de su casa, tiene que dormir en la sala de estar; de hecho, tiene que hacerlo todo en la sala de estar (hasta sus cosas, en una escupidera). Y tiene visiones. La más reciente: el cielo lleno de ataúdes, un ataúd y otro ataúd y otro ataúd, dijo, algunos de tamaño real, otros de medio metro o de un metro, precipitándose sobre toda Belfast con paracaídas blancos, en silencio total.

La familia acostumbra a mirar al infinito ante esos absurdos apocalípticos, aunque en este caso, en la forma en que lo contó, hubo algo que hizo que casi pudieran verlo ellos mismos, por Dios bendito, y eso los forzó a escucharlo.

Le pidieron a Willy Smith, de la casa de enfrente, que les desmontara dos de las puertas interiores para clavarlas a la mesa del fregadero y poder usarlo como refugio.

Cuando empezaron a llover las bombas incendiarias sobre Ballymacarrett, su madre cogió a la bebé de debajo de la tabla de planchar y la pequeña Betty despertó al resto de hermanas: Clara, con la que comparte la litera de abajo, y Maggie y Jenny, que duermen arriba una en cada extremo, y las seis se apelotonaron bajo la mesa y sintieron cómo el techo, las ventanas, la propia casa temblequeaba como un diente malo, y oyeron los zumbidos y los estallidos de las bombas, mientras John Binks rechazó todo intento de arrastrarlo con los demás y se quedó bajo el marco de la puerta, muy atento; y cuando una de las incendiarias atravesó el tejado y el dormitorio hasta acabar en el fregadero y rebotó en la mesa reforzada, la pequeña Betty y su madre pudieron apagarla vaciándole encima un cubo de agua justo cuando empezaba a prender. De no haber contado con este esfuerzo, la bomba habría hecho astillas la mesa y los hubiese quemado vivos a todos.

La pequeña Betty está que no da para más cuando llega al Gran Edificio a la mañana siguiente, tarde, la cara brillosa por la emoción y el sudor, el pelo que se le suelta de las horquillas, después de que haya tenido que subir la colina y, de hecho, hacer casi todo el viaje corriendo, ya que en Ballymacarrett los tranvías no funcionan.

Se lo juro por Dios, señora, dice, olvidando que a la gobernanta no le gusta que se nombre a Dios en vano, él lo vio todo hace dos semanas, lo de los ataúdes cayendo del cielo, ¡lo vio todo!

Va a coger la mopa dando pasitos de baile, se da cuenta de que ha olvidado quitarse el abrigo, va a hacerlo, pero olvida que lleva la mopa y esta se le cae al suelo con un buen estruendo. ¡Perdón! Levanta de nuevo la mopa y le pide disculpas. Va a buscar el cubo y se da cuenta de nuevo de que ha olvidado quitarse el abrigo.

Siéntate con nosotras, querida, a recuperar el aliento, le dice la gobernanta, y la pequeña Betty deja de dar vueltas y se queda ahí parada, boquiabierta, mirando de la gobernanta a la anciana señora Price.

¿Estás papando moscas?, le diría su madre. La anciana señora Price siempre le hace pasarse el día en pie; sería capaz de estrangularla si la viera sentarse. Pero, como es la gobernanta quien le ha hecho la propuesta, cuelga el abrigo a toda prisa y se sienta a la mesa de la cocina con ellas.

Permíteme servirte una taza de té, dice la gobernanta. ¿Azúcar?

Dos, por favor, responde la pequeña Betty. De saber que podría salirse con la suya, le habría pedido tres. ¡Vaya con la gobernanta, compartiendo así su ración de azúcar!

Las tres se quedan ahí sentadas casi una hora, descuidando el trabajo, mientras la anciana señora Price les cuenta la noche que ha tenido que pasar en la carbonera y la pequeña Betty tiene ocasión de volver a contar lo de la visión de su padre mientras las dos la escuchan maravilladas, y, cuando acaba, rodea con sus dedos agrietados su segunda taza de té dulzón y se da cuenta de que no solo está acalorada por la infusión. E incluso cuando la anciana señora Price acaba haciendo un ruidito de desdén y dice ¿Puedes pedirle a tu padre que le diga a Jim a qué caballo apostar en las carreras?, mientras la gobernanta agita la cabeza y ríe, la pequeña Betty no se desanima, porque sabe que su padre tenía razón, y también porque sabe, no podría decir cómo pero lo sabe, que lo sucedido la noche anterior significa que está llamada a algo especial, algo mejor.

La conversación cambia y pasa al pastel de col que ha de intentar prepararse para la cena (que es como llaman los ricos al último té del día), a partir de la receta de Lady Edith recortada del periódico y pegada en el gran libro del que irá leyendo la señora Price en voz alta mientras la pequeña Betty señala laboriosamente cada palabra desconocida con el dedo.

Un día, piensa la pequeña Betty (aunque lo piensa con cariño, vagamente, ya que se siente agradecida a la anciana señora Price, que le dio el trabajo), un día, cuando la anciana señora Price estire la pata, todo esto será suyo, todo. Suya será la cocina, suya será la alacena, suyo será el fregadero, suya será la casa entera. Suyo será el jardinero para indicarle qué recolectar y llevarle, y suyas también las verduras sobrantes o de formas extrañas y el exceso de tarros de conserva que la gobernanta le permite quedarse, igual que es la primera en elegir las camisas y chaquetas remendadas que va descartando la gobernanta.

La pequeña Betty piensa en todo eso y siente (¡de verdad!) que crece por lo menos un centímetro.

5.

Esta mañana la oficina de Hacienda es como una colmena.

A Audrey le gusta la oficina. Le caen bien las otras secretarias y las mecanógrafas. Y también le gusta el trabajo, siente que la llena. El señor Hammond es casi enfermizamente detallista, y ella disfruta del desafío, de las elegantes columnas de números bien domados. No plantéis rayas o cruces extravagantes a los lados, les dice siempre el señor Hammond, que también odia el que rodeen algo con un círculo o que —¡sacrilegio!— escriban un signo de interrogación sobre una cifra.

Pero hoy no hay muchas elegantes columnas de números bien domados. La gente va llegando como con cuentagotas: los tranvías no funcionan, sobre todo los del este de la ciudad, y los autobuses a los que les han cambiado la ruta para sustituirlos van abarrotados, con más cuerpos de lo que parecería posible cogidos a las agarraderas de cuero o asiendo una misma barra, peligrosamente agitados por el traqueteo con apenas un pie en tierra firme y el otro asomando por la puerta; a menudo hay que dejar pasar dos o tres vehículos antes de que aparezca uno al que poder subirse. De camino Audrey ha visto terrazas de locales con los toldos desgarrados y las ventanas rotas, vidrios de hastiales esparcidos por la calle como confeti, socavones hasta las rodillas cubiertos de restos, ruinas aún humeantes.

Por lo visto también atacaron el norte de Belfast, lanzando bombas incendiarias en Shore Road y York Road. En Alexandra Park explotó una en mitad de la calle y creó un cráter de cuatro metros de ancho y más de medio de profundidad, aunque curiosamente no se rompió ningún cristal ni se movió ninguna teja en los edificios a ambos lados. Tampoco hubo ni un solo herido. Por suerte, ha habido pocos heridos en toda la ciudad. Lo que querían era destrozar las infraestructuras. Conscientes de que podría haber sido mucho peor, la gente ya lo está llamando despreciativamente y a veces con orgullo «nuestro pequeño raid». Hay una sensación general de alivio: ya ha pasado y, fíjate, no ha sido para tanto.

Audrey, aun siendo una de las auxiliares júnior de la oficina, ve que su caché ha ascendido de repente al ser médicos tanto su padre como su prometido —la palabra todavía le resulta nueva a sus labios—, llamados en pleno raid para ayudar con los heridos, a pesar de que al final no hubo tantos a los que ayudar. Vuelve a contar la historia de un anciano al que una explosión lo hizo saltar de la bañera y atravesar el techo, para aterrizar a doscientos metros aún con la pastilla de jabón y el guante de baño, y que no se hizo ni una sola herida, aunque murió debido al shock. Se siente un poco culpable por contarlo —al fin y al cabo, era el padre de alguien, el abuelo de alguien, el marido de alguien—, pero es una gran anécdota, y todos la escuchan boquiabiertos.

Entonces alguien repara en la palabra «prometido», y todos la rodean y le hacen contar esa historia, y exclaman, haciendo las delicias de ella, que es algo que haría un Clark

Gable o un Errol Flynn, apareciendo de repente por entre las ruinas para tomarla en sus brazos.

Así que vamos a perderte, ¿verdad?, dice el señor Hammond para a continuación quedarse con la boca cerrada bajo el mostacho y no añadir nada más, aunque le permite tomarse media hora de más para almorzar cuando ella le cuenta ruborizada que van a comprar el anillo.

Mi prometido, mi prometido... mi prometido.

Richard, ahora recién afeitado, alto y de hombros rectos bajo su abrigo y con su sombrero perfectamente cepillado, con el aspecto exacto que a Audrey le gustaría que le vieran las chicas del trabajo, está esperándola en la esquina de Donegall Place. Mi prometido. Lo besa en los labios y ve como un par de jovencitas oficinistas la miran de reojo.

Richard la saluda con un cariñoso hola.

Es como si hiciese una vida entera que no te veía, le dice Audrey, y él se ríe.

Cogida bien fuerte de su brazo, entran en Adlestones. Richard comenta que lo que se lleva hoy son los anillos de diamantes. Elige una banda de platino con varios que forman un círculo alrededor de otro más grande de color champán estilo talla antigua, y que el joyero les asegura que brillará hasta a la mínima luz de las velas, incluso durante un ataque aéreo. Pero Audrey, que cobra consciencia repentina de lo que significa llevar un anillo y de cómo atraerá las miradas hacia sus uñas, que su madre le hundía en aloes amargos para evitar que se las mordiera (cosa que a pesar de todo sigue haciendo ocasionalmente, aunque para en cuanto se da cuenta), elige una banda fina de oro rosa con un único rubí.

¿Estás segura?, le pregunta Richard, ¿estás segura de estar segura?

Y ella le dice que lo está, lo está, lo está.

Después del trabajo coincide en la parada del tranvía con la señorita Bates. Le da vueltas al anillo, esperando que ella se fije, esperando que ella no se fije. Se fija, por supuesto, y la felicita, aunque no, observa Audrey, sin un cierto toque seco de algo. ¿Ironía? No se emociona tanto como las chicas más jóvenes de la oficina, no se queda tan impresionada, le parece a Audrey, y eso la confunde; creía que iba a ser la ocasión de ganar puntos en cierta forma con la señorita Bates, de que la considerase un poco más como a una igual.

La señorita Bates le lleva diez años, o quizás un poco más, es difícil de decir. A pesar de ser mujer, ha llegado al cargo de inspectora, un grado más en el escalado de sueldos, y es probable que pronto le concedan su propio distrito. Habla como si nada de asistir a conferencias en la London School of Economics y de ir al Vic a ver *Fígaro* o lo último de Priestley, al Queen's Hall a ver a la London Phil interpretar a Beethoven, o a recitales de Schubert en sesiones de mediodía en el Wigmore. De Lotte Lehmann como una de las grandes intérpretes del repertorio alemán, de los méritos comparados de Goya y El Greco. ¡Cuántos nombres, cuántos lugares!, piensa Audrey a menudo, ¡y saber tanto de cada uno!

Su propia experiencia con el teatro en vivo va poco más allá de visitas de infancia a las pantomimas de Jimmy O'Dea en el Empire Theatre, que en su momento parecían magia, con todas esas tiras de bombillas multicolores. Una vez también vio a Jean Forbes-Robinson volar por la Grand Opera House haciendo de Peter Pan; el que los cables estuvieran totalmente a la vista no deslucía lo emocionante de la ilusión. Ella y Emma dieron clases de ballet en la Escuela de Danza de Leila Corry, en Upper Newtonards Road; dieron vueltas por el escenario haciendo de pollitos que no querían ponerse los zapatitos y, en Navidad, hicieron de ratoncillos en el *Cascanueces*, todo ello bajo la mirada severa de la profesora, sentada con sus labios de carmín y sus uñas de carmín entre bambalinas, que es como ella llamaba a uno de los rincones del aula, protegido a la vista por un biombo. A Emma no le gustaba nada de eso. Audrey soñaba caprichosa y apasionadamente con ser elegida para hacer de Clara, pero era demasiado atolondrada, como la reprendía siempre la señorita Corry, una niña del todo descoordinada, con brazos y piernas que siempre iban cada uno por su lado, por lo que todo lo que le queda hoy a Audrey de esos inacabables sábados por la mañana es la sensación de vergüenza por tener que ir dando saltitos haciendo como que cazaba —o, peor aún, era— una mariposa.

De repente vuelve a sentirse igual ahora, como una niña rellenita con tendencia a tener problemas en los dedos de los pies, embutida en un tutú ridículo y que picaba, obligada a hacer torpes *jetés* ante una docena de rostros entre risueños y estoicos, ocultando sus sonrisas tras pañuelos de mano. Siente como, extrañamente, ahora le acuden lágrimas a los ojos.

¿Qué te pasa, Audrey?, le pregunta la señorita Bates.

Ojalá, responde ella de forma impulsiva, ojalá...

Pero no sabe ojalá qué. Ojalá no tener que dejar el trabajo, quizá. Ojalá poder hablar del *ballé*, con acento en la segunda sílaba, como en francés, en vez del *balle*, como los palurdos de Belfast. Ojalá poder decir despreocupadamente, mientras se lima las uñas, que en las primeras obras de

Shaw había una vitalidad y una alegría de vivir que la arrastraba a una...

Lo que acaba diciendo es que ojalá llegue el tranvía.

Cuando llega por fin, no avanza demasiado hasta volver a detenerse. Después de otra espera interminable deciden bajarse y hacer a pie el resto del camino, la señorita Bates hasta la habitación que alquila en Sydenham, Audrey subiendo Hollywood Road hasta su casa. Ya hay hombres que trabajan en apartar los mayores escombros. La señorita Bates dice que su calle se ha librado de recibir demasiados daños: apenas cayó un proyectil, que no llegó a estallar, y que atravesó el techo de una casa hasta causar estragos en la habitación de abajo, aunque, por supuesto, muchos menos de los que podría haber provocado tanto al edificio como a sus habitantes. Eso sí, esta mañana las tiendas del barrio estaban vacías, protesta; solo tenían carne para guisos y ese extraño pan gomoso Veda.

Pero si el pan Veda es una maravilla, objeta Audrey; de niñas lo comíamos siempre, tostado era una de las mayores delicias que nos daban; la verdad es que no creo que pudiese hacerme amiga de alguien a quien no le gustara; y esa repentina pasión hace sonreír a la señorita Bates.

Pues tendré que darle otra oportunidad, replica la mujer, a lo que Audrey se ve obligada a ofrecerle ¿Quiere usted venir a cenar?, confiando mientras lo dice en que a Madre no le importe, en que haya comida suficiente, en que la casa no esté completamente desordenada, pero la señorita Bates sonríe y rechaza la invitación: su casera le ha prometido preparar merlán frito, y es la noche en que le toca a ella usar la bañera y el calentador de agua.

6.

Emma, con el mono azul marino bien planchado, el brazalete puesto, el casco de acero en la mano, sale temprano de Circular Road y comienza la caminata de cuarenta minutos (media hora si aprietas el paso) hasta Templemore Avenue y el puesto de Primeros Auxilios. Su ruta la hace seguir por toda Hollywood Road, cruzando los arcos de Hollywood hasta Albertbridge Road. Esta tarde ha ido con Madre y Paul a Saint Mark, a entregar paquetes con comida a quienes se han quedado sin casa debido al bombardeo, así que ha visto y oído parte de la destrucción de anoche, aunque al este de los arcos nada se ha visto afectado.

Pero aquí, al borde de las zonas que sí lo sufrieron, hay hoyos requemados en el suelo donde cayeron bombas incendiarias que llamearon hasta consumirse; hay tejados destrozados y fachadas ennegrecidas. El suelo está lleno de fragmentos de cristal, y en las esquinas hay pilas de madera quemada, trozos de pared y montones de ladrillos que han sido apartados de los rieles del tranvía, además de ocasionales y en apariencia incongruentes colchones y somieres lanzados desde algún piso superior que ya no es seguro, y una muñeca infantil con media cara desgarrada.

En el aire hay un toque de algo que se te va acumulando en la garganta; es diferente al hedor mortal que despiden las máquinas que crean cortinas de humo. Un caballo yace muerto donde cayó, cubriendo media calle, increíblemente grande y en una postura que parece obscenamente sacada de una pintura sacra, con un enorme ojo vidrioso aún abierto; seguramente pertenecía a algún chatarrero que tiraba de su carro traqueteante a medianoche hasta que el animal se irguió presa del pánico y se soltó, o quizá fuese el hombre el que cortó las riendas con la esperanza de que superara el miedo y volviera a casa. Emma siente un escalofrío.

En la esquina de Templemore Avenue se detiene un momento para llevarse su pañuelo a la frente y peinarse un poco. En el espejito de la polvera ve que tiene el rostro colorado. Se fuerza a respirar tal como le han enseñado para calmar el sistema nervioso central: inspirar contando hasta tres, espirar contando hasta seis, con el diafragma. Comprueba que lleva el brazalete recto. El estómago hacia dentro, los hombros hacia atrás.

Desde debajo de su árbol —el abedul al que en broma han empezado a llamar «nuestro árbol»— Sylvia la saluda con el brazo. No parece consciente del papel que su versión onírica jugó en la pesadilla de Emma. Obviamente que no lo sabe, se dice a sí misma, aunque es cierto que no estaba completa, totalmente segura de que Sylvia no fuese a, no pudiese, tener una mínima consciencia de ello de alguna manera.

¿Estás bien?, le pregunta Sylvia.

¿Yo? Sí, yo estoy bien. ¿Tú estás bien?

De cerca, la cara de Sylvia es regordeta, y tiene los ojos enrojecidos y pequeños debido a la falta de sueño, el humo y las cenizas.

Bueno, ya sé que he tenido días mejores, contesta; gracias por recordarme mi aspecto, señorita Bell.

No quería decir... dice Emma. Me refería a que... No sabe cómo seguir. A que pareces cansada.

Por aquí hemos tratado a nueve heridos, dice Sylvia. Los cuenta con los dedos. Quemaduras superficiales, cortes provocados por trozos de cristal voladores, una herida en la cabeza, dos traumatismos. Teddy y Ralph se quedaron atrapados al caérseles el techo encima, contusiones serias. Las dos personas a las que intentábamos rescatar tuvieron que ser derivadas al Ulster; uno tiene un brazo roto, el otro parece que va a perder una pierna.

Maldita sea.

Aunque, la verdad, podría haber sido peor. Podría haber sido mucho mucho peor. Suelta una risita. Tendrías que haberlos visto, cogiendo las bombas humeantes con las tenazas del fuego, lanzándolas a la calle con todas sus fuerzas.

Tendría que haber venido, dice Emma, enfadada. En vez de pasarse la noche acurrucada bajo las malditas escaleras. Pensaba, dice, que ibas a llamarme.

Sylvia pone cara de extrañeza.

¿Un cigarrillo?, le ofrece.

Sí, por favor.

Sylvia saca la pitillera de plata del bolsillo interior de su mono, saca dos cigarrillos, les da golpecitos contra la tapa, los enciende a la vez y le pasa uno a Emma, que lo coge e inspira. Sueltan el humo a la vez y lo miran elevarse en espiral hasta disiparse a la última luz del día, que a su vez va desapareciendo del cielo.

Casi la palmo, dice Sylvia.

¿Qué? ¿Cómo? Emma se gira hacia ella.

Sí, asiente, y entre lentas y pequeñas columnas de humo

cuenta que Carol llevaba una bandeja de té a los auxiliares de la ambulancia aparcados ante la acera; había empezado a cruzar la calle justo cuando la primera volea de incendiarias empezó a caer por encima de ella. Los de la ambulancia le gritaron que se pusiera a cubierto, pero ella estaba demasiado aturdida, no sabía dónde dejar la bandeja, se quedó como una estatua, como una estatua, como una estatua. Ella —Sylvia— corrió a tirarse sobre ella y empujarla al suelo como si estuviera en un partido de rugby, y un instante después una incendiaria cayó a pocos centímetros.

Joder, dice Emma. Joder.

Sylvia añade que Carol sufrió un ataque de histeria y empezó a desgañitarse; tuvieron que llevarla, casi metiéndola en una camilla, hasta el despacho y darle un buen trago de whisky en una taza de té para que recuperara la compostura.

Tendría que haber venido, dice Emma, de nuevo sintiéndose impotente y furiosa. Dicen que nunca se sabe cómo va a reaccionar uno hasta el momento de la verdad; de ahí el entrenamiento y los simulacros, para crear respuestas que tu cuerpo ponga en práctica de forma automática. Aun así, Sylvia está convencida de que ella no reaccionaría con el mismo letargo que Carol y su esponjosa melena rubia y su exuberante busto y sus grandes ojos de ciervo. Entre las dos tienen la broma de que Carol es igual de capaz de salvar a un tío de un ataque al corazón como de provocárselo.

Emma le echa una última larga calada al cigarrillo y lo lanza a la distancia. Sylvia la mira.

¿Qué pasa?, dice Emma, pero Sylvia se limita a sonreír.

Vamos, le dice, lanzando su propio cigarrillo, y se inclina a coger el casco de acero y se lo cala sobre sus rizos cortos siempre en lucha con los pasadores que se reparte al azar por todo el pelo.

Emma se ajusta su propio casco. Voy, dice.

En el puesto de Primeros Auxilios algunas noches pasan muy lentamente, los minutos parecen arrastrarse mientras ellas hacen turnos para practicar torniquetes sin fin, entablillar, usar la camilla. Otras noches aún más lentas escriben y archivan informes de práctica. Pero esta noche es un hervidero de actividad. En la cercana iglesia de Saint Patrick cayó una única incendiaria, pero no llegaron a tiempo y a los pocos minutos todo el techo de madera estaba en llamas. En el momento había varios guardas de Protección Civil dentro; de hecho, tenían su despacho en el edificio, pero se quedaron impotentes fuera, sobre los adoquines de Newtownards Road, viendo cómo el fuego la consumía de arriba abajo, la vieja galería de pino, los bancos, el suelo, todo. Ahora es solo un esqueleto, con partes aún humeantes. Se han unido temporalmente con el puesto de Primeros Auxilios de Templemore y se ha convocado a un equipo completo por si hay otro raid. Entre las preparaciones y el hacer inventario —kits y botellas de agua que llenar, bombas de aire que limpiar y probar, camillas que apilar y sábanas que doblar, palancas y hachas que contar y distribuir—, todo el mundo está excitado e intercambia anécdotas, además de que, por supuesto, los rumores han generado aún más rumores, por lo que con la caída de la noche llega el miedo: se producen muchas falsas alarmas debidas a llamadas telefónicas de vigilantes nerviosos, y cada una de ellas tiene que ser registrada, investigada.

El esperar a que suceda algo y convencerse de que va a darse en cualquier momento pone los pelos de punta. Al amanecer, cuando su turno acaba oficialmente y todos se relajan, Emma siente ganas de echarse a llorar: el dramatismo y el agotamiento, el aburrimiento y la frustración de la noche anterior, la tensión nerviosa de esta.

El conductor de una de las camionetas auxiliares se ofrece a llevarla a casa junto con otras dos chicas que viven en Belmont y Sydenham. Emma quiere decir que no, pero no tiene ninguna razón para hacerlo.

Esperadme un minuto, dice, tengo que correr al lavabo.

En su despacho, Sylvia hace el papeleo de la noche, comprueba y apila los libros.

Jamesie se ha ofrecido a llevarnos a casa, dice Emma.

Sylvia asiente tras sus gafas de leer de montura dorada. Cuídate.

Vuelvo mañana, ¿verdad?

Sylvia comprueba la rotación. Mañana... jueves... sí. Después no tendrás que venir hasta el martes siguiente. Te ha tocado el fin de Semana Santa de fiesta, suertuda, aunque tienes que estar disponible.

Lo haré. Si me necesitas, bueno, ya sabes, llama.

De acuerdo.

De acuerdo. Emma se levanta. Carraspea. ¿Le digo a Jamesie que te espere?

No, no. Vivo cerca.

Vale.

Entonces hasta mañana.

Hasta mañana.

7.

El jueves Audrey comete errores en el trabajo, pequeños pero imperdonables. Para su vergüenza, para su alivio, la señorita Bates descubre uno antes de que el expediente le llegue al señor Hammond, aunque casi hubiera preferido que fuese él quien lo viera.

A la hora del almuerzo vuelve a hacer las cuentas, comprobando dos y tres veces cada columna de números. Los jueves normalmente las chicas comen juntas. Audrey las oye pasar, riendo, haciendo bromas, cotilleando sobre la oficina, contándose sus planes para el fin de semana, mientras ella se concentra en sus papeles y, cada vez que una le pregunta por qué no las acompaña, mira hacia la puerta del despacho de la señorita Bates y siente tanta vergüenza, tanta vergüenza...

No entiende cómo ha podido cometer tales errores, cómo se ha permitido el tener la cabeza en otro lugar hasta tal punto. Quizá sea por eso que las mujeres tienen que dejar de trabajar cuando se casan, y hasta, como dicen algunos, tal vez con razón, no deberían tener empleos en ningún momento de su vida. Se está defraudando no solo a sí misma, sino a todas, dándoles la razón a quienes alzan una ceja ante la idea de que gente como la señorita Bates puedan ser encargadas de distrito.

Se abre la puerta de la oficina y sale Bates, elegante, con tacones, los labios pintados de forma inmaculada.

Salgo un momento, dice. Si a y media no he vuelto, dile al señor Hammond que estoy cumpliendo con mi deber cívico y registrándome como donante en el Servicio de Transfusiones Sanguíneas.

Audrey se siente invadida por una nueva ola de tristeza. ¿Cómo puede alguien ser tan recta?

La señorita Bates asoma de nuevo la cabeza tras salir por la puerta de entrada. Tómate un rato para comer, le dice, verás como vuelves mejor. Audrey refunfuña, y la mujer añade: Considéralo una orden.

Así, Audrey va a Campbell's a por uno de sus famosos rollitos de beicon y setas, y una taza de ese líquido denso y beis que hoy en día pasa por café.

Campbell's es lo más parecido que hay en Belfast a la bohemia: sillas rojas art déco y mesas con patas de tubo de acero y caricaturas enmarcadas en las paredes de conocidas personalidades locales, dibujadas por Rowel Friers. Lo frecuenta la élite cultural de la ciudad: sus artistas, actores, entusiastas del cine, escritores de teatro para la BBC. Los jóvenes contables, aprendices de banqueros, gerentes de fábrica que gustan de estar cerca de ellos, aunque sin llegar a mezclarse, normalmente se quedan en la planta baja, y la gente de espíritu más artístico ocupan el primer piso. Un grupo de chicas estudiantes con su vestimenta de gimnasia del Victoria College y boinas colocadas en lo que sin duda consideran ángulos provocativos, avanzan como pueden por entre el gentío. Hay unos ancianos jugando al bridge, refugiados judíos de Europa, envueltos en una nube de humo provocada por sus cigarrillos Navy Player. Tienen que alzar la voz para competir con los orgullosos estudiantes del Instituto Presbiteriano, dados a enfatizar sus discusiones con puñetazos en la mesa, haciendo temblar las jarras de cerveza y vertiendo por todas partes el café de sus tazas.

Hoy Audrey piensa que a la señorita Bates le divertiría Campbell's (aunque nunca lo reconocería). Les admitió que al principio Belfast le había parecido un horror, con esos edificios tan feos y los tranvías traqueteantes, pero que ha ido haciéndose a la idea de que no es culpa de la ciudad el no ser como Londres, y que de hecho es un lugar agradable donde dejar pasar la guerra, ni que sea por la novedad de ver tiendas con los escaparates intactos y mermelada en la mesa al desayunar.

El rollito de setas tiene gusto a cartón. Deja la mayor parte en el plato.

Por la tarde es aún peor. El expediente le llega al señor Hammond, pero Audrey no se fía de sí misma con el siguiente que se supone que tiene que auditar: no es capaz de poner orden en las cifras ni en su cabeza. Va al lavabo, se moja el rostro, se hace una mancha en la blusa con el agua.

No estás teniendo un buen día, ¿verdad?, le dice la señorita Bates en la parada del tranvía. A Audrey no le sienta muy bien el comentario y no sabe qué decir. Las dos son muy aficionadas a leer ficción; eso es lo que ha cimentado su amistad en la oficina, y les sirve en cierto modo para superar su diferencia de edad y experiencia. Las dos están suscritas al Club del Libro del *Times* y son grandes amantes de Thomas Hardy, respectivamente Tess y Jude. Audrey se siente secretamente orgullosa de estar más al día en narrativa contemporánea y en poesía: Eliot y Auden y MacNeice, Wallace Stevens, todos los publicados en la recopilación reciente de la Faber. Ahora siente que la señorita Bates está intentando distraerla amable y educadamente de sus preocupaciones hablándole de poetas locales; eso casi la ruboriza, por un lado, y la hace sentirse aún peor, por el otro.

Sé tú misma, le decía siempre su madre de pequeña, y eso la ponía furiosa: ¡no podía ser ella misma si ni siquiera sabía cómo era!

Creo mucho en el poder de un buen paseo para aclararse las ideas, le dice ahora la señorita Bates, y no tengo planes. ¿Qué te parece si vamos juntas por tu zona? Me apetece ir a Stormont a ver los edificios del Parlamento.

Van por Cairburn, la pequeña arboleda con sus madrigueras de zorros, el arroyo. El ambiente es limpio: el día ha sido de una temperatura agradable, y aunque hay humedad, no ha llegado a llover.

Está *húmido*, dice Audrey, y a la señorita Bates le encanta la palabra, que se apunta en una libretita.

Húmido, repite. Coleccionamos palabras como esa. A él va a encantarle.

¿Quién es él?, le pregunta Audrey. Bates sonríe y agita ligeramente la cabeza.

Todos tenemos una personalidad pública, una personalidad privada y también una personalidad secreta, dice. Audrey no sabe qué contestar.

Doblan por el parque hasta Old Hollywood Road y suben hasta arriba de todo de Belmont Road, donde cruzan hasta Massey Avenue, pasando por el Netherleigh de sir Charles Lanyon, actualmente ocupado como hospital militar para oficiales. De hecho, han convertido toda la Universidad Campbell en hospitales. Los vestuarios de los equipos deportivos son ahora salas de operaciones, han montado cobertizos militares fuera con literas para los pacientes, y en las aulas hay agua y se guarda el material médico. En los campos de juego, las partes que no se han destinado a cultivo o a gallineros están llenas de porterías, redes de tenis, vallas de atletismo, mallas de críquet, cualquier cosa que pueda evitar que el enemigo los use como pistas de aterrizaje.

Pobre pequeño Paul, dice Audrey. Por fin terminó la primaria este verano, empezó en Campbell en septiembre, y para Halloween estaba de vuelta en Cabin Hill, con los niños de once y doce años con pantalones cortos y calcetines hasta las rodillas.

Me gustaría tener un niño, dice la señorita Bates de repente. Supongo que deben de ser menos complicados que las niñas. Es como si fuesen perritos, ¿no?, que necesitan corretear por ahí cada día, mucha comida y afecto físico.

Audrey la mira, sorprendida, pero intentando no parecerlo. ¿No es un poco mayor como para criar a un bebé? Y, además, es una mujer de carrera.

Lo primero que se le ocurre contestar es Bueno, desde luego Paul es un experto en comerse todo lo de casa y a veces parece que se comería la casa en sí; tiene a Madre desesperada. En eso ustedes dos se entenderían, señorita Bates.

Llámame Doreen, le dice la mujer, y Audrey asiente. De acuerdo, Doreen.

Siguen caminando un rato, y entonces la señorita Bates —Doreen— pregunta ¿Vas a tener hijos?

Pues claro. En fin, eso creo. Si podemos, dice Audrey, que, sin saber por qué, se pone colorada.

Avanzan por Massey Gates; suben la pendiente, siempre más pronunciada de lo que se espera, y pasan junto a los edificios del Parlamento o lo poco que pueden ver de ellos por entre los tilos con sus nuevos brotes. Siguen las calles a lo largo del perímetro hasta dar una vuelta completa. Doreen es una gran caminadora, y en su tiempo libre ha paseado por todo Belfast, incluidas partes de la ciudad en las que Audrey nunca ha puesto los pies. La semana pasada fue hasta el muro de colinas, como lo llama ella, que puede verse desde la oficina, y se estropeó los zapatos pasando por una horrorosa ciénaga. Se quedó sorprendida con las docenas y docenas de niños que abarrotaban la zona, muy pequeña para tantos; muchos de ellos iban descalzos o vestían harapos, la mayoría delgados en exceso, algunos con un raquitismo tan obvio que hacían doler la vista.

Madre siempre está tejiendo para caridad, dice Audrey. Chalecos y chaquetas de punto.

Pero debe de ser uno de los peores suburbios de Europa, insiste Doreen, y Audrey, a la defensiva, como pidiendo perdón, deseando a la vez mostrarse de acuerdo y defender a su ciudad, no sabe qué contestar.

Quizá la guerra sea una oportunidad, dice Doreen, para cambiar para bien cómo vivimos, y habla de cómo, desde que el Ministerio de Alimentación empezó a racionar la comida, hay partes del este de Londres donde nunca habían tenido tanta.

En esto Audrey siente que pisa terreno más firme: Richard tiene montones de ideas para mejorar la sanidad pública de los pobres, explica tímida pero orgullosa.

¿Richard es tu prometido?

Audrey asiente. Es doctor. Medicina general. Aunque lo que de verdad le gustaría sería trabajar en el Ministerio de

Sanidad. De nuevo, tiene montones de planes para hacer de la ciudad un lugar mejor.

Me da la impresión, dice Doreen, que él y yo nos entenderíamos muy bien. Richard. Es un buen nombre, sólido. Me gustan los nombres cristianos tradicionales para los niños.

Richard Clive Graham, dice Audrey. Doctor Graham, piensa, y la atraviesa otra vez ese estremecimiento reciente. Esa voy a ser yo, la esposa del doctor Graham. No puede esperar a ver qué se siente.

Se detienen ante la estatua de Carson, descubierta por Lord Craigavon ante una multitud de cuarenta mil personas. Padre se llevó a Audrey y Emma; Paul era aún muy pequeño. Ella recuerda los empujones; nunca se había imaginado que pudiera haber tanta gente en un mismo sitio. Una anciana con una bandera de la Unión gritó que dejasen pasar a las niñas para que pudieran verlo bien. El propio Carson —¿podía ser cierto?— estaba allí para ver cómo desvelaban a ese enorme gigante de bronce de sí mismo, con las piernas firmes sobre el plinto, a media oración, con el brazo derecho alzado como para convocar a Dios mismo, triunfante, desafiante.

Había una rima... ¿cómo era?

> Sir Edward Carson tenía un gato,
> una criatura muy irascible,
> y cada vez que cazaba a un ratón
> gritaba: ¡No hay rendición posible!

Ahora se la recita de memoria a Doreen, y las dos ríen.

Bueno, pues eso es Stormont, dice Audrey, la gran mansión blanca sobre una colina, y cuando Doreen le pregunta de dónde es esa frase ella dice No, de ninguna parte, acabo de inventármela.

¿Has pensado alguna vez en escribir?, le pregunta Doreen. Audrey se ríe de nuevo y se pone aún más colorada; y es que a veces eso es lo único que le gustaría hacer de verdad, aunque su personalidad secreta, por no hablar de la privada, nunca se atrevería a admitirlo.

Dan media vuelta para regresar. El resto del camino, por las calles principales, Upper Newtownards Road y Hawthornden Way, es repetitivo y falto de encanto. Lo *húmido* ha ascendido a llovizna y parece tener planes de acabar en una molesta lluvia. Doreen no quiere aparecer por Circular Road empapada como un gato, quizás el de Carson, pero sí acepta con gratitud la invitación al almuerzo de Pascua con los Bell, en vez de calentarse en casa una lata de sardinas con pan y margarina, que era su nada emocionante plan.

Vendrá Richard, dice Audrey, así que podréis conoceros e intercambiar ideas.

Qué bien, responde Doreen. Y entonces, como de la nada, ¿Le quieres, Audrey?

¿Que si le quiero? Pues claro que sí.

¿Le quieres, insiste Doreen, tanto que anhelas estar con él y te hace sentir desolada cuando no está?

Bueno, acostumbra a estar, responde Audrey. Lo veo al menos dos veces por semana, y cada fin de semana, y pronto lo veré cada día.

Parece que Doreen va a añadir algo más, pero no lo hace. Pues bien, dice por fin, y sonríe; ya tienes tu respuesta.

Debe de ser duro, piensa Audrey sin poder evitar sentir una cierta compasión, el ser una mujer soltera a media treintena (o quizá sea aún peor, a finales de la treintena), aún con el consuelo de sus libros, sus paseos, su carrera.

Oh, Richard, piensa, te quiero, sí, y aunque haya tanto que no sabemos, tanto por solucionar y aprender juntos, doy las gracias por tenerte.

Le ofrece un brazo a Doreen, que ella acepta. Con los cuellos subidos contra la lluvia, caminan rápido, en silenciosa compañía, las dos perdidas en cualesquiera que sean sus pensamientos secretos.

8.

Por fin llega el jueves por la noche. Emma vuelve a tener turno. Ocupa los dedos abrochándose los botones del mono, atándose los cordones de sus pulidos, vueltos a pulir y pulidos una vez más zapatos negros oficiales; ajustándose el brazalete. Su rostro en el espejo del pasillo: ¿Quién te crees que eres?

Bajo la lluvia, bajo el abedul, Sylvia la está esperando. Cuando Emma la ve piensa Oh. Seguido de Oh. Y de Oh, joder.

La mano le tiembla tanto que apenas puede coger el cigarrillo que le enciende.

¿Todo bien?, le pregunta Sylvia, y ella responde No, la verdad es que no.

Mírame, le pide Sylvia, pero Emma no lo hace, no puede, y entonces sí lo hace.

Oh, Emma... dice Sylvia.

Esta vez es Dempsey quien les ofrece llevarlas a casa, y esta vez Emma declina la oferta. Camina. Con Sylvia. Por las calles al amanecer, a la pálida primera luz, que más que luz es que la oscuridad empieza a aflojar.

Suben por Albertbridge Road. Hacen una breve pausa en el puente para mirar al río. Emma pasa el dedo por el grabado en la piedra, en el que nunca había reparado.

PUENTE CONNSWATER
ENSANCHADO EN 1890

Antes solo era un caminito de piedras en el agua, explica Sylvia. Construyeron el puente nuevo (así lo llamaron) después de que un hombre se ahogara intentando cruzar. Más tarde hicieron New Road, que se convertiría en Newtownards Road, y ampliaron el ancho del puente.

Y entonces aparecimos nosotras, dice Emma. Y el viernes 11 de abril, Viernes Santo, de 1941, nos detuvimos aquí. También tendrían que grabarlo en la piedra.

Se quedan paradas allí. El río fluye. El silencio, que no es silencio en absoluto, adquiere densidad y traza espirales a su alrededor. Todo lo que es imposible de decir o que no debería intentarse. El amanecer, el día. Este día, este.

Un momento más. Ambas hacen una rápida, secreta, privada reverencia al río, al propio Conn, al alma del hombre ahogado (Richard McCleery, se llamaba; era un banquero del pueblecito de Ballyharrett); a continuación, siguen su camino.

Sylvia vive en Bloomfield, sola, de alquiler, en el primer piso de una casa eduardiana con mirador. Mete la llave en la cerradura y entran. Un gato atigrado que maúlla pidiendo salir les pasa corriendo por entre las piernas.

Este es Tigre, dice Sylvia.

Hola, Tigre; adiós, Tigre, lo saluda Emma, y sigue a Sylvia un par de pasos al interior. Sylvia enciende la lámpara de la mesa del pasillo; se dirige a la sala de estar, a la izquierda;

enciende también las lámparas de esta y le indica a Emma con un gesto que pase. Después va a la cocina a dejarle agua y comida frescas a Tigre.

Emma mira a su alrededor. Esta es la casa de Sylvia. Estas son las cosas de Sylvia. Un piano de media cola ocupa casi todo el espacio frente a la ventana del mirador. Está hecho con madera de palisandro muy bellamente pulida, que reluce a la luz de las lámparas como si estuviese viva. Con el dedo medio de su mano izquierda toca suavemente una tecla negra: fa sostenido. Reacciona al tacto de forma mucho más suave que el piano de pared con el que han aprendido todos, sus dientes amarillentos machacando con severidad *El clave bien temperado*. Vuelve a tocar la tecla, y otra con el índice, do sostenido. Está buscando algo de forma inconsciente.

Fa sostenido, do sostenido, fa sostenido, do sostenido.

Entonces piensa Ah, claro. Una cuarta perfecta. Es mi mirlo.

Sylvia vuelve a entrar. Estaba encendiendo el quemador para hacer té, pero he pensado que quizá prefieras un brandi.

Sí, un brandi, dice Emma, aunque apenas bebe.

Muy bien, dice Sylvia.

Fuera del trabajo eres diferente, piensa Emma. Más amable, más gentil. Hasta tu voz se vuelve más suave. Como si el tono elevado como de bravata constante solo fuese una actuación; sí, eso debe de ser, para Jamesie y Dempsey y gente así. O quizás es que el ver todo esto me influye. Por ejemplo, nunca me habría imaginado el piano.

Sylvia se acerca y posa una palma en la tapa.

Era de mi padre, dice. Él también daba clases de música. Tocaba bien.

No lo sabía, dice Emma, no lo sabía, y añade Hay tanto... hay tanto...

Lo sé, dice Sylvia.

Después, apoyada en un codo, Sylvia pasa la punta de los dedos sobre el estómago de Emma, que se estremece. Sylvia ríe. Emma también.

Podría hacerlo de nuevo, piensa. Ahora mismo. Una y otra y otra vez. Nunca se había imaginado poder ser tan... ardiente.

Sylvia extiende el brazo para coger la pitillera y el encendedor de la mesilla, abre la primera, le da a la ruedecilla del segundo, se enciende un cigarrillo para ella y otro para Emma, los dos a la vez, como hace siempre, y le pasa uno. Emma lo coge. Las dos se quedan tumbadas boca arriba. Sylvia deja caer su brazo como descuidadamente, posesiva, por el cuerpo de Emma, la palma abierta sobre el estómago, debajo del ombligo, el índice apenas tocando la parte superior del hueso púbico, y traza pequeños círculos.

Aún siento el sabor de tu coño, dice en voz baja, y Emma se siente atravesada de nuevo por un golpe de calor: este es un punto del que no se regresa.

Y del que no quiero regresar, piensa.

9.

Es sábado, y Audrey se levanta temprano a acabar el vestido para la noche. Está extendido en el suelo del solario, donde hay buena luz. Siguiendo la teoría del color ha elegido una tira de satín en fucsia subido: vitalidad, pasión, romance, amor físico.

Ella y Richard aún no lo han hecho, no del todo, hasta el final. Ni del todo ni a medias, se lamenta. Como máximo un cuarto, más que nada besos, cosa que está muy bien, pero... Sabe, claro, que él tiene razón. Intenta protegerla; quiere ser cauto, sensible. No quiere hacerlo en algún callejón, o en el parque, o en el asiento trasero del coche. Y en realidad yo tampoco, piensa ella. Pero aun así, aun así...

Toca la cintura del vestido, las amplias mangas; frunce el ceño. ¿No será demasiado como de niña?, duda. No debería ser el caso: ha sacado el patrón de *Vogue*. Quizá debería haber elegido un color más sofisticado, como azul Francia o azul marino. Pero el espectro azul significa tranquilidad, calma, autocontrol, paciencia... y no es ese el mensaje que desea transmitir.

Quizás ahora que estamos prometidos, piensa, las cosas sean diferentes, aunque eso no solucionaría el problema del dónde. En esta casa no, por supuesto; imposible. Y la casa de los padres de Richard, en Knock, es enorme, pero allí nunca parece adecuado ni besarse. La casa de sus padres, con sus ama de llaves y cocinera permanentes, no solo una señora Price como nosotros; con su pista de tenis, su gran jardín en pendiente y estanque con puente encima, la carpa silenciosa que parece siempre embobada con la boca abierta, con sus dos torpes grandes daneses, que se asustan a la primera... sus grandes aparadores y mesillas, todo oscuro; sus gruesas cortinas de terciopelo, y el pesado papel pintado... sus boles de latón por todas partes con sus polvorientas mezclas de flores; las fotografías en marcos de plata que parecen haberse juntado para conspirar, con toda esa gente en blanco y negro que te mira con desaprobación... sus acuarelas de paisajes y pinturas al óleo de perros... y la madre de Richard, los cabellos plateados recogidos con un broche de carey, y su padre, amable pero ahora como ido, dado a quedarse dormido y despertarse sobresaltado, los ojos acechantes, y hay que hablar con calma para que se vayan calmando sus sospechas... ¡y lo decepcionados que se quedaron los dos al saber que Audrey no juega al bridge de forma que ella y Richard pudiesen ser pareja contra ellos!

Se pregunta qué piensan en verdad de mí ahora que voy a casarme con su único hijo, ahora que voy a ser la próxima señora Graham. Por Dios, ojalá no esperen que me mude allí con ellos, con Richard. Richard no puede desear eso. No puede, ¿verdad?

Se incorpora abruptamente. ¿Dónde estás, Madre? Dijiste que ibas a ayudarme...

Del otro lado de las ventanas de enrejado cruzado de plomo, Madre habla con el viejo señor Gracy. Piensa en Tom Gracy, que está en algún lugar de Dar es Salaam, en Tanganica. Ya no poda árboles frutales y corta la hierba, ni combate a los pulgones de las rosas. En sus cartas, que le lee en voz alta la señora Price al viejo señor Gracy y que él guarda dobladas en el bolsillo de la camisa hasta que quedan ablandadas como pañuelos de algodón, dice que desayuna cada día papaya fresca con zumo de lima, como hacen todos, y a veces en las huellas hundidas de los caminos de tierra se ven cobras, que se elevan treinta centímetros en el aire y agitan sus lenguas negras, y una vez vio a unas jirafas, como se llame a un grupo o familia de ellas, y decía que de cerca parecen totalmente irreales, con sus cuellos y sus cabezas y sus pestañas, como si se hubieran maquillado... Me pregunto si podría convencer a Richard, piensa, de ir allí o a algún otro lugar por el estilo; si se lo vendiera como una experiencia útil para él, para los dos...

Madre la ve desde el otro lado de la ventana y la saluda con el brazo: Ya voy.

Audrey se vuelve, le abre el costurero en preparación; los tres niveles en cada lado se despliegan. Y cómo me gustaba ayudarla a organizarlo, recuerda, juntando las bobinas de hilo de algodón, inventando para cada una de ellas un nombre y una personalidad. Vertiendo los botones del tarrito, una masa grande y resbaladiza, y ordenándolos primero por color, después por tamaño, después por grupos que creía que pudiesen hacerse amigos...

Madre ya ha llegado, práctica, eficiente. De inmediato se pone a arreglar uno de los botones del vestido, que Audrey, impaciente, poco cuidadosa, ha cosido ligeramente desalineado del resto. Después acaba de darle un toque a una de las mangas, ajusta el borde. El *tic* de sus tijeras de costura, el filo implacable de las hojas cortando los bordes del hilo.

¿Cómo eras a mi edad, Madre?, le pregunta.

Caramba, Audrey, dice la mujer mirándola por encima de las gafas que ahora necesita para leer y para coser; a tu edad os tenía a ti y a Emma, lo que no tenía era tiempo como para ser nada especial.

Ya lo sé, pero... ¿cómo eras? ¿Crees que tú y yo hubiésemos sido amigas?

¡Vaya pregunta! Ten, pruébate esto.

Audrey se quita la bata y se queda en camisón, con los brazos alzados para que su madre le pase el vestido, como si fuera una niña pequeña con su pichi.

Perfecto, aprueba Madre. Te queda precioso.

¿No te parece que el color es demasiado infantil?

Bueno, Audrey, lo elegiste tú misma.

Lo sé, pero dímelo sinceramente.

Es alegre, dice Madre. Colorido. Te sienta mejor que cualquier pastel, y ya sabes que los tonos tierra no te van. Pero si quieres te dejo mi capa negra, la del brocado. Lo compensará y quedará muy sofisticado.

Gracias, Madre. Audrey se inclina para darle un beso en la suave, familiar, mejilla casi sin arrugas.

De nada. Madre sonríe. Lo siguiente será pensar en tu vestido de boda.

Richard quiere que nos casemos pronto, dice Audrey, y nota que se le acaloran las mejillas. Dice que, en tiempos como estos, para qué esperar.

Bueno, dice Madre, no puede negarse que tiene lógica.

Si es en junio, cuando ya han salido las peonías, he pensado que podrían ser mi ramo, y él ponerse una en el ojal. Cada vez más colorada, Audrey se apresura a añadir Siempre he creído que así debe ser una boda, como una rosa o una peonía Fantin-Latour, que se abren como el pañuelo en un truco de mago para revelar más y más pañuelos hasta que no puedes creerte que tuviera tantos en la mano. ¿Es así, Madre? ¿Es eso lo que se siente?

La mujer agita la cabeza y ríe. Oh, Audrey.

A ti y a Padre os cae bien Richard, ¿verdad?

Por supuesto. Tu padre lo tiene en gran estima. Aunque lo importante no es lo que pensemos nosotros dos, ¿no?

Claro, pero yo no podría soportar que os cayera mal.

Bueno, pues nos cae muy bien. Y queremos que tú seas muy feliz.

Lo seremos.

Las dos se quedan un momento en silencio.

Si quieres, dice Madre, podemos coger el tren a Dublín e ir a mirar vestidos en Clerys, Switzer's, Brown Thomas. Tendrán diseños diferentes, un catálogo mayor de telas. Aunque mejor que vayamos pronto, porque si empiezan a racionar la ropa va a ser más difícil conseguir nada.

Me encantaría.

Junio. Por Dios.

Audrey vuelve a ponerse colorada.

Qué rápido pasa el tiempo, dice Madre. Pronto tocará llevar gorros y botines. Y Audrey se ruboriza aún más.

Madre pliega las alas del costurero y cierra la tapa, y entonces pregunta ¿Qué hay de Emma?

¿De Emma? ¿Qué quieres decir?

He pensado que confiaría en ti. Si hubiese encontrado a alguien. Si hubiese alguien que... le gustara.

No creo.

Madre suspira. Creo que le haría mucho bien. En fin, y vuelve a su tono casi de negocios, esto está listo. Y coge el costurero y se va.

Audrey se queda un momento más. Da un paso a un lado, después al otro, comprobando el tacto del vestido contra las piernas desnudas. Solo le queda un par de medias buenas de seda. ¿Me las pongo, duda, o me las reservo? En cierta forma hoy es la celebración de nuestro compromiso. ¿Y si se les hace una carrera y no consigo otras antes de la boda? Hay que tener en cuenta que ya es 12 de abril, podría ser en cualquier momento... Cierra los ojos, se pasa las manos por la cintura, las caderas, intenta imaginarse que son las de él. Pero se siente como una tonta al hacerlo. Sube las escaleras a quitarse el vestido antes de que se arrugue.

10.

El tren de Dublín se ha detenido en la frontera, a las afueras de Dundalk.

En los compartimentos, los pasajeros intentan mantenerse impasibles. Sentaos rectos, les dicen a sus niños. Dejad de dar pataditas en el aire. Se alisan las faldas, sacan las agujas de tejer. Despliegan y vuelven a plegar el periódico. Se miran unas a otras y apartan la vista.

¡Deja de moverte de una vez!

La pequeña Mary Margaretta, que con seis años aún no ha perdido el «pequeña» al mencionarse su nombre, no está moviéndose ni meciendo las piernas. Está sentada más recta que el asta de una bandera, con su muñeca en el regazo. Intenta poner la misma cara que Polly, relajada, sin ni siquiera parpadear. Pasa tanto rato sin parpadear que empiezan a picarle los ojos y se le llenan de agua.

Maisie, le susurra su mamá. Se saca un pañuelo de la manga y le limpia los ojos. Por el amor de Dios, niña, no hay por qué llorar, todo va a ir bien.

Su mamá se incorpora un poco para mirar por la ventanilla a lo largo de todo el andén. En realidad, es Maisie la que ocupa el asiento de la ventanilla, pero no llega a ver fuera sin ponerse de rodillas en este. En el anterior tren se pasó el viaje en esa postura y alzando también a Polly para que viera la roca color púrpura y los brezos de las montañas, los primeros destellos azul brillante del mar, hasta quedar por completo a la vista a la entrada de Dublín, con sus olas en movimiento y las barcas con sus velas rojas ondeando.

Pero ahora no puede ponerse de rodillas en el asiento porque en la espalda de su abrigo verde lleva el nuevo kit de afeitado de su padre, comprado en una tienda de Saint Stephen's Green, un establecimiento entero dedicado únicamente a eso, productos de afeitado para hombres. Está hecho del más suave y bello cuero beis. Suave como la mantequilla, dijo el vendedor, y con una funda individual para cada cepillo con asa de ébano. Pero si Maisie se mueve se le va a caer el kit y lo van a ver los de Aduanas.

El compartimento va muy lleno y a ella le pica la cabeza, aunque tampoco puede quitarse el sombrero verde de fieltro porque han hecho un par de oberturas en el forro para esconder dos pares de medias de seda, que en Dublín cuestan muchísimo menos que en casa. Y detrás de la tubería en «S» del inodoro están sus nuevos zapatos negros de marca, unos Mary Jane con hebillas de plata y lacitos en las puntas. Mamá quería que los llevase puestos a casa, rayarlos un poquito para que no pareciesen tan nuevos, pero la idea de estropearlos a propósito hizo llorar tanto a la pequeña que la mujer renunció a la idea.

En este tren no hay casi nadie, le explicó mamá, que no haya comprado algo que técnicamente no debería: una latita de caramelos o de café, o unas naranjas, unas salchichas o beicon, medio kilo de mantequilla fresca. En Dublín aún puede conseguirse todo, todo lo que quieras, todo lo que se te ocurra. Antes de regresar a la estación, Maisie se tomó en

Bewley's un melocotón Melba con montones y montones de nata, y mamá una tarta de fresa con glaseado de albaricoque que tenía una pinta casi demasiado buena como para comérsela. En Dublín los escaparates de las tiendas están llenos y las luces encendidas toda la noche porque no están en guerra como nosotros...

Pero ahora sucede algo: los agentes de Aduanas se han subido al tren. Los oye decir que saquen todos sus tarjetas de identidad y que tengan sus pertenencias listas para ser registradas.

Todo se ha quedado inmóvil; todo el mundo, piensa ella, hace intentos demasiado exagerados de parecer normal, con lo que solo consiguen acabar pareciendo maniquíes de sí mismos. Una señora ha tejido y destejido un mismo trozo de lana una docena de veces. El hombre del periódico ya debe de haberse aprendido de memoria el párrafo que lee una y otra vez. Maisie agarra fuerte a Polly, su cuerpo blando de tela, el vestidito a tiras verdes y blancas que le tejió la abuela con retales para que llevara lo mismo que la niña, su querido rostro redondo con rizos negros pintados y labios de color rosa y sus ojos de un azul brillante.

Siéntate bien, Polly, le susurra, y no digas ni una palabra.

Maisie.

Mamá no la mira al pronunciar su nombre. En el compartimento nadie mira a nadie. Los de Aduanas están en el de al lado; oye sus voces, la voz que alza uno de los pasajeros, sus voces de nuevo. A Maisie le pica la frente y tiene que contenerse de quitarse el sombrero. El kit de afeitado le resulta incómodo, le aprieta la espalda; siente como si tuviese las piernas, bien rectas, llenas de hormigas.

A papá le dio un torpedo, piensa. En algún lugar del Lejano Oriente un torpedo le dio al barco de papá. Pero está a salvo y va a volver a casa y cuando llegue tenemos que darle esto; por favor, no os lo llevéis.

La puerta del compartimento se abre. Ahí están, los temidos hombres de Aduanas. Son tres, uno mayor y dos más jóvenes, todos con aspecto recio y muy serios, uno con la cara llena de granos.

¿Algo que declarar?

Nadie contesta.

¿Nada? Esta es su última oportunidad. ¿Algo que declarar?

Silencio.

Sus tarjetas de identificación, por favor, le pide el de los granos a mamá.

Mamá se las entrega, sus manos enguantadas suaves y firmes.

Señora Jean Gallagher... señorita Mary Margaretta Gallagher... Y esta otra señorita, ¿también tiene identificación?

¿Me lo dice a mí?, piensa, y entra en pánico. ¿Tengo que explicarle que me llamo Maisie, que así me llaman todos? Le dirige una mirada rápida a mamá. Mamá ha puesto su gran sonrisa falsa. Maisie siente la mirada del hombre de Aduanas. Ella intenta mantener la suya fija en el regazo; si la alza se cruzarán sus ojos, se delatará, encontrarán el kit de afeitado. Agarra a Polly aún más fuerte.

Ah, piensa. Se refería a Polly.

Levanta la vista. El hombre de Aduanas le sonríe.

Esta es Polly, murmura ella.

¿La señorita Polly lleva algo que no debería?

No, responde Maisie.

El más mayor de los hombres de Aduanas, que está en la puerta con los brazos cruzados, carraspea. El de los granos se yergue.

¿Puedo ver su bolso, por favor?

Mamá, aún con su sonrisa falsa, lo desabrocha, lo abre del todo y se lo ofrece. Él echa un vistazo rápido y asiente. Mamá vuelve a cerrarlo y a posarlo en el regazo. Solo Maisie ve lo mucho que tiene hundidos los dedos en el cuero.

Los hombres de Aduanas confiscan un tarro de mermelada de los bolsos de las señoras de sombreros marrones de enfrente. Después, cuando están a punto de irse, el más mayor señala una maleta en el estante del equipaje.

¿De quién es?

Se produce un momento de silencio, hasta que un joven con bigote y mirada penetrante se lame los labios y contesta Es mía.

Le indican con un gesto que la baje y la abra. Todo el compartimento observa. Los hombres de Aduanas la registran, pasando la mano por entre la ropa doblada, hasta que uno de ellos encuentra un hueco en el forro y lo arranca. Debajo hay unos diez o doce centímetros de lencería de seda de colores, que se ondula cuando el agente la saca.

El pasajero empieza a protestar de que es para uso personal, es decir, no personal de él mismo sino...

Uno de los jóvenes agentes suelta una risita disimulada, mientras que el otro, el de los granos, se ruboriza. El hombre mayor se limita a cogerla, hacer un bollo y lanzarlo por la ventanilla al andén.

Todo el mundo fuera, se imagina Maisie que dicen. Todo el mundo fuera y al andén, vamos a registrarlos bien a cada uno, y entonces descubrirán el kit de afeitado, en cuanto ella se ponga en pie lo verán...

Y entonces, una nueva conmoción. En el lavabo adyacente, otro de Aduanas ha encontrado los zapatos nuevos, que estaban embutidos cuidadosamente tras la tubería, envueltos en tela para que no se rayaran. Se los lanza al hombre mayor.

¡Mis zapatos!, casi exclama Maisie, pero mamá le posa una mano en la pierna y aprieta fuerte. Consigue contenerse y parpadear para absorber de nuevo las lágrimas que empezaban a picarle y le nublaban la vista.

Por fin las puertas de los compartimentos se cierran, suena el silbato y el tren se pone en marcha.

Hemos tenido mala suerte, sí, le dice la señora que teje al hombre a quien le han registrado la maleta, y que se ha sacado el sombrero para secarse la frente y la calva brillosa.

Debían de ser nuevos, comenta una de las señoras de sombrero marrón, siguiendo todas las reglas a pies juntillas.

Aun así, vaya pájaros, dice la otra señora de sombrero marrón. Desde luego, podían haber hecho la vista gorda con unos zapatos de niña, asiente la tejedora con tono de desaprobación.

Miren lo que les digo: seguro que esta misma noche otra niña se hace con ellos y mañana los llevará con sus mejores ropas del domingo, dice la primera señora, y esta vez Maisie no puede contener las lágrimas, que se le desbordan de los ojos y le caen por las mejillas, calientes y desamparadas. Sus bonitos zapatos nuevos, sus lacitos, las hebillas de plata, esos otros zapatos marrones viejos y odiosos que tendrá que seguir poniéndose hasta que a su hermana mayor se le queden pequeños los suyos y se los pase, y a su vez ella acabe pasándoselos a la pequeña Greta Anderson del número veinticuatro...

Ay, señor, dice la primera mujer al ver las lágrimas de Maisie, y ella y su compañera intercambian una mirada. La primera saca un pañuelo del bolsillo y se lo coloca cuidadosamente en el regazo, lo abre y revela un par de ratoncillos de azúcar, uno blanco y uno rosa, ambos con ojos negros y cola de regaliz.

Se los llevábamos al niño de nuestra vecina, dice, pero no necesita los dos. ¿Cuál prefieres?

Maisie mira a su mamá, que dice Bueno, si estas señoras tan amables están seguras... y añade ¿Qué se dice?

Gracias, murmura Maisie, y extiende una mano por encima de los ratones, primero el blanco, después el rosa, cerrándola por fin alrededor del segundo. Gracias.

Prueba el morrito con la punta de la lengua y, envolviéndolo fuerte en su propio pañuelo, levemente sucio, se lo guarda en el bolsillo del abrigo para compartirlo con Bobby de vuelta a casa.

Ahora su mamá se pone a hablar con las señoras de los sombreros marrones. Son hermanas y van una vez al mes al teatro Abbey, a la primera sesión, las butacas de un chelín y seis peniques, que dicen que salen muy bien de precio. Hoy interpretaban *El dinero no importa*, anunciada como comedia en entorno irlandés, aunque con un fondo bastante serio, afirman las dos; trata de un hombre cuyos hijos, uno tras otro, fracasan en sus intentos de cumplir con las expectativas de él, aunque de nuevo las dos señoras acuerdan que algunos de los personajes eran un poco exagerados.

Ese padre Maher, dice una, y la otra replica ¡Por Dios, ese padre Maher!, y ambas agitan la cabeza.

¿Ustedes van mucho a Dublín?, preguntan, y ahora mamá les cuenta de la marina mercante y el barco torpedeado, y hasta lo del kit de afeitado, que le saca a Maisie del abrigo para que pueda sentarse más cómoda.

Oh, exclaman las señoras, encantadas. Vaya, vaya. Y dicen que eso les ha alegrado el día.

El tren acelera a medida que se abre paso descendiente. Si le apetece, Maisie puede levantarse y mirar por la ventanilla como los campos verdes dan paso a la roca gris para volver después al verde, mirar las ovejas llenas de lana, intentar contar las vacas que pasan a toda velocidad. Pero la niña está cansada y se apoya en su mamá, la mejilla contra su abrigo marinero... Aunque su mamá siempre le dice que no moleste a la gente contándole sus cosas, ella es capaz de conocer a alguien en la cola de Turner's, y para cuando meten las cartillas de racionamiento en la caja, ya se han hecho grandes amigas y una lo sabe todo sobre el lumbago del marido de la otra o sobre la pleuresía que sufrió de pequeña...

Mientras mamá y las señoras siguen hablando, de acuerdo en que no sería correcto para ellas vivir en Dublín, en una paz comprada con dinero ajeno, mientras otros más al norte sufren tanto, Maisie piensa en otra pequeña que no tuviese que vivir entre persianas cerradas para no mostrar la luz ante los ataques aéreos, dando saltitos felices y admirando los lacitos de sus zapatos nuevos... Pero entonces piensa en el kit de afeitado, a salvo en el bolso de mamá, y en cuando papá vuelva a casa y ella se lo dé, y lo contento que va a ponerse. Se pregunta qué les traerá él. Recuerda los tesoros que les regaló la última vez que estuvo de permiso, los ceniceros lacados y el camisón de seda para mamá, rosa por fuera con dibujo de ramitas verdes, y verde con dibujo de peonías rosas por dentro, y era reversible y se podía elegir de qué color llevarlo; la columna de ébano con dragones tallados y arriba una bola que se abría y tenía otra dentro, y otra más dentro de esta y así, y podías agitarla suavemente para oír el ruido de la última bola, sólida y muy pequeñita...

Y entonces el tren se detiene en Great Victoria Street y mamá la despierta con cuidado, y ¡Ah!, recuerda Maisie, qué contento va a ponerse Bobby con el ratoncillo de azúcar.

11.

La mañana de Viernes Santo fue Tigre quien las despertó con sus maullidos para que lo dejaran entrar. Sylvia se levantó, se envolvió en su bata a cuadros y fue a abrir la puerta. Emma, incorporada y desperezándose, vio apenas un borrón peludo que corría hacia la cocina.

Hola, le dijo Sylvia al regresar.

Hola. Bostezó. ¿Qué hora es?

Las ocho y poco.

¡Joder!, exclamó ella, de repente despierta del todo. Van a estar muy preocupados, Sylvia. Tengo que llamar. ¿Tienes un teléfono?

En la mesita del pasillo.

Emma se levantó, se cubrió los hombros con el cubrecama y la siguió. —Pareces la mujer de un marajá, le dijo Sylvia con una sonrisa—. Levantó el auricular y esperó impaciente a que la telefonista la conectara.

Se la paso, crujió la línea.

Emma esperaba que su madre cogiera el aparato al primer timbrazo. Esperaba un torrente: Por Dios bendito, Emma, ¿dónde estás?, ¿dónde estabas?, pero en vez de eso Madre solo dijo, confusa, ¿Emma?, ¿perdón?

Durante una fracción de segundo tuvo la extraña sensación de haberse desmarcado de su anterior vida tan completamente, tan exitosamente, que ahora era como si nunca hubiera estado.

Soy tu hija, dijo, aunque a la vez se preguntó si no sería mejor colgar, aprovechar la ocasión y salir corriendo... Tu segunda hija, Emma June.

Pero... replicó Madre, ¿por qué diablos llamas?

Sylvia posó una mano en el hombro de Emma y frunció el ceño. ¿Todo bien?, le preguntó, moviendo la boca sin emitir ningún sonido. Emma tuvo que mordisquear una punta del cubrecama para que no se le escapara una risita.

Te llamo, dijo tras tomar aire entrecortadamente, para que no te preocupes por dónde estoy.

¿Pero dónde estás?

Estoy... con una amiga, contestó. Anoche se torció un tobillo durante un ejercicio, así que la llevé a su casa y (casi se le escapa de nuevo la risita) la metí en la cama. Me quedé con ella para cuidarla.

¿Tú no estás en la cama?

No, dijo Emma, no estoy en la cama, y le dio una patadita a Sylvia cuando ella murmuró Aún.

Mira, Madre, se apresuró a seguir Emma, estaré de vuelta para, y eligió el momento al azar, para el té, o al menos para la cena, o volveré a llamarte si hay cambio de planes. Ahora tengo que dejarte, piensa en la factura del teléfono de mi amiga. Adiós. Y volvió a posar el auricular en el aparato, con las manos temblorosas y ya sin contener la risa.

¡Oh, Sylvia!, dijo, no se habían dado cuenta, no se habían dado cuenta de que...

Entonces sintió que la invadía una ligereza irracional, la sensación de que todo era posible: ahora mismo podría hacer lo que quisiera...

Ni siquiera se habían dado cuenta, repitió, de que yo no estaba. El día es nuestro. El día entero.

Ahora tras las cortinas, tras las persianas cerradas, la luz del sol entraba por el jardincillo de matojos que da al este, haciendo brillar la mesa y las sillas blancas de hierro, y convirtiendo la pequeña pila para pájaros en un altar.

Sylvia preparó café, café de verdad, una cucharada del que guardaba de antes de la guerra, actualmente muy valioso. La cafetera, explicó, era de Rímini, y se la había traído de un viaje organizado por Emilia-Romaña. Se lo tomaron fuera, en camisón, con mantas encima. Emma rechazó un cigarrillo, pero echó caladas del de Sylvia.

Tengo que asegurarme de que no se vuelva un hábito.

¿El qué? ¿El estar conmigo?, preguntó Sylvia.

Oh, eso ya no puedo evitarlo, dijo Emma, y añadió ¡Tenemos todo el día, el día entero! ¿Qué hacemos? Y de repente se puso seria: Tenemos que elegir sabiamente.

Muy bien, replicó Sylvia, y le cogió el cigarrillo de la mano, lo apagó, le hizo levantar la palma y la besó, y besó cada uno de sus dedos y le besó la cintura y el interior del antebrazo hasta el codo. ¿Sigo?

Sylvia tostó pan y dividió una naranja para desayunar, y después se asearon y se vistieron, Emma con una blusa y pantalones anchos de Sylvia que le quedaban demasiado cortos —le sacaba media cabeza— y ondeaban de forma un poco ridícula a la altura de los tobillos, pero ¿y qué?, pensó. Salieron a la calle.

Bajaron por Beersbridge Road, cruzaron Woodstock

Road y entraron en el parque Ormeau por la puerta de Ravenhill. Siguieron el sinuoso camino entre los olmos, pasaron por el bosquecillo, el cáliz invertido de la glorieta, siguieron el lago con barquitas. Era una buena mañana, fresca y de cielos azules; las pocas nubes que había formaban tiras en la estratosfera. Emma no podía evitar sonreír a toda la gente con la que se cruzaban, las madres con sus cochecitos, quienes paseaban al perro, los guardias del parque. Sentía que tenía algo brillante en su interior y que brotaba de ella...

Salieron del parque por las puertas del dique, donde las pequeñas y curiosas furgonetas Ormo regresaban a la fábrica de pan después de sus rondas matinales de entregas.

¿Te apetece volver a desayunar?, propuso Sylvia, y Emma rio, ¿Por qué no?, así que cruzaron el río y siguieron por el embarcadero de Stranmillis hasta el distrito universitario en busca de una casa de té. Dentro, cuando Sylvia se quitó la chaqueta y el sombrero, Emma no pudo evitar el extender un brazo y tocar la bufanda de seda amarilla canario al cuello de su amiga.

Sylvia se quedó quieta y la contempló con su típica expresión burlona, divertida. Se desató la bufanda y se la puso al cuello a Emma.

Ten, es tuya, le dijo.

Oh, replicó Emma, pero si no es mi color.

No, pero es el mío.

Emma la tocó, cálida, casi resbaladiza, con ligero olor al jabón y la colonia de Sylvia, que le resultaba familiar y no familiar a la vez.

No voy a quitármela nunca, dijo, y Sylvia rio.

Tomaron té, comieron rollitos calientes, se preguntaron en voz alta qué hacer durante el día.

¿Qué haces, dijo Emma, un día que tienes que recordar para siempre? Porque no quiero olvidar ni un momento de todo esto, Sylvia.

¿Te apetece caminar un poco más?, propuso ella, y Emma respondió Sí, me encanta pasear contigo. Me encanta hacerlo todo contigo. Sylvia rio de nuevo.

Cuando acabe la guerra, dijo, igual se llevaba a Emma a Emilia-Romaña. O a Florencia, o a Roma. O a Suiza, a caminar por las bases de las montañas de los Alpes, o incluso a Austria, cuando fuera posible. Otro día iba a mostrarle sus guías Baedeker, sus mapas, todos los lugares en los que había estado.

Ojalá pudiésemos irnos ya, dijo Emma, ojalá pudiésemos, no he estado en casi ninguna parte, y Sylvia le tocó la mano, y sintió un cosquilleo que le recorrió todo el cuerpo, y Silvia dijo Un día lo haremos.

El día empezaba a nublarse. El viejo chiste de Belfast: aquí un año puede no tener cuatro estaciones, pero puedes tenerlas todas en un día. Cuando empezó a llover se apresuraron al Museo y Galería de Arte Municipales. Emma no había estado desde su niñez, o al menos desde la de Paul, a ver a Takabuti, la famosa momia egipcia, y los enormes, finos y encorvados huesos del edmontosaurio.

Pasaron por las galerías de herramientas del Mesolítico y las lúnulas de la Edad de Bronce. Emma se detuvo ante un expositor que contenía un collar de oro ligeramente retorcido, con un gancho en cada lado. Según decía la placa, había sido descubierto en una ciénaga de Ballyrashane, en Londonberry, aunque, claro, como señaló Sylvia, por entonces no eran Ballyrashane ni Londonberry, aún serían Daire.

Emma se imaginó al herrero calentando el oro hasta el punto exacto en que empezara a derretirse y cogiéndolo con pinzas y retorciéndolo delicada pero rápidamente, dando forma a las puntas y curvándolo después en la forma exacta de un cuello, para después apartarlo a que se enfriase y pasarle un paño de cuero hasta limpiarlo de ceniza y hacerlo relucir, y que finalmente lo cogiera alguien y uniera los bordes alrededor del cuello de una mujer. ¿Habría sido por amor, se preguntó, o por algún otro compromiso más formal, una pedida de mano, un casamiento, una promesa tornada solemne, hecha tangible? ¿Habría sido en una ceremonia pública o privada o las dos cosas? ¿Y qué habrá sido de ella, de ellos, y qué será de todos nosotros, y quiénes de nosotros sobreviviremos? De repente se sintió mareada, superada por la situación, por esto, por el ahora, por este día...

Mientras pasaban al siguiente expositor, y al siguiente, y a la siguiente galería, se imaginó verse a las dos desde fuera, como las veían los demás. Una mujer con chaqueta de tweed y pantalones y un sombrero de paja un poco gastado, y una chica más joven, más alta, con la cabeza descubierta y una bufanda nada a juego con su pelo cobrizo y pantalones, que le quedaban pequeños, y se preguntó si las verían como amigas, o como tutora y pupila, o hasta (y le volvieron las risitas de la mañana) como tía y sobrina, madrina y ahijada, pero entonces se le ocurrió que la gente no piensa, apenas se fija en ellas, no se pregunta nada, y en esa invisibilidad también hay una perspectiva de libertad, y se puede ir por toda la ciudad como una misma y nadie te conoce ni le importas.

Sylvia, dijo, perdona que te lo pregunte, pero ¿cuántos años tienes exactamente?

En agosto cumpliré treinta. Soy una anciana, sí.

Yo cumpliré los veinte.

¡Anda! ¡Pero si aún eres una niñita!

No, pero... escúchame, le pidió Emma. Lo que quiero decir es que... bueno, que ya habrás hecho esto otras veces.

¿Estar en la sala de artefactos prehistóricos del Museo y Galería de Arte Municipales de Belfast con Emma June Bell, que va a cumplir los veinte, a (miró su reloj) poco más del mediodía del Viernes Santo de 1941? Hizo como si pensara. No. Nunca. Esta es la primera vez.

Emma sonrió. Ya sabes lo que quiero decir. O sea, y bajó la voz, estar... con otra mujer, así. No es que me importe, se apresuró a añadir, no es eso. Es solo que... ¿cómo funciona?

Oh, Emma, dijo Sylvia. Extendió un brazo, le puso bien el cuello de la blusa, le puso bien su —de Emma— bufanda amarilla.

Hay... lugares, dijo, cuidadosamente. Hay ciertos cafés, ciertos bares. Hay encuentros organizados por amigas mías, por amigas de amigas, en sus casas, más que nada en el sur de Belfast, adonde van actores y cantantes de cabaré, pero no solo actores y cantantes de cabaré. Un día te llevaré, sí, quizá un día te lleve.

Emma la miró. ¿Por qué lo dices con ese tono tan triste?

¿Ah, sí? Caramba, Emma. Sylvia apartó la mirada. Esto no es algo que una escoja.

Yo sí que lo he escogido, replica Emma, ahora alzando un poco la voz. Yo sí que he escogido esto, Sylvia.

Una mujer de pelo blanco se volvió y le frunció el ceño; unos segundos después, tras girarse con ayuda de su bastón, su anciano marido mostró también su desaprobación. Los dos se la quedaron mirando en tándem.

Ellos pueden ser mis testigos, dijo Emma.

Emma, Emma, cariño...

Yo he elegido esto. A ti.

Aún no sabes nada.

Sí que lo sé, insistió Emma.

Se quedaron allí paradas. La mujer sacudió la cabeza con gesto teatral y se alejó, seguida por su marido.

¿Los has visto? A eso es a lo que te enfrentas, dijo Sylvia en voz baja. Y lo único de lo que se estaban quejando ahora era del ruido.

No me importa, replicó Emma. No es su ciudad. ¿Es que le han puesto sus nombres a la ciudad?

No pretendió que su respuesta casi infantil sonara tan petulante, pero lo fue, y las dos se echaron a reír.

Ven, dijo Sylvia, quiero mostrarte algo antes de que nos vayamos.

Emma repite en su cabeza todo lo sucedido, cada momento, tumbada en la cama mientras el cielo del domingo por la tarde va adquiriendo los colores de la noche. No tengo ninguna razón para levantarme, piensa, perezosa, y por vez primera ese es un sentimiento suntuoso, no de desolación. Se descubre a sí misma tocándose en los mismos lugares en los que la tocó Sylvia, hasta caer por fin dormida y sin soñar.

12.

Salón de baile Plaza, Chichester Street. Las nueve, apenas hay luz fuera, el momento embriagador en el que la tarde da paso a la noche. Una cola de parejas risueñas, tríos de chicas cogidas del brazo, todos esperando su turno para pasar por el estrecho pórtico con su cartel de neón, la taquilla en la que recoger las entradas, abrigos doblados entregados al chico de guardarropía, subidas apresuradas por las escaleras, sintiendo cómo vibra el suelo a sus pies. La banda toca la *Polca del barril de cerveza* y la pista de baile ya está llena, cuerpos apretados unos contra otros en una nube de humo bajo el techo de luces. Aquí la barra solo sirve tazas de té, aunque en las mesas al borde de la pista hay jóvenes con ese aspecto como ido que proviene de tazas subrepticiamente (aunque cada vez menos subrepticiamente) llenas con traguitos de whisky para culminar el efecto de las pintas de Guinness y *porter* consumidas antes en los bares de Smithfield.

El ritmo cambia: una cantante se ha adelantado para interpretar el éxito de Gene Autry *South of the Border*, y se forman parejas que suben de la mano desde los asientos de más atrás. La chica con el sombrero vaquero de Gene Autry suspira mientras susurra en español *mañana* sin imaginarse que es la despedida, creyendo las mentiras de él, cuando en realidad el mañana no va a llegar nunca...

Ahora la banda hace una pausa de quince minutos. Las luces de los candelabros art déco se encienden y la gente ríe, se queja, se separa o intenta que no la separen de sus abrazos. Algunos regresan con su grupo de amigos o a las mesas en las que han dejado los bolsos para indicar que están ocupadas; otros se abren paso hasta la barra, donde les rellenan las tazas de té. Hay mujeres que se dirigen al lavabo para volver a empolvarse y pintarse los labios, para volver a dibujarse con lápiz de ojos la costura ahora borrosa de sus «medias» o frotarse los pies donde sus tacones de satín son demasiado altos, a intercambiar historias de conquistas, reales o pretendidas. De uno de los cubículos llegan ruidos calientes de vómito por parte de alguien que ha tomado demasiado whisky. En otro cubículo, como siempre sucede, una chica llora y su amiga intenta consolarla.

Audrey, con su nuevo vestido, está sudando. Le encanta este lugar. Le encanta la música, el baile, la gente apretujada y apenas iluminada. Pero Richard le ha prometido al padre de ella que no la devolverá a casa tarde, sobre todo teniendo en cuenta el raid del lunes.

En su cubículo, Audrey se sienta, orina, se ajusta el liguero y se sube las medias, en una de las cuales está a punto de hacerse un agujerito, y que va a tener que acordarse de pintar con laca de uñas transparente en cuanto llegue a casa... Fuera, entre el montón de chicas ante las pilas, encuentra un trocito de espejo libre en el que retocarse el pintalabios.

Cuando Richard pasó a recogerla esta noche y vio que los tenía pintados de rubí protestó. Me gustas natural, le dijo, al natural eres muy guapa, y además, cuando nos besamos, se me pega y parezco marica.

Por toda respuesta ella le besó el cuello, juguetona.

Mira, ahora parece que te haya mordido un vampiro.

Quita, le dijo él, con tono divertido, pero en realidad más molesto de lo que desearía; para que no se le notase le devolvió el beso, fuerte, en los labios, y le metió la lengua en la boca. La sorpresa hizo que a ella se le acelerase la respiración; lo notó en su pecho, dejó que él también lo notara.

Deberíamos, en fin, dijo Audrey envalentonada, ahora que estamos comprometidos... y la forma en la que él la miró la hizo estremecerse.

Ahora, mientras vuelven en dirección al Ayuntamiento y a la parada de tranvía de ella, pasan junto al refugio antiaéreo arriba de Donegall Place, donde una pareja, sin duda, se lo está montando: de la oscura boca de cemento salen amplificados sus risitas y gemidos.

Richard, dice ella.

La idea le resulta inesperadamente excitante: ¿Lo hacemos aquí? ¿Podemos?

Pero la siguiente entrada también está ocupada. En la tercera hay un borracho tirado, inconsciente.

Un sereno pasa por allí, los ilumina con su linterna y los saluda asintiendo con la cabeza: solo ve a una respetable pareja de clase media.

Buenas noches, le devuelve Richard el saludo, y ella dice demasiado alto Buenas noches, y casi le da la risa. ¿Qué le parecemos? Además del sereno hay otras parejas de señoras de mediana edad que caminan por las calles cercanas al Ayuntamiento tras el cierre de los salones de baile, en busca de parejas demasiado abrazadas en los bancos o sobre la hierba; cuando cazan a unos en el halo de sus linternas, se ponen a rezar por ellos en voz tan alta como pueden. La mayoría, claro, se sienten tan humillados que se separan y se alejan, aunque otros se mantienen firmes —quizá en más de un sentido— y las acusan a voz en grito: ¡Pervertidas!, o, con tono cruel: En fin, cada uno se da gusto como puede.

Audrey coge a Richard de la mano. Él se la aprieta con afecto; su tacto es cálido, seguro como siempre, y ella se siente culpable al momento. Se quedaría estupefacto si ella le hiciese la sugerencia, si tuviese la menor idea de en qué está pensando...

EL RAID DE SEMANA SANTA

13.

Sábado Santo y la iglesia.

La familia Bell asiste a la de San Marcos, en Dundela. En coche se llega enseguida, bajando la colina y siguiendo Hollywood Road, o bien, como hoy, a pie, por la curva de Circular Road, un camino más bonito pero un poco más largo... Es hora de ponerse en marcha.

Florence vuelve a llamar a los niños, abre la puerta interior con ese dibujo en hierro colado que a ella siempre le ha parecido una cara benevolente, y sale al porche con suelo de terrazo. El helecho plumoso y el culantrillo en la jardinera, el azul con sus hojas de ese color y grises. Abre la puerta exterior y sale al escalón ancho y curvo. El fresco de la mañana, el rocío que aún queda en la hierba, las camelias y los primeros brotes en el magnolio, pálidos, finos, fervientes.

Desde el interior de la casa, portazos de habitaciones y el lavabo mientras las chicas van de un lado a otro preparándose. Paul que baja al galope con sus zapatos lustrosos y su odiado traje de tweed hecho a partir de uno de Philip, deliberadamente grande para que no deje de servirle enseguida que crezca más; su pelo aún húmedo y mostrando los surcos del peine que se ha pasado a toda velocidad. Florence intenta alisarle el remolino de la coronilla, pero él se aparta, como hacen siempre los niños cuando sus madres intentan toquetearlos para arreglarles algo. Una mano en su hombro: Philip, el toque especiado de su colonia, qué elegante está con su traje Príncipe de Gales a cuadros y su sombrero, el inmaculado pañuelo que asoma cuadrado del bolsillo superior. Ella se alisa la falda marrón, la blusa de shantung a juego, con el reluciente collar de perlas, regalo de boda.

Y, por fin, las chicas: Audrey con aspecto pachucho esta mañana —¡y por Dios, Audrey, con los labios pintados!—; Emma con el pelo demasiado corto, dice que es por practicidad pero no la favorece nada, y mira que con sus gruesas ondas caoba sería precioso si se lo dejara crecer... pero, claro, una vez llegan a cierta edad, ya no se les puede decir nada, una tiene que morderse el labio y dejarles tomar sus propias decisiones, vivir sus vidas...

Paul, cariño, no des esas patadas en el suelo, vas a rayarte los zapatos.

Ya todos juntos, se coge del brazo de Philip y se ponen en marcha, una respetable y elegante familia de cinco camino de la iglesia en Sábado Santo.

¿Cómo es —piensa a veces—, que esta es su vida, que aquí está, veintidós años de casada este septiembre, madre de dos hijas adultas y de un niño que ya es tan alto como ella? Y, quién sabe, quizá abuela en un futuro nada lejano. ¡Abuela Flo! ¿Cómo diantre es posible?

No es, piensa enseguida, que sea infeliz ni desagradecida con lo que le ha tocado; es solo que está perpleja de que lo que le ha tocado haya sido esto.

Pasan las casas de los Stewart, los Murray, los Wilson, los Moore. El elegante trazado circular de la calle. A la izquierda por Cairburn Road, el perfil bajo de las colinas de Craigantlet, las colinas verdes como siempre las han llamado los niños, apenas visibles más allá de las copas de sicomoros y robles.

Una vez tuvo un libro de nombres de lugares que leía una y otra vez. «Craig», risco, de *carraig*, «roca» o «rocoso», la segunda «o» corta en medio que significa «descendientes de», la roca de los descendientes de... Caoindealbhán es su nombre, aunque normalmente se anglicaniza a Quinlan. Cairnburn, un lugar donde alguien, por razones que ahora nos son desconocidas, señaló un buen lugar en un arroyo, quizá los primeros colonos escoceses, agricultores de subsistencia que rechazaron la opresión de sus *lairds* y los precarios arrendamientos, los fugitivos de la pacificación de la frontera, presbíteros fanáticos rebelándose contra la autoridad de los obispos. «Prefiero trabajar con las manos en una plantación del Ulster —le dijo sir Arthur Chichester al rey Jaime— que bailar o jugar en una de Virginia».

Estos tiempos que nos ha tocado vivir, piensa mientras doblan por Sydenham Avenue, han creado en nosotros una capacidad de resistencia lúgubre, estoica. Después de la Gran Guerra, y de la guerra civil, y de los enormes problemas de los años veinte, con cientos de muertos... después del desempleo y las revueltas de los años treinta, los pogromos sectarios, el caos, las barricadas en los caminos, los incendios provocados a apenas setecientos metros, a cuatrocientos metros... ya nada la sorprende a una, que agita la cabeza y aprieta los labios y hace lo que sea que haya que hacer, aprovecha al máximo lo que puede, lo que tiene, lo que una tiene la suerte de tener y sí, se siente agradecida por ello.

Se obliga cada noche a repasar las cosas por las que se siente agradecida, tal como les enseñaron a ella y a su hermana de niñas, arrodilladas ante la cama, con sus trenzas y sus camisones bien limpios. Hoy en día ya no reza formalmente aparte de hacer que sus labios sigan de forma automática las oraciones públicas, Padre nuestro que estás en los cielos, añadiendo su murmullo a los de los demás incluso en las dos últimas líneas, las líneas extra, aunque no puede evitar pensar que no son más que doxología... Pero (y como en sincronía llegan, por fin, las ondas de las campanadas, que se extienden desde el campanario de cuarenta y cinco metros de altura, a rayas rojo Dundonald y del gris de la piedra, el rector en la escalinata con su túnica blanca y dorada al viento, Buenos días, buenos días) San Marcos le gusta, con sus anchas columnas, el techo abovedado de madera, el suelo ornamentado. Le gusta sentarse en el banco habitual de la familia, delante y a la izquierda, y contemplar los nuevos vitrales encargados por los Lewis e instalados hace solo dos años; san Lucas, san Jaime, san Marcos, los colores escarlata y naranja y verde mar de sus túnicas, las casitas de techos brillantes a sus pies.

Le gusta el frescor, la sensación provocada por el eco, el espacio.

Hay espacio para pensar, para dejar que los pensamientos se eleven y emprendan el vuelo.

No es creyente en ningún sentido; no cree en la que sea que es la creencia general. Cuando se casó con Philip dejó la Iglesia católica, porque para él era importante y a ella ya no le importaba; por entonces ya había dejado de creer. Ni siquiera sabe si le importa el que, sin creencias, la vida algún día, y por el resto de los días, seguirá adelante sin ella; y es que en realidad no lo hará (¿cómo podría?), al igual que la vida sin Reynard ha seguido y a la vez no ha seguido en absoluto. Por un lado, aquí está, veintitrés años después, esposa de Philip, madre de Audrey, Emma y Paul, y madre también, siempre piensa en privado, de Olivia, aunque nunca llegó a saber si el bebé iba a ser niño o niña.

Y aun así, aun así, a la vez no ha pasado el tiempo, sigue siendo la hija de Reynard, diecisiete años ahora y para siempre, bajando por la escalera con su gasa de algodón blanca para ir al baile, y ahí está él, ahí está él, la cabeza ladeada, una media sonrisa, esperándola, esperando, y él le prende un ramillete en el corpiño, una rosa amarilla rodeada de paniculata, y sentir el aliento de él, la concentración de él, Florence intentando que no se le acelere su propio aliento, a sabiendas de lo que será estar en sus brazos, dejarse caer sobre ellos, sobre él...

Cree que aquella vez, la última que lo vio, supo que iba a ser la última, o al menos lo supo su cuerpo por la forma en que se agarró a él, por el gran pesar al separarse, y ahora sabe que debería haberse dado la vuelta y haber corrido hacia él, o correr él hacia ella, porque después...

¿Qué? Seguro que no querría, que no podría irse.

Aunque, claro, se fue.

De haberse dado la vuelta entonces, hubiesen tenido como mínimo dos segundos más, un segundo más.

Debió hacerlo, debió hacerlo. ¿Por qué no lo hizo?

Philip, por supuesto, y los niños, esperando su turno entre bastidores; su insistente, en cierta forma admirable, ciego, reclamo de ella, de su cuerpo, de sus pensamientos. Quizá los domingos a esta hora son los únicos momentos en que se permite pensar en él; los domingos a esta hora porque son momentos que puede aislar fácilmente: las paredes de piedra pueden acoger sus pensamientos, absorberlos, y en cierta forma, cree ella, santificarlos.

El órgano empieza a sonar, atronador, pomposo. La misa de Semana Santa, los salmos, el sermón, todo ha pasado como un destello, y aunque Florence se ha levantado y se ha sentado y ha sonreído y se ha arrodillado y ha pasado las páginas de su cantoral, apenas ha prestado atención. Sin duda el rector habrá hablado de nuestros cuerpos mortales, plantados en el suelo pero que crecen y se alzan para vivir eternamente. Sembrados entre corrupción, crecidos incorruptos, sembrados en deshonor, crecidos en gloria divina, versos del primer libro de Corintios que trata de un instante, un parpadeo, que nos cambia a todos.

A veces se imagina verlo de nuevo, o que él la vea a ella. Cómo se sorprendería él ante la actual delgadez de su rostro, el gris en sus sienes que ya no se molesta en ocultar. Se imagina a los dos abrazándose, sollozando, indefensos, todo lo sucedido, los años que ahora los separan; y siente todo eso en un arrebato vertiginoso: qué desperdicio, qué total e impío desperdicio.

A lo largo de este tiempo no la ha sorprendido, piensa a veces en secreto, que la ciudad que la rodea estalle periódicamente en llamas y barricadas; no la sorprendería que acabase exterminada desde el cielo, y es que así es como se siente a veces una parte de ella. Llévatela, llévatela toda, no quiero nada de ella, nada de esto, y es que nada de esto (¿cómo podría?), nada de esto importa.

Pero cuando avanzan por el pasillo y el rector le da la mano y salen fuera, con el aire suave y húmedo, las colinas, la gente deambulando, vuelve a ser la señora Bell, y la extravagancia de sus anteriores anhelos le parece de nuevo ridícula. Es ridículo, lo sabe, lamentarse por alguien que, bien pensado, apenas sería unos años mayor que Paul pero desapareció hace ya tantos. Y todo el mundo ha perdido a alguien, apenas hay nadie que no. Todos esos nombres grabados en la placa de latón de la pila bautismal: padres, hermanos, amantes, compañeros de juegos, primos, amigos. *Su semilla quedará para siempre y su gloria no se borrará. Sus cuerpos están enterrados en paz, pero sus nombres vivirán eternos*.

Y aun así... aun así. Piensa en el corazón, en una vida por venir en la balanza contrapesada a la extraña y misteriosa pluma: ¿Has vivido una vida sincera?

Pero no, se repite, firme, una vez más; ahora tienen que darse prisa y regresar. Philip ha de ir a recoger a su madre y a Ruth; Phoebe y Harry y el primo Ian y el pequeño Peter también vienen a almorzar, y Richard, claro, y una inglesa de la oficina de Hacienda de la que Audrey se ha apiadado; y no se fía de que la señora Price, que está perdiendo la vista, haya limpiado bien los cubiertos sin dejar manchas, y hay que encender la chimenea en la sala de estar y coger el clarete de la bodega y decantarlo y, y... y también por todo eso, piensa, está agradecida.

14.

Fuera de los miembros más cercanos, no son una familia especialmente unida: los dos primos no se han visto desde la Navidad. Recelan, se muestran reservados, examinan las formas en que el otro ha cambiado y crecido. Cómo ha crecido Paul, exclaman la tía Phoebe y el tío Harry, ya le saca una cabeza al primo Ian, aunque a Ian la voz ha empezado a volvérsele más grave y a soltar gallos, mientras que la de Paul sigue siendo pura como la de un niño de coro.

Los dos ponen cara de disgusto mientras los adultos hablan de ellos, les molestan los cuellos y las mangas de la ropa de los domingos, tiran de sus abrigos de lana, dan pataditas con sus zapatos relucientes, y comparten una mirada estoica de alivio cuando la conversación pasa a Peter, el bebé, y a ellos los dejan en paz por fin.

Pero en una cosa sí están de acuerdo los dos: el almuerzo del Domingo de Pascua es genial.

Hay dos pollos asados y montones de patatas y puré, una tarta hecha con mantequilla de verdad y las últimas botellas de grosella. Después, en la sala de estar, la tía Ruth reparte un pastel con pasas y galletas maría y semanas de raciones de chocolate; cuando la bandeja les llega a ellos cogen dos porciones cada uno.

La tía Ruth, que es hermana de Padre y por tanto en realidad no es nada de Ian, es tan delgada que parece que en cualquier momento pueda partirse como una ramita. El año pasado estuvo hospitalizada en Armagh; Paul le susurra al primo Ian que la alimentaban a través de un tubo de goma que le iba directamente al estómago.

No me lo creo.

¡Te lo prometo!

Paul había oído hablar de ello a la señora Price y al viejo señor Gracy; mal asunto, dijo la cocinera. También los oyó hablar a Madre y a Padre. La idea de que alguien eligiera no comer por voluntad propia le pareció fascinante, perturbadora y confusa. Y, sin embargo, cuando la ha mirado hoy durante el almuerzo, los ojos brillantes y aguileños de ella parecían voraces, como si codiciara todo lo dispuesto en la mesa mientras observaba las evoluciones del tenedor a la boca de todos.

Giran la cabeza para comerse la segunda porción del pastel antes de que nadie los vea. Paul hace una bola con el papel de cocina y la tira bajo el sofá; el primo Ian lo imita. Las mujeres se están pasando a Peter, el bebé, una masa sólida que se agita impaciente mientras le cantan los *Cinco lobitos* tocándole los dedos de los pies regordetes y le dicen frases tontas sobre tres tristes tigres y le cantan cancioncillas no menos tontas. La tía Ruth canta:

Un caballo encontró una moneda
y dijo Voy a comprarme forraje,
pero se quedó y se tragó el dinero;
pensó Así me ahorro el viaje.

La señora inglesa tiene una buena:

¿Por qué llaman cómoda a la cómoda
y tocador al tocador
si el tocador no toca nada
y es más cómoda la cama?

Al menos a Paul le hace reír, hasta que el primo Ian le da un codazo, burlón.

¿Cuál es el único animal que liga con las patas?, susurra el primo Ian. El pato.

Paul responde con su mejor nueva adivinanza, bajando la voz para que no le oigan Madre ni la abuela:

Si el hijo de Tom es el padre de mi hijo, ¿qué soy yo de Tom?

Cuando el primo Ian no sabe la respuesta, Paul explica triunfal: ¡Su hijo! El padre de mi hijo soy yo, o sea que Tom es mi padre. Y los dos se intercambian codazos mientras ruedan por la alfombra turca, cada uno con un puño en la boca para no hacer ruido, hasta que Padre les ordena irse al jardín.

Pero en vez de eso, y una vez han restablecido el vínculo entre los dos, Paul lleva al primo Ian arriba, a su habitación, para mostrarle su preciado mapa del mundo, que ocupa casi toda la pared de detrás de la cama, y que está lleno de alfileres con cabezas de diferentes colores que muestran los movimientos de las tropas, rojos para los Aliados y negros para el Eje; cada frente, cada batalla, sacados meticulosamente de las noticias de la radio.

Lástima que hayamos perdido Bengasi, dice, subiéndose y poniéndose de rodillas sobre la colcha, pasando el dedo por el Mediterráneo, aunque la toma de Adís Abeba hace una semana ha sido un gran paso. El primo Ian asiente, convencido: está claro que ha sido el principio de la victoria en la campaña del este de África.

Los italianos, afirma con el mismo tonillo de desprecio que su padre, no tienen nada que hacer contra nuestros chicos.

¿Has visto el *News Letter*?, le pregunta Paul, animado. Mira, y coge el diario de ayer, que pasó del sillón de su padre a estar a buen recaudo bajo la cama del niño. Juntando sus cabezas, los dos leen:

> Ayer, en vuelo rasante a menos de 200 pies de altura sobre Le Touquet, dos Spitfires en patrulla ofensiva fueron atacados por un gran fuego de rifles procedente de las ventanas de unas barracas de tres plantas en el frente costero, según informa el servicio de prensa del Ministerio del Aire. Uno de los pilotos giró abruptamente, se acercó a unos cien metros del edificio y, a medida que los soldados salían corriendo a la calle, descargó largas rondas con sus ametralladoras de ocho cañones en dirección al lugar del que habían salido los disparos. Mientras, el otro piloto descendió aún más y, tras ametrallar uno de los puestos de tiro de Le Touquet desde solo 100 metros de altura, procedió a hacer lo propio con una larga fila de camiones camuflados aparcados en la entrada de un grupo de edificios en los que vio tropas que corrían. Después los aviones volvieron a su formación y, siguiendo por la costa, vieron un torpedero alemán que avanzaba a gran velocidad hacia Bolonia. A menos de 200 metros del agua y bajo fuego pesado, los pilotos atacaron la embarcación durante cuatro segundos, para regre-

> sar a continuación a la base sin ni un solo agujero de bala producto de su aventura matutina.

Ni un solo agujero de bala... repite Paul, y añade Hasta puede que el avión sea mío: el año pasado di mis ahorros al fondo para la fabricación de Spitfires.

¡Cómo va a ser tuyo, tontaina! Tus ahorros no darían para hacer un Spitfire entero.

¡Tontaina tú! Di el medio penique de un montón de semanadas, así que al menos parte de uno es mío, ¿por qué no ese? Además, sigue, un día voy a tener mi propio Spitfire, sí. En cuanto cumpla los diecisiete voy a apuntarme a la Fuerza Aérea. Lo haría antes si pudiera, pero Madre nunca firmaría la autorización. A los diecisiete ya no te dicen que no, sobre todo si eres bueno jugando al rugby. ¿Crees —duda— que dentro de tres años y medio aún habrá guerra? Porque vaya mala suerte si nos la perdemos. Mira esto; y saca otro periódico cuidadosamente doblado de debajo de la cama.

> Bolonia. Un hidroplano de grandes dimensiones que estaba siendo remolcado por la costa francesa fue atacado por una pequeña formación de Spitfires. Se precipitaron sobre él y, acercándose a 15 metros de su objetivo, causaron grandes daños al avión y ametrallaron la nave que lo llevaba. Momentos más tarde apareció un grupo de ME 109, que superaba a la formación británica por cuatro a uno, y, en el combate que siguió casi al nivel del mar, un avión enemigo fue alcanzado y destruido.

¡Bum! Paul no puede resistirse a hacer explotar y hundirse al Messerschmidt imaginario y su piloto con un puño. Uno de los nuestros, proclama siguiendo su último trayecto con el dedo, ha caído en combate.

Los dos niños se quedan un momento en silencio y se imaginan a sí mismos de azul Fuerza Aérea, galones de teniente de vuelo, ¡comandante de ala!, ¡comodoro del aire!, en sus mangas. Elevándose, trazando giros completos, descendiendo, atravesando los cielos, ametrallando a los chucruts con sus Browning. Tuca-tuca-tuca-tuca...

Bueno, en realidad yo voy a apuntarme a la Armada, dice el primo Ian. La Armada manda más que la Fuerza Aérea y el Ejército de Tierra.

A mí qué me importa eso, arguye Paul. ¿Quién puede preferir un viejo barco maloliente a un Spitfire? Desde luego, yo no.

Y con eso, él y el primo Ian se ponen a comparar las cualidades relativas de los Hawker Hurricanes respecto a los Spitfires: son más fáciles de reparar y más rápidos de abastecer, dice el primo Ian, y más sencillos de pilotar aunque un poco más lentos, por no mencionar que tienen mejores armas... Y de ahí pasan a los Tiger Moths en los que se aprende a volar, a tener su propio intrépido biplano rojo con Paul de instructor y el primo Ian de piloto, y se meten en la cabina abierta y ponen en marcha las aspas traqueteantes y se enfundan los arneses atados a las anillas de latón para no salir disparados, y las aspas ya giran a toda velocidad y el avión empieza a rodar, el primo Ian a la palanca mientras Paul le da a los botones del magneto y la energía llena la cabina; el primo Ian se encarga del timón mientras Paul va aumentando la potencia, y avanzan por la pista y despegan, arriba, arriba, hacia los cielos azules, y ahora hacen toneles, tirabuzones, ascienden, descienden, giran, se recuperan, dejan su propia estela, sienten la guiñada inversa y apenas un soplido podría descompensarlos mientras continúan surcando los aires...

Y abajo, desconocedores de las gestas mortales y gloriosas que tienen lugar a pocos metros sobre sus cabezas, los adultos siguen con su conversación... A Peter, el bebé, cuya única ambición en la vida es chuparse los deliciosos dedos de los pies antes de que le dé tiempo a alguien a cogerlo y volver a ponerle las botitas de lana, las señoras vuelven a írselo pasando, y los hombres salen por las puertas dobles a fumar sus puros.

La señora Price trae otra tetera recién hecha y atiza el fuego una última vez antes de regresar a la cocina a poner a fuego lento, en una gran olla de hierro, lo que ha quedado de los pollos para reaprovecharlo más tarde como sobras, y cuelga el delantal, se pone la gabardina verde y se ata el pañuelo al cuello, dobla el brazo para sostener el bolso en el codo y parte en dirección a su propia camada en Sydenham; a estas horas ya estarán esperando el té, seguro, después de haber celebrado su almuerzo de Domingo de Pascua sin ella, aunque también es cierto que hoy la Señora le ha pagado doble y con eso podrá permitirse el regalo que va a hacerle al día siguiente a su familia, sí, la promoción de todo por una libra en el Tele; van a hincharse a cubos de caracoles, arrancando la suave y gomosa carne con agujas, y bolsas de *dulse*, con la textura rugosa de la sal marina, algunos pequeños trocitos de alga aún pegados a los mejillones y que hay que despegar con los dedos o se te quedan entre los dientes, y sus nietos con sus trajecitos de lana se comerán una bolsita pequeña cada uno, y la primera gran fiesta del año, piensa con deje desafiante, no va a verse afectada en lo más mínimo por la guerra, así que chúpese esa, señor Hitler, chúpese esa.

15.

Lunes de Pascua. El padre de Richard le ha prestado su coche para todo el día, por lo que él y Audrey van siguiendo la costa de Antrim del Norte, parando en un pub a las afueras de Ballycastle para almorzar huevos fritos con patatas y repollo, un vaso de sidra, panqueques y café, aunque ella no puede comer mucho.

A continuación, pasean por el cabo de Capecastle y las ruinas del castillo de Kinbane. Audrey está en esos días del mes, por lo que, cuando se sientan en la hierba, ni siquiera se besan. Por primera vez, se siente casi aliviada.

El sábado por la noche, cuando Richard la acompañó a casa después de ir al Plaza, entraron por el caminito de ladrillos del servicio y se detuvieron para besarse, esta vez con más fuerza, casi con violencia. Richard la apretó contra la secuoya y le levantó el vestido y la combinación hasta la cintura. Ella sintió el fresco del aire nocturno en sus caderas desnudas; nunca había estado tan excitada.

Sí, dijo, oh, Richard, sí.

Él le recorrió con un dedo el interior del liguero durante unos segundos, pero de repente lo soltó y dio un paso atrás.

Lo siento, no puedo, no aquí, el saber que tu padre está dentro esperándote me pone nervioso.

Nadie puede vernos, alegó ella. Las persianas están bajadas. No sale ni rastro de luz. Es imposible que nos vean, insistió.

Le cogió la mano y la llevó hasta su ropa interior, pero los dedos de él se mantuvieron flojos, inmóviles.

Richard, le dijo, y empezó a rebuscar por dentro de sus pantalones.

No puedo, repitió él, esta vez casi con ira; así no.

Sí que puedes, replicó ella mientras intentaba desabotonarle la bragueta, sí que puedes.

¡Audrey!, exclamó él, apartándole la mano. Parecía a punto de echarse a llorar.

No pasa nada, Richard, le dijo, no pasa nada.

Te quiero, Audrey.

Tranquilo, y ella se oyó un tono como el que usaba Madre con Paul cuando el niño aparecía con un arañazo en la rodilla. Tranquilo, no pasa nada.

Tu vestido, dijo él. Va a mancharse de telarañas y liquen.

Ya lo lavaré, replicó ella. Iba a lavarlo igualmente, debe de estar impregnado de sudor y humo de cigarrillo.

Bien, asintió él, y se quedaron allí parados un momento.

Ven aquí, le dijo ella, y lo rodeó con sus brazos; la anchura de los hombros de Richard, el calor de su cuerpo. Pero también sintió que el corazón la golpeaba en el pecho; la golpeaba y la golpeaba como si fuese a asfixiarla.

Ahora están sentados, rociados por el arrullo de las olas, oyendo a las gaviotas, mirando hacia la isla de Rathlin al paso veloz de las gruesas nubes. Durante todo el día han sido muy educados el uno con el otro, pero cuidadosos y distantes; la misma distancia que sintió ella durante todo el almuerzo de Pascua y que intentó disfrazar fingiendo más ignorancia de la real y hasta de vez en cuando dando opiniones contrarias en asuntos de política y sanidad pública para animar a Doreen y a Richard a unirse ante la enemiga común, o haciéndole carantoñas al bebé Peter.

Cuando por fin se levantan para irse, Richard la coge de la mano para ayudarla a subir por el estrecho y accidentado camino. Su tacto es cálido y firme, y Audrey piensa, mientras la embarga una repentina sensación de alivio, Pues claro que te quiero, pues claro, pues claro que sí.

16.

Emma piensa que Audrey tiene suerte: en la familia Bell, tener un prometido es el único argumento que se acepta para saltarse las visitas familiares de los Lunes de Pascua. Piensa en otras posibles razones, pero ninguna pasa el corte. ¿Quién es exactamente esa amiga tuya?, le replica la Madre que lleva en su cabeza; creía que era tu supervisora. ¿Cómo es que te convoca para un asunto privado, y no tiene familia o amigos que puedan ayudarla con su tobillo?

Y así, Emma y Paul se ven condenados a una tarde con la vieja y patilluda tía abuela Pam en Groomsport y sus preguntas sobre si estás saliendo con alguien o no, preguntas que no son más que excusas para sacar su propio álbum con tapas de cuero y repasar uno por uno toda una retahíla de compromisos y bodas. Todos esos vestidos de cuello alto llenos de lacitos inútiles, las cinturas tan ajustadas, plumas en los sombreros de las suegras, coronas de flores y zapatillas de ballet en las niñas que hacen de pajes. El tío abuelo George, quienquiera que fuese, que murió de un ataque al corazón mucho antes del nacimiento de Emma y a quien ella solo conoce por esas fotos, con su chaqué y su aspecto serio y desaprobador ante el futuro que viene, los brazos cruzados, el cuello alto y bien apretado.

Al menos hoy, piensa, tendrán tema para distraerse con el compromiso de Audrey. Quizá Paul y ella puedan sacar de paseo al anciano perro labrador...

Pero a Paul, para su alegría y para decepción de Emma, se le concede el indulto: el tío Harry llama por teléfono con la oferta de entradas al Windsor Park para ver a su equipo, el Linfield, jugar contra el Distillery un partido de regional.

Madre protesta, Paul ruega. Padre cree que, sobre todo en estos tiempos, la diversión es sana. Madre se rinde. Paul le saca la lengua a Emma, que acudió corriendo al sonar el teléfono. Ella mira al infinito y vuelve arriba con paso pesado.

Es el primer partido de fútbol de verdad —aparte de los de la copa escolar— al que asiste Paul. ¡Cómo se apretuja la gente ante el torniquete de entrada! Sus gorras de tela y sus chaquetas, la forma en que se estrechan las manos y se dan palmadas en la espalda y se saludan asintiendo con la cabeza, los comentarios entre risotadas y los cánticos que ya se inician. Los grupos de niños pequeños que no tienen la suerte de disponer de un chelín para comprar la entrada, ¡Señor, señor, levántenos para que saltemos la verja!, gritando encantados y a la vez asustados cuando alguien acepta y los levanta por las axilas. Navegar por entre la multitud hasta sus asientos en la grada sur, las palmadas en el hombro del tío Harry cuando presenta a hijo y sobrino, Buen chico, buen chico, y les pregunta a Paul y al primo Ian ¿Vais a apoyar a los de azul o a los de blanco?, y suelta una carcajada cuando Paul contesta que aún no está seguro. El humo dulce y denso de una docena de pipas bien apretadas entre una docena de pares de labios, cosa que no les impide el habla. Y, entonces, los brillantes jerséis de los jugadores que salen a calentar, cruzándose entre ellos con pasos cortos de baile. El encuentro de los dos capitanes en el centro del campo, uno frente al otro, blanco frente a azul, la multitud que se queda en silencio y el ruido metálico cuando la moneda es lanzada al aire. Linfield saca.

El comienzo, piensa Paul, es muy tenso, con juego duro por parte de las dos defensas, aunque el Linfield parece más peligroso. Paul tiene que abrirse espacio para poder ver algo, primero a codazos suaves y después tan fuertes como los de los demás, dando un paso a un lado, uno adelante, uno al otro lado, moviendo la cabeza hacia aquí y hacia allá, y el primo Ian nervioso, quejándose de que no ve nada de nada.

Paul intenta narrarle el encuentro como si fuese un locutor de la radio: «Drennan avanza por la izquierda, pero no consigue superar a Ross, que hace un gran despeje. Douglas envía el balón a casi treinta metros con un fuerte chut y corre, esta vez sí superando a Ross, que apenas consigue tocar el esférico y no puede impedir que entre en la portería». ¡Gol!

Las gradas estallan. Paul y el primo Ian, agarrados por los hombros, saltan y gritan con todas sus fuerzas.

Durante el resto del primer tiempo, Brolly controla con facilidad el centro del campo, evitando los intentos del Distillery de invadirlo. Y, entonces, el medio tiempo: los adultos se pasan una petaca que agitan en broma ante los niños, para ofrecerles unos caramelos de menta en su lugar.

Pero primero tenéis que gritar ¡Arriba los azules!

¡Arriba los azules!

Durante la segunda parte, el Distillery se viene arriba: a los dieciséis minutos Lonsdale lanza un tiro alto y largo, y Embleton lo envía de un chut decidido contra la red, igualando el marcador. Los azules hacen lo que pueden para resistir la presión, pero a diez del final McNeilly lanza de izquierda, Brownlow la recoge y centra, y Lonsdale supera a Redmond con un tiro alto y curvado. 1-2. Prout casi suma otro más un minuto después cuando el balón roza el larguero por arriba a la derecha, con Redmond por los suelos; en el rebote, Prout, esta vez sí, marca. Resultado final: Linfield 1, Distillery 3.

¡Tu padre!, gritan los fans irascibles cuando los jugadores derrotados emprenden el camino al vestuario. ¡Tu madre! ¡Tu padre es tu madre! ¡No podríais ni con un equipo de perros sarnosos!

Los del Distillery están encantados, dan saltitos, vitorean, se lanzan en grupo sobre su entrenador.

Y entonces: ¡Por Dios!

¡Por Dios!

¿Qué pasa?

¡Cuidado, que hay niños!

¿Pero qué pasa?

Oíd. ¿Qué? Mirad. ¿Dónde?

El distintivo aunque poco familiar bu-bu-bú, el ruido de un par de motores diésel alemanes, al principio lejano pero cada vez más cerca. Entonces aparece el avión, un único Heinkel, muy alto, a seis o siete mil pies, pero claramente visible contra el cielo azul, y que de repente empieza a descender en círculos.

La multitud se hace visera con la mano, alza la cabeza, agita un puño al aire, abuchea al chucrut.

¡Has tenido que venir hasta aquí para ver fútbol de verdad!, ¿eh?

Alguien simula desabrocharse la bragueta. ¡Voy a mostrarle a tu Hitler una cosa que le va a arrugar el bigotito!

Como el piloto no lleve unos prismáticos de lo más potentes...

¡Que baje un poco más y verá por dónde le meto los prismáticos!

No repitáis nada de esto a vuestras madres, ¿me oís?, dice el tío Harry. Pero los dos primos están ocupados: ¡Ac-ac-ac-ac-ac!, gritan, sus Brownings perfectamente sincronizadas barriendo los cielos, arcos de balas brillantes que llenan de agujeros el fuselaje del aeroplano, la cabina, el piloto. ¡Ac-ac-ac-ac-ac!

El avión desaparece sin dar tiempo ni a que suenen las sirenas.

Vamos, dice el tío Harry, mejor que os lleve a casa.

Ahora ven en la parada del tranvía a Prout y a Lyness de civiles, pero con la misma pinta heroica, las botas colgadas al cuello, bolsas de deporte, firmando autógrafos. Cuando Lyness tira al suelo un Woodbine a medio fumar, un grupo de niños corre a hacerse con él.

Paul también quiere ir corriendo a decirles lo geniales que han estado. Ya ha decidido que para su próximo cumpleaños va a pedir botas de fútbol de las de verdad, de punta redonda, empeine curvo y tacones.

¡Habéis estado increíbles!, ensaya decirles en su cabeza, y Prout contesta Gracias, y Lyness dice Pues yo al final no he hecho nada, y él (Paul) replica Tú le has puesto el gol en los pies, y todos se dan la mano y ríen... ¿Nos vemos en el próximo?, le preguntan, y Paul dice Sí, hasta pronto, y se da la vuelta y empieza a alejarse, y entonces, como si nada, los mira de nuevo: ¡Arriba!, y tanto Lyness como Prout alzan un brazo dándole las gracias...

Pero entonces piensa en cómo iba a burlarse el primo Ian de él: Vaya pringado, Paul, haciéndoles la pelota a un par de jugadores, y decide contra su voluntad seguir caminando.

Mientras la tarde se convierte en noche, se elevan los globos de barrera, un montón de ellos, enormes, como torpes elefantes fantasmas, el ominoso ruido de sus cables metálicos tensos cubriendo la ciudad. Las máquinas de humo lanzan al cielo sus nubes aceitosas. En algún lugar, en algún lugar de esta ciudad está Sylvia. Quizá ahora mismo esté saliendo, con su mono y su casco, y camine aprisa desde Bloomfield hasta Templemore. Emma se pregunta si al pasar por el puente Sylvia se detendrá y recordará a las dos ahí arriba. Se pregunta si mañana volverá de nuevo a casa con ella, y se dice que esta vez tiene que buscarse una excusa con antelación, ¿aceptaría Madre la idea de un turno doble o iría de inmediato a Templemore para quejarse? Joder, la idea de Madre y Sylvia juntas...

Ojalá, piensa, tuviese a Sylvia siempre cerca, como Audrey con Richard y con su nueva amiga inglesa. Aunque, repara con tristeza, no consigue imaginárselo en absoluto: Sylvia sentada a la mesa comiendo el pollo asado de Madre, Sylvia jugueteando con Peter el bebé, Sylvia —la idea le hace soltar una risita— saliendo por la puerta doble al porche trasero para fumarse uno de los puros de Padre...

¡Oh, Sylvia, oh, Sylvia! Ojalá pudiese ir gritando tu nombre por los tejados de Belfast. Ojalá... ojalá...

17.

Cave Hill. El Floral Hall, de un blanco reluciente contra la colina, como si se burlara de sus persianas bajadas para no mostrar luz en caso de ataque enemigo, está lleno de tiras de banderitas de colores para el baile del Martes de Pascua. Bajo su cúpula, bajo la bola de espejitos, el presentador pregunta a la audiencia cómo está de ánimos, y mientras esta aplaude y vitorea, comienzan a sonar las trompetas que marcan los primeros compases de un tema de Glenn Miller.

Hasta las cuatro y media de la tarde, cuando hubo que empezar a disponer los instrumentos de la orquesta, en el escenario se estuvieron reparando los globos de barrera de la ciudad: la pista era famosa por no tener ni una columna en todo su espacio, por lo que aquel era uno de los pocos lugares en toda la urbe donde podían llevarse a cabo tales arreglos, donde podían extenderse los enormes globos deshinchados para examinarlos, recoserlos, parchearlos.

Es una constante fuente de discusión entre las fuerzas de la defensa de la ciudad y los propietarios del Floral Hall: el deber contra el placer, contra el negocio; la necesidad de un lugar donde hacer las reparaciones y la necesidad de soltar tensión de la juventud, de poder actuar como si no estuviesen en guerra a pesar de que —o precisamente porque— sí lo están...

Nunca desaparece el temor, piensa Audrey, de que el baile en el que estás vaya a ser el último, que el Floral Hall acabe siendo requisado oficialmente y se acabe toda la diversión.

A ella misma sí se le ha acabado: se abren paso con Richard por entre el gentío, por entre las parejas que siguen danzando, camino de llegar al penúltimo tranvía. Una última mirada atrás a la sala azul y dorada, la lluvia de confeti brillante, y salen al vestíbulo naranja, al guardarropía, para recuperar la capa de brocado prestada por Madre, y a la oscuridad de la noche.

Se detienen en el pórtico mientras Audrey se ajusta la capa y contemplan la ciudad ante ellos. Ha sido un día verdaderamente desagradable, muy nublado y mortecino, pero al menos ha dejado de llover y la brisa es suave y fresca.

Es todo tan bello, piensa Audrey: desde las aguas plateadas del lago hasta las calles repletas de terrazas oscuras, incluso los borrosos rayos de luz que salen de las ventanas que no han bajado las persianas...

Esta es nuestra ciudad, dice, y Richard la mira, extrañado.

¿Qué quieres decir?

Quiero decir, intenta, solo quiero decir que... y abre los brazos del todo, con palabras no podría explicarlo mejor. ¿No lo has sentido nunca?

Qué rara eres, replica él, y le ofrece su brazo. Audrey posa la mano en el interior del codo y bajan las escaleras, uniéndose a las demás figuras que van por los caminos inferiores de los jardines, sombras guiadas por las puntas danzarinas de sus cigarrillos.

Y de repente, de la nada, el primer lamento de la sirena, que parece provenir no de fuera sino de algún punto en el interior de su cuerpo, cada vez más alta y más grave hasta descender de nuevo de forma casi agónica. Antes de darles tiempo a reaccionar rugen también las baterías antiaéreas, sus horribles *staccatos*, sus ecos atronadores resonando arriba y abajo por las colinas.

Mierda, exclama Richard, y, por alguna razón, la palabra suena más fuerte viniendo de él de lo que sería una más obscena en otro.

¿Qué hacemos?

Ya les llega un clamor desde el Floral Hall. La orquesta ha parado a media canción y la gente corre al pórtico a ver si es real, si está sucediendo de verdad. Las sombras del camino de abajo se desprenden de sus cigarrillos y corren desordenadamente, unos más abajo, otros vuelven a subir.

Dentro, dice Richard; tenemos que entrar.

Pero ¿no estamos más seguros fuera?

El Floral Hall no va a ser uno de los objetivos. Irán de nuevo a por los muelles, el aeropuerto. ¡Vamos, Audrey!

Espera. Mira.

Alzan la vista hacia la primera oleada de aviones alemanes, que lanzan un grupo tras otro de bengalas. Observan cómo caen las primeras y estallan en el aire con una luz incandescente de magnesio que las hacen parecer candelabros sobre la ciudad; hasta se ven las siluetas fantasmales de los paracaídas de los que cuelgan. Los pilotos dejan un rastro incendiario para que los bombarderos que los siguen, y que llegarán en cualquier momento, distingan fácilmente la metrópolis y la costa.

Lo sé, piensa ella, sé que vienen. Pero, aun así, es incapaz de moverse. La escena es preciosa, horriblemente preciosa. Ver la ciudad desde arriba, así, bajo el cielo nocturno e iluminada por las bengalas, es una de esas visiones que no se olvidan, que quedan grabadas en la mente para siempre.

Audrey, insiste Richard, Audrey.

Sí, responde ella, ya voy.

Estás en shock, dice él, no te das cuenta de lo que pasa.

Él intenta tirarla del brazo.

Para, Richard, protesta ella, y vuelven a subir los peldaños hasta el pórtico.

Dentro es el caos: una sensación creciente de terror, gente que se grita unos a otros y de una punta a la otra del vestíbulo, una chica que chilla, otra que solloza. Ya se ha formado una cola beligerante ante los teléfonos para llamar a casa. Un hombre pide ayuda a gritos: su pareja se ha desmayado, necesita aire, y otros dos la cogen de hombros y piernas e intentan llevarla fuera por entre la multitud.

Soy médico, dice Richard, soy médico; atrás, por favor, déjenme pasar. Al oír su voz, la gente a ambos lados se aparta y le abren un estrecho camino.

Ve a buscar un vaso de agua, le pide a Audrey. Y una limonada: el azúcar va a hacerle bien.

Hay cola ante la fuente y el puesto de refrescos está abarrotado. De repente, piensa ella, las bocas, las gargantas, se han resecado y cuarteado por el miedo. O quizá solo intentan hacerse con los refrescos antes de que se acaben. Los empleados están confusos, intentan cobrar sin saber si deberían cobrar, algunos de los clientes ni se ofrecen a hacerlo. Audrey se abre paso, ignorando los gritos indignados.

Necesito agua para una chica que se ha desmayado, dice, y el empleado le llena una jarra de metal. Y un botellín de limonada, añade, mi novio dice que la necesita por el azúcar; es médico. Y siente como el brillo de la autoridad se refleja en ella.

De vuelta a la multitud, el agua salpicando de la jarra, hasta Richard y los otros y la chica desmayada, que sigue inconsciente. La han tumbado de su lado izquierdo, le han hecho una almohadilla para el cuello con un abrigo, le han cubierto las piernas con otro. Richard está en cuclillas junto a ella, dedos en la garganta y mirando su reloj, tomándole el pulso.

Es solo por el shock, dice, y le baja el brazo. Solo tiene que evitar que se enfríe y, cuando se recupere, anímela a tomar mucha agua a sorbos cortos. Le coge a Audrey la jarra y la limonada. Esto también le vendrá bien, añade. Le aparta el pelo que se le ha soltado de la peineta y le ha caído sobre la cara. Pobrecilla, dice.

Audrey siente una punzada. Te gusta cuidar de la gente, piensa, y tengo que encontrar la manera de que cuides de mí.

La idea la hace sentirse como una enorme egoísta.

Alguien le ofrece un cigarrillo a Richard; él lo aparta con un ademán impaciente.

Cree que fumar no es bueno, explica Audrey.

Pues vaya con el doctor; los hay que creemos que sí que lo es, dice un hombre tras ella.

Se vuelve. El hombre le guiña un ojo, burlón. Su amigo le da un codazo cómplice en las costillas: Toma ya, colega.

¿Y tú, muñeca?, sigue el primero. ¿A ti te parece que fumar es bueno?

Audrey siente como se le sonrojan las mejillas. De repente piensa Me fumaría un cigarrillo.

No, no me lo parece, contesta, y a ella misma le suena

desagradable la dureza de su voz, lo señorona que ha sonado. Los dos hombres se echan a reír.

Desde fuera, el primer silbido, el primer eco sordo. Sienten temblar el suelo, la colina entera levantándose furiosa para volver a posarse al momento.

Tengo que llamar a Madre, piensa Audrey, ella y Padre estarán muy preocupados.

Pero los teléfonos no se pueden usar; o bien las líneas están saturadas o ya han caído.

Ahora tiene a Richard a su lado. Hay otro médico, dice, uno júnior del Mater, dos enfermeras en prácticas, el portero del Royal y un par de guardias de Defensa Civil. El médico júnior ha venido en coche y están hablando de volver todos juntos a la ciudad, los guardias a su puesto de Crumlin Road y los demás a los hospitales que puedan.

Sí, dice ella, y se da cuenta de que, extrañamente, no siente nada. Ve con ellos. Tienes que ir, claro.

Pero entonces tendría que dejarte a ti, replica él.

Me siento igual de segura contigo que sin ti.

Espero que eso no lo digas en serio.

¿Por qué he dicho eso?, piensa Audrey. Ahora lo he molestado.

Lo siento, contesta; no lo decía en ese sentido.

Yo creo que sí que estarás mucho más segura conmigo. Por eso creo que no tengo que irme. Además, puede que aquí necesiten a un doctor.

Tuerce un poco la boca y se tira del bigote como solo hace cuando está descontento.

Richard, le dice ella, tienes que irte. No sabes si aquí te necesitan, y casi seguro que allí sí.

Eso es lo que dicen los demás.

Pues ahí tienes.

Pero no podría... no podría perdonármelo nunca si te pasara algo, Audrey.

Tú mismo dijiste que el Floral Hall no va a ser un objetivo.

Pero podría ser un daño colateral, salta él, o algún bombardero resentido igual... Y suelta un resoplido. No me necesitas. No me necesitas, ¿verdad?

Ella posa las manos en sus hombros, se pone de puntillas y le da un beso en la mejilla.

Vete, le dice. Vete.

18.

Florence y Philip están en la cama cuando suenan las sirenas de ataque aéreo, ella con la cabeza apoyada en el hombro de él, una mano apoyada en el estómago de él. Siguen así durante un momento.

¿Una falsa alarma, pregunta ella, o...?

Me da la sensación, dice él, de que esta vez nos ha tocado a nosotros de verdad.

Oh, no, Philip.

No se me ocurre otra posibilidad. Lo hemos visto con Plymouth. Lo hemos visto con Coventry. Es lo que les gusta hacer, múltiples raids uno tras otro.

Ella se incorpora y se cubre el pecho con la sábana.

Pero Audrey... y Emma...

Audrey está con Richard. Es un hombre cabal, cuidará de ella. Y Emma... bueno, a veces pienso que deberíamos valorarla más.

Mi mente lógica me dice que tienes razón, Philip, pero solo es una niña, las dos lo son, y siempre han estado sobreprotegidas, no han vivido...

Se detiene a media frase.

Lo siento. No es justo esperar que seas siempre la calma de mi trueno. Oh, Philip.

Él ya está colgando los pies para levantarse.

¿Tienes que hacerlo, Philip?

Me temo que sí. Antes de que empiece a haber atascos o algo peor.

Ella también se levanta, corre hacia él y se detiene, impidiéndole el paso. Le pasa las manos por los hombros, las baja por el pecho, le alisa el vello, últimamente canoso, con las puntas de los dedos.

Él lleva las suyas al rostro de Florence, le echa la cabeza atrás, la besa muy suavemente.

Mejor que me vaya.

Empieza a vestirse: la ropa interior, la camisa, el chaleco.

Te has abrochado mal los botones.

Los desabrocha de nuevo, vuelve a abrochárselos bien, con dedos ahora temblorosos. A continuación, él se pone los pantalones y se sube los calcetines. Florence levanta la almohada en busca del camisón, que sigue ahí doblado, pero decide ponerse la misma ropa de ayer, que dejó sobre una silla. El sujetador, las bragas, la falda y la blusa, ahora es ella quien no consigue alinear los botones. Rebusca en el cajón de abajo hasta encontrar el cárdigan de punto. La máscara de gas. La linterna.

Paul ya se ha despertado y llama a la puerta.

Pasa, dice ella.

Está despeinado, tiene la mirada apagada, intenta quitarse una legaña.

Otro ataque aéreo, me temo, dice Florence con firmeza. Coge tu máscara de gas y un jersey. Y para antes de que te metas el dedo en el ojo. Venga, sal.

¿Padre se va?

Sí, al hospital.

Entonces, ¿solo estaremos tú y yo?

Vas a cuidar de Madre, ¿verdad, jovencito? Philip le aprieta un hombro, se vuelve, agarra a Florence y le besa la frente.

Llamaré en cuanto pueda, pero recuerda que igual me es imposible.

Intentaré hacerte llegar un mensaje cuando sepa que Audrey y Emma están a salvo. Ten cuidado, Philip.

Y, con eso, él se va.

Oyen el fuerte y continuo rugido de los aviones por encima de las sirenas.

Son bombarderos, dice Paul. ¿Los oyes, Madre? Tiene que haber cientos. El bump, bump, bump quiere decir que van muy cargados. En cuanto suelten las bombas sonarán mucho más rápido, bumpbumpbump, así.

Date prisa, Paul, contesta ella.

En el descansillo Florence piensa: ¿Y si ha sido la última vez que lo veo? Y piensa también, avergonzada: Incluso ahora, mientras hacíamos el amor, yo no estaba aquí de verdad: no estaba pensando en Philip.

¡Madre!, grita Paul. ¡Madre, ven, rápido!

Ella va a la habitación del niño, que está en la ventana, con la persiana levantada, y la noche fuera está iluminada como si fuese de mañana, como un mediodía de verano.

¡Paul!, le dice, ¡baja esa persiana ahora mismo!

Son los aviones de reconocimiento, Madre, le explica él. Lo iluminan todo para que los bombarderos puedan ver. Vaya, espero que eso haga que los nuestros también puedan verlos a ellos.

Alza una Browning imaginaria y la apunta al cielo.

Paul Christopher, le reprende Florence, pero ninguno de los dos se mueve. A la extraña luz blanca cada hoja de la gran haya está perfectamente delineada, de forma delicada y precisa, cada brote de la magnolia parece iluminado desde dentro.

Dios mío, dice Paul.

No digas Su nombre en vano, le recuerda ella, y se rompe el hechizo. Vamos.

A desgana, el niño apoya su metralleta en la pared, coge la máscara de gas y una caja de cartón con una pila de cómics y se deja llevar abajo.

Desde la semana anterior Florence ha limpiado a fondo el escondrijo; ha quitado las telarañas, ha barrido y fregado el viejo suelo astillado y ha colocado más alfombras y mantas y almohadones. Se quedan allí durante más o menos una hora, pero aunque solo estén ellos dos, acaban sintiéndose encerrados, apretujados. Por fin ella dice Vamos, si hay una bomba con nuestro nombre nos va a encontrar igual bajo la escalera que en el comedor. Los dos salen a rastras, se desperezan los miembros doloridos y ansiosos y llevan la ropa de cama al comedor, donde podrán tumbarse bajo la gran mesa de caoba.

Vaya aventura, ¿eh?, dice Florence. Como cuando jugabas a haceros casitas con tus hermanas.

Madre, replica Paul, ya no soy un niño pequeño. Pero por fin accede a apoyarse en ella y se queda dormido en sus brazos, la cara sonrojada, la boca abierta. Su aliento es cálido y dulce, como, sí, el de un niño pequeño. Ella recuerda los paseos eternos por el jardín empujando el cochecito cuando tenía cólicos. Recuerda cuando él se obsesionó con los zorros, que le fascinaban y le daban miedo a la vez, quizá por culpa de la pobre Beatrix Potter. Una tarde de verano salieron de excursión hasta Cairburn ellos dos solos con la esperanza de ver uno de verdad, Paul correteando y saltando, adelantándose a la carrera y volviendo atrás con sus zapatitos marrones, sus pantalones cortos, sus arañazos en las rodillas. Como consolación ante la inevitable decepción por no ver ningún zorro, ella llevó una figurita de madera de uno para dársela. Pero, a fin de cuentas, hasta esa alegría se vio superada por la emoción de ver el cadáver de una rata medio aplastada en la carretera. ¡Oh, Paul!

Y ahora lo tiene durmiendo un poco más silencioso contra su brazo.

Oh, Paul. Oh, Emma, Audrey. Philip, en el hospital, si ha llegado a salvo y se ha encontrado con Dios sabe qué y salvado Dios sabe cuántas vidas, cuántas extremidades. Te quiero, Philip, piensa, sí, aunque la vida diaria, la vida familiar, los años, a veces hacen que el sentimiento se vuelva borroso, esquivo. Piensa también en cómo Madre le dijo que saliera con él cuando Philip se lo propuso por vez primera y ella lo rechazó; insistió en que eras un buen hombre, y lo eras, y lo eres. Y te mereces a alguien mejor, y yo tengo que esforzarme más, tengo que hacerlo.

19.

Emma en su puesto de Templemore Avenue. Están listos: desde un par de horas antes del raid, el cuartel general ha estado pasándoles por teléfono noticias confirmadas de avistamientos de aviones enemigos. Tienen el equipo al completo: los del turno, los de refuerzo, incluso los que se suponía que libraban han sido llamados para que adelanten el final de sus vacaciones de Semana Santa. Están todos dentro: las máquinas de humo están emponzoñando el aire con su producto aceitoso, y nadie va a salir hasta que sea necesario.

Los minutos interminables de espera, el saber, el saber que vienen...

Y, por fin, las sirenas que empiezan a sumarse y te aceleran el pulso, hacen que cada parte de uno cobre vida.

La otra supervisora, Mary, está dando una charla preparatoria con las últimas instrucciones. Una de las voluntarias corre al lavabo con el estómago revuelto, otra la sigue para ver cómo está.

Muy bien, tomaos cinco minutos, dice Mary.

Emma ve levantarse a Sylvia y mirarla. La sigue rápidamente hasta su mínimo despacho, cierra la puerta. No tienen mucho tiempo. El suave tacto de los labios de Sylvia, de la mano de Sylvia entre sus piernas, sus propias manos en la cintura de Sylvia, en las caderas de Sylvia, Te quiero, joder, te quiero, piensa atropelladamente. Le dan ganas de arrodillarse ante ella: eres como regresar al hogar.

Te he echado mucho de menos, le dice. Y no se refiere solo desde el sábado, sino durante todo lo que recuerda de su vida.

Después de esta noche, ¿volverás a mi casa?, le pregunta Sylvia, y ella ríe de alegría, de alivio.

¡Sí! Claro que sí.

¿Me lo prometes?

Sí, te lo prometo, iré, dice, sí, y se besan una vez más.

Se dividen en parejas asignadas por Mary. A Sylvia le toca de nuevo con la somnolienta Carol, a Emma con una chica que se llama Susan. Se ponen los cascos, se ponen en cuclillas, en la oscuridad, en sus puestos, mientras las sirenas aúllan y las armas hacen que todo tiemble. Un foco recorre el cielo adelante y atrás; cada seis segundos pasa por la ventana, inunda de luz la sala, y para cuando la vista se acostumbra a la luz repentina, vuelve la oscuridad repentina. Casi es más fácil cerrar los ojos. Intentar concentrarse en la respiración. Desde arriba llega el ruido del primer avión y se acrecientan las voleas de disparos. Y entonces el cielo entero estalla en llamas, lo notas incluso tras los párpados cerrados, aunque en llamas no es exacto, piensa Emma mientras abre los ojos; es más bien una luz antinatural, con la frialdad de unos rayos X.

Está sucediendo. Está sucediendo de verdad. Párenlo todo, piensa, no estoy preparada. Se vuelve, casi presa de un ataque de pánico, y busca a Sylvia, que está mirada al frente, muy seria.

Sylvia, piensa. ¡Sylvia!, deseando que se fije en ella.

Entonces piensa No, Emma, concéntrate. Hace falta mucha fuerza de voluntad para contenerse, para no salir corriendo y aullando como un animal arrinconado. El cuerpo se siente enfermo y tiembla por el miedo, por la adrenalina.

Respira, se supone que te han entrenado, se dice, y estamos todos juntos, todos juntos en esto.

Al cabo de un cuarto de hora, su primer paciente: un policía al que se le ha clavado un trozo de cristal volador y le sangra la mano. Susan sostiene la linterna y ella inspecciona la herida en busca de restos, la limpia con yodo, la venda. Nota que ya no le tiemblan sus propias manos; de alguna manera es más fácil hacer algo que esperar.

Gracias, señorita, le dice él, que Dios la bendiga, y Emma se descubre contenta y sonriente.

Pero a medida que avanza la noche el número de víctimas aumenta, y no son solo más, sino que sus heridas son peores. El ruido de las armas ac-ac-ac cesó después de apenas treinta minutos, y desde entonces los aviones alemanes han podido hacer lo que les ha dado la gana, una oleada tras otra. Peor que oírlos por encima de sus cabezas es el repentino silencio ominoso cuando paran los motores y sabes que están descendiendo, soltando sus bombas, y contienes el aliento durante tres, cuatro interminables segundos, hasta que te ruge en los oídos el silbido, el chirrido de una bomba que cae, y el motor del avión vuelve a la vida y este se eleva y se va.

Traen a media docena de personas a la vez con pequeñas quemaduras después de que una bomba les cayera por la chimenea e hiciera salir volando las brasas, provocando incendios que apagaron con lo que tenían a mano. Otra docena con cortes causados por metralla o cristales rotos, y otros que no han sufrido daños físicos, pero están desamparados, víctimas del shock. Hacen pasar a una anciana que sufre lo que parece un infarto, pero se niega a desabrocharse el cárdigan y la blusa delante de desconocidos. Un hombre con los pulmones afectados por el gas mostaza durante la Gran Guerra, y a quien un ataque de pánico le ha provocado un ataque al corazón. Una niña de no más de doce o trece años con una pierna totalmente quemada hasta el hueso. Un hombre con una barra de metal que le asoma por el torso. Otra joven, sin ninguna marca en el cuerpo, pero que para cuando han podido atenderla no tenía pulso.

Carol está a punto de vomitar varias veces, pero nadie se ríe de ella. Susan también está mortalmente pálida, todas lo están, y les tiemblan las manos. Sylvia abronca a los camilleros: se supone que han de tratar las pequeñas heridas, solo están equipados para tratar pequeñas heridas, para cualquier cosa peor tienen que ir al Ulster, un poco más allá, pero los hombres le devuelven los gritos, le han dado al hospital, un bombazo directo, está totalmente en ruinas, ahora mismo están intentando evacuar a los pacientes, ¿adónde se supone que tienen que ir todas las víctimas nuevas?

Al Royal, exclama Sylvia, o al Mater, me importa una mierda, pero no podéis traerlos aquí, es como firmar su sentencia de muerte.

Pues entonces consígueme una puta ambulancia, replica el hombre mientras siguen llegando más, siguen llegando más, una camilla tras otra.

Ahora todo es de color rojo, color rojo sangre: las luces de las llamas, el polvo de ladrillo acumulado durante años, el de las terrazas pulverizadas, y que se eleva en grandes nubes.

Sylvia se levanta, lanza su casco al suelo, le pega una patada y lo estrella contra la pared. Vuelve a cogerlo y sale por la puerta con pasos pesados.

¡Sylvia!, grita Emma, ¿adónde vas?

A ver si puedo hacer que venga algún médico, o al menos a conseguir más equipamiento, joder. Cierra la puerta de un golpe.

Emma corre tras ella: Voy contigo.

En Templemore Avenue siguen cayendo bombas incendiarias. Las dos se detienen, las espaldas contra la pared, y miran. Cada aparato tiene un fusible en la punta, que causa la explosión al tocar el suelo, un sonido eléctrico como los chispazos del tranvía. Se elevan pequeñas lenguas de fuego; si están en un saco de arena o en agua, o si no hay nada más alrededor, se consumen solas. Media docena caen seguidas sobre los techos de los Baños, y quedan desactivadas, inofensivas, en las piscinas. Pero el Hospital Ulster, más arriba en la calle, está en llamas; varias incendiarias han atravesado el techo. Dos equipos auxiliares echan agua inútilmente; se ha formado una cadena humana en la calle que hace turnos para correr agachando la cabeza y tirar cubos de los Baños.

Joder, la leche, dice Sylvia.

Se quedan allí un momento más, sintiendo como el calor de las llamas les hace arder las mejillas incluso a esa distancia.

Nuestro árbol, dice Emma.

Ya no está. Ha quedado partido en dos.

No, protesta ella. No, no, no. No, no.

Vuelve dentro, le dice Sylvia.

No, responde Emma, el pánico creciente; no, no.

Emma, dice Sylvia, estás perdiendo el control. Entra ahora mismo. Es una orden. Y le da un empujón en el hombro, en dirección al puesto.

Sylvia, dice Emma, pero Sylvia ya está corriendo hacia el hospital, los hombros encogidos, las manos sobre el casco para que no se le salga.

Y entonces se produce un ruido que parece hacer que Emma expulse todo el aire de sus pulmones, la echa hacia atrás, y el mundo entero parece temblar a sus pies, la tierra se eleva y desciende como si fuese agua, y a continuación una lluvia de tejas, ladrillos, cristal, y siente que no puede mover el cuerpo, se queda allí tirada durante lo que parece una eternidad, el polvo le tapa la nariz, le llena la boca, No puedo respirar, piensa, no puedo respirar, y siente un rugido constante en los oídos y el mundo se inunda de rojo y después de blanco y después nada.

20.

Y Florence piensa: Todos morimos solos. Esa es la horrible verdad, la tragedia. Muramos sin nadie cerca o rodeados por docenas, en los brazos de un ser amado o lejos de casa.

El Somme: lo miró una vez en un viejo mapa oficial y la sorprendió ver que se trata de un río, no de un lugar, o más bien que el lugar se llama así por el río. Somme: el solemne, mortal sonido susurrado de la palabra, que debería haber sido un sonido agradable, el murmullo de una tarde de verano cuando estás en una pradera junto a la persona a la que quieres. Somme: el nombre nacido de una palabra celta que, en una desgraciada ironía, significa «tranquilidad».

Sí, piensa: todos tenemos que enfrentarnos a solas a nuestra muerte, ponernos en pie para recibirla y desatar todas las cuerdas, los pequeños ganchos a los que nuestras almas se han atado, se han anclado, desde nuestro cuerpo hasta otros, todos ellos atravesando carne tierna, montones de esperanzas y recuerdos ya inútiles, para regresar una vez más a la nada.

21.

Después de que Richard se subiera al coche con los demás, Audrey regresó al interior del Floral Hall. Ya había menos cola para usar los teléfonos. La centralita ha dejado de funcionar del todo, dijo una chica mientras su compañera agitaba frenéticamente el auricular, colgaba, recuperaba su moneda y lo intentaba de nuevo.

Ha dejado a su bebé con su madre, siguió, pobrecilla, está muy nerviosa, y se volvió hacia su amiga: Tranquila, querida, tranquila, seguro que está bien.

Un pequeño grupo que vivía en el norte de Belfast y se preparaba para volver a casa preguntaba si otros que también fueran de allí querían hacer el viaje juntos, como si creyesen que el ser más les aportaría seguridad. Otro grupo llamaba a gente de fuera de la ciudad para que los acompañaran a un refugio antiaéreo público; había uno en Whitewell Road, a apenas un cuarto de hora a pie. Algunos les discutían que quedarían demasiado expuestos, sobre todo las chicas con sus tacones de satín y sus abrigos de colores bajo las luces implacables, señalándolas como objetivo a los chucruts solo por diversión. Otros argumentaban que no iba a pasarles nada, que lo que le interesaba al enemigo era el este de la ciudad, no las hileras de casitas de este lado.

No sé qué hacer, pensó Audrey.

¿Vienes?, le preguntó una chica alta con cara de caballo. Vente con nosotros al refugio, quedarte aquí sería una locura. Bueno, pues tú misma.

¡Espera!, exclamó Audrey.

Así que el señorito te ha dejado, ¿eh?, dijo una voz a su espalda.

Se volvió. Era el hombre de antes, con demasiada brillantina en el pelo, y su amigo. Impresentable, siguió. Increíble. Pero no pasa nada, nosotros dos vamos a arreglarlo, sí.

El amigo añadió algo que Audrey no entendió. Ahora los tenía tan cerca que les olía sus lociones de afeitado, y algo más, como una excitación que emanara de ellos.

¿Perdón?, preguntó ella, distante. No he oído eso último.

Ha dicho, explicó el primero, que si quieres salir a ver a un pato con una pata de palo.

¿Un qué?

Un pato, y le guiñó un ojo, con una pata de palo. Y le posó una mano en el hombro. A ella se le tensó todo el cuerpo. Miró alrededor en busca de la chica con cara de caballo.

Estarás bien protegida con nosotros, Audrey, insistió el hombre.

¿Protegida? ¿Con él? Yo no diría tanto, rio el otro, y el primero también rio.

Bueno, ¿qué? ¿Vamos? Le apretó el brazo, empujándola hacia delante.

Audrey se había quedado como paralizada. Esto no puede estar pasándome a mí, pensó. Nada de esto puede estar pasando, es demasiado absurdo.

Mi novio, susurró.

¿Tu novio?, dijo el primer hombre. ¿Y dónde está ahora?

Se ha largado a toda leche y te ha dejado tirada, respondió el segundo.

No hables así, le afeó el otro, haciendo un ruidito de desaprobación. A Audrey no le gusta que le hablen así, ¿verdad, Audrey?

Por favor, deja de decir mi nombre, dijo ella.

Oh, vaya. El primero fingió sorpresa y dio un paso atrás, soltándole el brazo.

Lo siento, dijo ella, tengo que...

Y se volvió y empezó a abrirse paso por entre la multitud, cada uno a lo suyo, del vestíbulo, hasta la puerta a la sala de baile.

No la habían seguido.

Seguramente, reflexionó, solo se habían estado burlando de ella, sin ninguna otra intención. Pero el corazón le daba saltos en el pecho. Ahora no podía irse: durante toda la bajada por la colina los tendría detrás, a un paso, hasta que se le cruzaran y la empujaran contra un matorral. Y ahí se acabaría todo para ella; sería peor que el que la mataran allí mismo.

Inspiró, temblorosa.

Vale. ¿Dónde estoy?

Los que habían decidido quedarse a mirar el raid se habían colocado alrededor de las ventanas, mientras el encargado repartía tazas de té. Alguien intentaba hacer que todos cantaran: *Hay un jardín...* ¡Venga, gente!... *Solo caras felices...*

Audrey encontró un espacio contra la pared, se acomodó, se quitó los zapatos. La chica que había a su lado estaba llorando. Al otro lado había un grupito, todos cogidos de la mano. *Ahora y en la hora de nuestra muerte*, entonaron. Iba a ser difícil, pensó Audrey, identificar después a todos esos cuerpos. Se colgó la tira del bolso al codo, lo abrió, sacó su tarjeta de identificación y se la metió dentro del vestido, en el sujetador. Listo.

Sintió de nuevo ese extraño vacío interior.

Cerró los ojos.

22.

Estoy muerta, pensó Emma.

Y a continuación: No, no puede ser si lo estoy pensando.

Tosió. Una tos mínima, pero suficiente como para, en la inhalación refleja, hacer entrar un poco de aire en sus maltrechos y asfixiados pulmones. Tosió de nuevo. La sensación desgarradora de los pulmones luchando por hincharse, por absorber una cantidad suficiente de ese aire que pincha como agujas. Consiguió incorporarse hasta quedar sentada en el suelo. Le latía la cabeza y le pareció que solo veía por un ojo. Se tocó la cara, y su mano ya sucia se llenó de sangre pegajosa. Se la limpió inútilmente en el mono. Cuando se sintió capaz de ponerse en pie, se dio un empujón hacia arriba, se apoyó contra la pared a su espalda y fue avanzando con las manos hacia donde creía que estaba el puesto de Primeros Auxilios. Pero no: por alguna razón estaba yendo en la dirección totalmente opuesta.

Las piernas la amenazaron con venirse abajo. Se detuvo. Intentó respirar. No se atrevió a volver a sentarse. Debe de ser para el otro lado, pensó, o estoy jodida.

Pero sí, esta vez era la dirección correcta: los tres peldaños de piedra, la entrada. Avanzó dando tumbos.

¡Emma! Era Susan. ¡Por Dios, Emma! ¡Ven, Carol!

Entre las dos la cogieron por los brazos, a medias corrigiéndole el rumbo y a medias sosteniéndola hasta una silla en el puesto.

¿Dónde está Sylvia?, preguntó ella.

Las otras dos mujeres se miraron entre sí, sus expresiones imposibles de leer a la luz danzante de las linternas y la lámpara de queroseno.

¿Dónde está?

Emma, dijo Carol.

No, dijo ella.

Sylvia no ha vuelto, dijo Susan.

Sintió un zumbido en la cabeza. Cuando Paul intentó explicarles la diferencia entre el ruido de nuestros aviones y los de ellos, Madre dijo que a ella todos le sonaban a un enjambre de insectos furiosos. Nos reímos de ella, pensó Emma, pero ahora yo también los tengo dentro. Largaos. Fuera. No.

Tenemos que limpiar esto, estaba diciendo Carol.

Manos cálidas en su cabeza. El penetrante olor del yodo. Le hablaban mientras trabajaban, tal como les habían enseñado. Susan le llevó el borde de una taza de latón a los labios: brandi mezclado con agua. Consiguió tomar un trago, otro.

Salimos después de la explosión, dijo Susan. Salimos enseguida, pero...

No acabó la frase.

Si no me visteis a mí, dijo Emma, puede que tampoco hayáis visto a Sylvia.

Intentó verla una vez más en su mente, con los hombros encogidos, con las manos sobre el casco. A diez metros, quince. Es decir, diez o quince metros más cerca de donde detonó la bomba. Debió de hacerme volar por los aires, pensó; por eso al principio le pareció que el puesto no estaba en la dirección debida.

Y ahora estaba allí, viva.

No, repitió. No.

Vamos a tumbarte aquí, dijo Carol. Debería verte un médico. Te tendremos aquí hasta que alguno pueda.

Emma intentó protestar, pero el llegar le había consumido hasta su último átomo de energía. Se dejó llevar hasta una litera de tela y que la cubrieran con una áspera manta militar.

Tenéis que buscar a Sylvia, dijo.

Eso haremos, dijo Susan. Ahora descansa.

Cuando volvió a despertarse sonaba el fin de la alerta. Van a necesitarme, pensó, van a necesitarnos a todas en las calles.

Pero no fue capaz de incorporarse.

Me quedaré aquí un minuto... un minuto más...

Una agitación repentina y vio que había pasado más tiempo: ya había luz del sol. Consiguió sentarse. Estaba temblando. Seguía sintiendo el zumbido en la cabeza, aunque ahora era más suave. Veía por los dos ojos: no se había hecho nada en el derecho, solo estaba cubierto de sangre seca. Le latía la sien del mismo lado, pero no parecía haber sangre fresca en la venda. Se puso en pie. Por un momento le pareció que iba a vomitar, pero no.

Por toda la sala, contra las paredes, gente en literas de campaña, tumbada en el suelo sobre mantas, gente que se lamentaba o sollozaba sin hacer ruido.

En la esquina, junto a la tetera, una chica de la que no recordaba su nombre.

¿Ha vuelto Sylvia?

La chica negó con la cabeza. No lo sé, lo siento.

¿Dónde está Mary, dónde está Susan, dónde está Carol?

La chica volvió a negar. Lo siento, no lo sé.

¿Hay algo que sepas? ¿Dónde están todas? ¿Hay alguien?

Creo que han salido con los camilleros. Están buscando supervivientes entre los escombros y llevando los cuerpos a los Baños. Aquí se nos murieron tres, siguió, aquí mismo, ahí. Fue... horrible.

¿A los Baños?, preguntó Emma. ¿Para limpiarlos?

La chica la miró y parpadeó. No. Para dejarlos allí. Una morgue improvisada.

Ah, dijo Emma.

La chica cogió la tetera por su pequeña asa para llenar una taza de cerámica. Echó media cucharada de leche en polvo y revolvió.

Ten, le ofreció. No está muy caliente.

Emma bebió y dejó la taza. ¿Y cómo está todo ahora?

La chica se encogió de hombros. Estamos esperando a ver si nos traen supervivientes para transportarlos a los hospitales.

No puedo quedarme, dijo Emma.

¿Vives lejos?, le preguntó la chica.

No, respondió Emma. Sí. Y añadió No me voy a casa; voy a buscarla. ¿Avisarás a mi madre, por favor, en cuanto puedas llamar? Y le dio el número y se fue.

En cuanto salió a la calle vio lo serio que había sido. El ala Templemore del Ulster Hospital había quedado muy afectada. Todo el lado que daba a la avenida había desaparecido, y había camas y calentadores de agua colgando precarios. Habían acordonado la zona con cinta improvisada, aunque desde el lado de la calle en que estaba ella no hubiese podido llegar igualmente: a partir de un cierto punto la calle no era más que una pila de ladrillos ennegrecidos, con un cráter que debía de tener unos seis metros de profundidad.

Entonces se dio cuenta de que era imposible que Sylvia hubiera sobrevivido.

La mina, todos sus densos kilos tan concentrados, había caído exactamente donde estaba ella.

Pensó en eso que dicen de que nunca oyes la que te mata. Dicen que es como caer en un agujero negro muy profundo. Destrucción inmediata, eso dicen.

Se dio la vuelta. Fue con la mirada perdida al vestíbulo de los Baños. Había yeso del techo por los suelos de baldosas y una de las paredes parecía haber sufrido daños, pero el mostrador de recepción seguía en pie.

¿Hola?, dijo. ¿Hola?

Le llegaron voces de un pasillo, pero no acudió nadie.

Se acercó más al mostrador. En el centro había una campanilla. La tocó, y sonó casi como si fuese una burla.

Apareció un hombre de aspecto atribulado con botas de agua y un impermeable de Protección Civil. ¿En qué puedo ayudarte, guapa?

Dicen, dijo ella, dicen que están trayendo aquí los cadáveres.

Cierto.

Estoy buscando a alguien.

El hombre la miró. ¿A una persona fallecida?, preguntó.

Emma se dio cuenta de que de repente no podía hablar.

El hombre sacó una libreta. ¿Puedes darme detalles sobre la persona a la que estás buscando, guapa?

Sylvia, respondió ella. Se llama Sylvia McLaughlin.

Mujer. De acuerdo. ¿Qué edad tiene?

Veintinueve.

¿Fecha de nacimiento?

No... no lo sé. En verano. ¡Agosto! Sé que cumple años en agosto. No quiere cumplir los treinta, dice que suena a viejo.

El hombre había parado de escribir. ¿Cuál es tu relación con ella, guapa?

Yo... Emma se detuvo. Amiga. Es mi amiga.

Bien, guapa. Puede que ya haya venido algún familiar. ¿Sabes quién podría ser?

No, contestó Emma. No. Su padre está muerto. Su madre también. Ay, hostia, creo que no tiene hermanos ni hermanas.

¿Marido, novio?

No.

¿Salía con alguien? Sin esperar respuesta, el hombre suspiró. La cosa, guapa, es que, como ves, no tenemos precisamente un archivo muy completo. Puede que alguien ya haya reclamado el cuerpo; en ese caso, ya no tendría su nombre en mi lista.

No, insistió Emma, nadie habrá reclamado aún el cuerpo.

De acuerdo. ¿Tienes idea de qué ropa llevaba?

Esta, se señaló ella. Llevaba esta misma.

¿También era de Primeros Auxilios, guapa?

Sí.

Lo siento. Ha sido una noche de mierda, disculpa el lenguaje. Suspiró de nuevo. Voy a tomar nota de todo lo que puedas decirme sobre ella. Si alguien la ha traído y no llevaba encima alguna clase de identificación, bueno, estamos haciendo una lista de ropa, joyas, efectos personales.

Tiene el pelo negro. Corto pero rizado. Ojos azules. Y no

es tan alta como yo, es de altura media. Su complexión es... media. Llevaba un reloj de muñeca de oro... ah, y gafas. No las tendría puestas, pero sí guardadas en el mono, en una bolsita roja de cuero.

Michael. El hombre llamó a alguien de dentro. El tal Michael salió. Llevaba un delantal de carnicero; al menos a Emma le pareció de carnicero, aunque entonces vio que era uno normal, solo que cubierto de sangre. Se pasó una mano también cubierta de sangre por la frente. Emma, contra su voluntad, no pudo evitar dar un paso atrás.

Mujer, de unos treinta, altura media, complexión media, pelo negro rizado corto, mono, dijo el hombre. Posible reloj de oro, posibles gafas. ¿Alguien que encaje con esta descripción?

Me temo que no. El hombre llamado Michael miró a Emma con una cara tan cubierta de mugre y cenizas que podría tener cualquier edad entre veinte y sesenta años. Puso una expresión como de tristeza, de acompañarla en el sentimiento o de pedirle disculpas, se dio la vuelta y se fue de nuevo.

Emma se quedó allí, inmóvil.

Después de ella había llegado más gente al vestíbulo: una mujer con un pañuelo ensangrentado a la cabeza; una joven que cargaba con un bebé en un brazo y tenía de la otra mano a un niño pequeño; un hombre que retorcía su gorra entre los dedos.

Amigos, les decía el hombre, amigos, no pueden estar aquí, aún no nos hemos organizado.

Por favor, rogó la mujer del pañuelo, por favor.

Emma pasó por entre ellos de vuelta a la calle.

No se le ocurría qué hacer a continuación, adónde ir. Sus pies se dirigían por su cuenta a casa de Sylvia. Mientras avanzaba por ella, toda Bloomfield Avenue parecía estar en llamas. Docenas de personas vagaban confusas, algunas en pijama o en camisón, que debían de haber salido corriendo de sus casas hacia la seguridad relativa de las fábricas de ladrillos que abundaban en Orangefield Lane. Unos llevaban maletas o la caja de la máscara de gas, otros una caja de zapatos o de sombrero, otros nada. Algunos llevaban botas, otros zapatillas, otros iban descalzos. Nunca había visto tantos niños en un silencio tan antinatural; unos iban pegados a sus padres o sus abuelos, con las cabezas cubiertas por las faldas de los abrigos de ellos de cuando la Gran Guerra; por supuesto, pensó, para que las criaturas no vieran lo que los rodeaba. Una anciana deambulaba con un largo trozo de tela blanca sucia de un brazo y una jaula con un pájaro en la otra mano. Es mi mortaja, les decía la mujer a todos y a nadie, es la mortaja con la que quiero que me entierren, pero antes tengo que encontrar a alguien que cuide de mi periquito...

La parte de Bloomfield Avenue en la que vivía Sylvia estaba acordonada: había un camión de bomberos y dos vehículos auxiliares que intentaban combatir un incendio. El camión se había quedado sin agua, y los bomberos intentaban bombearla desde el río Connswater; mientras, habían tenido que recurrir a una cadena humana de cubos.

Emma se sumó a un grupo de gente que miraba.

Es la fábrica de cuerdas, dijo alguien detrás de ella.

Han alcanzado el refugio público, dijo otro. De pleno. Y a todos los de dentro. Dos, quizá tres docenas de muertos.

Mi esposa, dijo un hombre que llevaba una gorra y pijama rojo de franela, ¿alguien ha visto a mi esposa?

También hablaba otra anciana, pero sin su dentadura postiza no se la entendía, parecía que estuviese escupiendo al suelo.

Emma dio un paso atrás, después otro. Se coló por debajo del cordón y echó a correr por la calle antes de que nadie pudiese detenerla. Alguien le llamó la atención, y ella levantó un brazo que aún llevaba el brazalete: Servicio Voluntario de Primeros Auxilios. Pasó junto a lo que debía de ser —o debía de haber sido— el refugio antiaéreo público, ahora una pila de ladrillos y restos de cemento y vigas de madera partidas; se había derrumbado sobre sí mismo. Un grupo de Protección Civil cavaba, un par de hombres transportaban una camilla con varios cuerpos.

Siguió por el centro de la calle, esquivando los escombros y los raíles retorcidos del tranvía. Pero no conseguía recordar cuál era la casa de Sylvia o dónde estaba. Todo parecía diferente, no reconocía nada. Casas enteras habían desaparecido, destruidas por completo.

Se volvió, miró atrás. ¿Se habría pasado, se habría quedado corta? Imposible saberlo. Los techos de las casas que permanecían en pie estaban destrozados, no les quedaban apenas tejas. Siguió avanzando hasta llegar a un edificio que había perdido por completo la fachada: se veía la sala de estar, ropa secándose en un tendedero al lado de la chimenea, medias de lana y calzoncillos blancos y camisetas, y arriba una habitación, una cama con una colcha a rombos y un camisón encima, una bañera volcada en la que alguien habría estado dándose un baño o preparándose para hacerlo. Un espejo opaco, vacío, en el descansillo. El pasillo lleno de puntos brillantes que mostraban el papel pintado, las paredes, con dagas de cristal clavadas.

Se quedó mirando un momento, absorta. Era como una

casa de muñecas abierta del todo o un decorado con gran detalle. Nada de eso era real, ¿cómo podía serlo?

Una criatura maulló a sus pies. ¡Tigre! Emma se inclinó, pero, por supuesto, no era Tigre, solo un gato cualquiera; apartó la mano de su lomo cubierto de ceniza y pegajosa sangre oscura.

Vete, le dijo, y a continuación, más fuerte, ¡Vete, lárgate ya!

Mientras el animal se alejaba, ella pensó en algo que le había contado Sylvia sobre los hindúes: creen que tenemos que vivir cientos, miles de vidas, como insectos y otros animales antes de tener una ocasión de ser humanos.

Pues bien que hemos jodido esa ocasión, dijo en voz alta. Joder, repitió más alto, y por fin gritó: ¡Joder, Sylvia!

Nadie la oyó, o, si alguien lo hizo, no tenía atención de sobras como para fijarse en ella, concentrados todos en seguir sus caminos decididos, precarios, desesperados, por la calle.

Por fin encontró la casa de Sylvia. Seguía en pie, aunque al tejado le faltaban la mayoría de las tejas y las ventanas estaban todas rotas.

Aquí estoy, dijo, y se echó a reír, aunque en realidad no era risa en absoluto, ante la idea de que le había prometido que iría y allí estaba, había cumplido.

Abrió la puerta de la verja y fue hasta la ventanita redonda de la puerta. Tras el marco astillado y el cristal roto vio el piano, con la tapa muy rayada pero aún en pie.

¿Qué van a hacer con él?, pensó y, a continuación, Quizá Sylvia tenga hermanos o hermanas, no lo sé, no sé ni el nombre de ninguna de sus acompañantes o amigas o examantes, y tampoco ellas saben nada de mí, y, a fin de cuentas, quién soy yo, sino una chica cualquiera con la que ella pasó una noche suelta.

La idea le resultó insoportable. Se sentó a la puerta y se echó a llorar.

23.

Toda la noche en el gran refugio público, que apestaba a pesar de los esfuerzos semanales de algunas de las mujeres por fregarlo y echarle desinfectante Jeyes. Toda la noche apiñados mientras cada estallido agitaba y levantaba las sillas torcidas y sonaba como un cable de acero al destensarse de golpe. Toda la noche cantándoles *Corre, conejito, corre* a los niños. Toda la noche, todo el caos infernal desencadenado. El hombrecillo a la puerta, asomándose y, cada vez que parecía que pasaba un avión por encima, gritando No se preocupen, este es uno de los nuestros, sí, hasta que una mujer al fondo perdió la paciencia y le gritó Bueno, pues, por Dios, dígales que estamos aquí, a sabiendas de que no, no era uno de los nuestros, igual que otros también lo sabían. La gente que perdía el control y vomitaba de miedo. Los niños aterrorizados. Los bebés que necesitaban tomar su biberón. No había nadie que no estuviera muerto de miedo, aunque luego simularan calma.

Pero cuando suena el fin de alerta y ya pueden irse, nadie quiere hacerlo, nadie se fía. O, al menos, nadie quiere ser el primero en conocer la verdad. Y entonces sale el primero,

A la mierda, perdón por el lenguaje; no puede ser peor que quedarnos aquí sentados en esta letrina. Lo siguen los demás, pero tú te quedas, te quedas.

Esto es lo que queda de nosotros, no para de repetir alguien. Belfast está acabada.

Esto no está pasando de verdad, piensas, pero sí, está pasando.

Con las prisas de entrar en el refugio mientras ya caían las primeras bombas, tu madre se torció un tobillo, que se fue hinchando durante la noche y ahora casi le impide caminar. Ahora necesita apoyarse en tu hombro y pasando el brazo por el de tu hijo, mientras la medio guiais y medio cargáis con ella, paso a paso, hacia casa, a ver si sigue allí.

Entonces un guardia sopla su horrible, perforante silbato a todo pulmón y una docena de personas corren hacia ti, gritando, AR, AR —bomba de acción retardada—, uno de ellos choca contigo y te hace volar por los aires, y ni siquiera se detiene a ver si estás bien, y entonces un rugido fuerte, sólido, el suelo tiembla, se levanta y vuelve a caer, se eleva una nube de polvo, y Bobby chilla en algún lugar, tu madre tumbada boca arriba, y el humo asfixiante que te alcanza, y Bobby que dice ¿Dónde estás, Madre?, y Maisie, por Dios, por Dios, ¿dónde está Maisie?

La lengua se te pega al paladar mientras intentas llamarla. Tu madre, que se golpeó la cabeza cuando estalló la bomba, y ahora la sangre brota de la herida sin parar, y te ruega que la dejes allí y salgas a buscarla, aunque, claro, no puedes abandonar a tu madre, pero tienes que hacerlo, así que lo haces y corres por la calle por donde has venido y después en la dirección opuesta: ¡Maisie, Maisie!

Una pareja joven ha ayudado a tu madre a levantarse; la chica se ha arrancado un trozo de su vestido para vendarle la cabeza. No han visto a Maisie, y dicen que toda la zona es peligrosa. Tenemos que movernos, hay bombas que aún no han explotado. Los guardas con sus silbatos hacen que todos avancen. Nadie ha visto a una niña con un abrigo verde. No sabes adónde ir. Te preguntas si no habrá vuelto a casa, pero cuando tú llegas...

... ha desaparecido, simplemente no está.

No queda nada de ella ni de las que la rodeaban. Todo es una masa de restos ardientes. La puerta de la verja. Ahí está, sí, esa es, esa... es.

La casa de tu madre, solo tres edificios más allá, está intacta, apenas ha perdido unas pocas tejas del tejado. De habernos quedado ahí, como quería ella, en vez de gritarle de ir al refugio público. Si el refugio ya hubiese estado lleno, como después de que llegáramos nosotros, negándole la entrada a una familia tras otra, hubiésemos vuelto a casa.

Es surrealista. Te dan ganas de reír. Nada tiene el menor sentido.

Entras en casa de tu madre. No hay gas, pero sigue saliendo agua de los grifos, y llenas las pilas y la bañera por si se corta. Le limpias la cabeza lo mejor que puedes, y aunque sigue sangrando no parece un corte muy profundo, y Bobby dice que sabe por su grupo excursionista que las heridas en el cráneo sangran mucho, y ella dice que no le duele, y aunque sabes que seguramente está mintiendo, no vas a contradecirla.

Y entonces vas al puesto de Protección Civil más cercano, y después al siguiente, en círculos concéntricos por la ciudad, cada vez más y más grandes, entrando en las iglesias, por fin en los hospitales. Pero una niña de seis años con pelo redondo por encima de los hombros y un abrigo verde sobre un camisón y llamada Mary Margaretta, aunque la llamamos Maisie, es solo una más entre las docenas, entre los centenares, entre los centenares de centenares de los desaparecidos.

24.

Es Jamesie quien encuentra a Emma.

Me pareció que eras tú, sí, dice, asomando tras la pared y saltando a sentarse a su lado. El pequeño Jamesie, el delgaducho, con su cara simiesca y un chiste siempre en la boca. Él mismo es una especie de chiste, con el casco y los pantalones del uniforme que le quedan exageradamente grandes. ¿Seguro que tu mamá te deja estar levantado tan tarde?, bromean siempre. ¿No deberías estar ya en la cama?, mañana hay colegio.

Él y Dempsey, le explica, se han pasado las últimas dos horas llevando cuerpos desde el refugio antiaéreo de Bloomfield hasta el mercado de Saint George, que se ha dispuesto como depósito público de cadáveres.

Cuerpos, dice, y a veces solo partes de cuerpos. Por Dios, hasta hemos tenido en la camilla una pierna, una pierna sola con una bota, por si alguien la reconocía por el calzado.

Saca un cigarrillo del paquete arrugado, enciende una cerilla después de que varias se le partan.

Por Dios, cómo estoy, dice.

¿Me das uno?, le pide Emma.

Perdona, ni se me había ocurrido; ten, y le pasa el paquete y las cerillas. Ella apenas consigue dar un par de caladas antes de que sus pulmones, ya encogidos y calientes, protesten con espasmos de tos. Jamesie le da golpecitos en la espalda hasta que se le empieza a pasar el ataque; después desenrosca y le pasa su petaca. Métete un poco de esto.

Emma lo hace. Quema. Vuelve a toser.

¿Qué coño es eso, Jamesie?

Él echa la cabeza atrás y toma un trago. Whisky casero.

Emma respira hondo. Gracias.

Jamesie se fuma su cigarrillo hasta la punta. Tras una última —una última última— calada, lo lanza al suelo.

Bueno, dice, ¿te llevo a casa?

No voy a casa, responde ella.

Llevas dieciséis horas de trote, replica él. Llega un punto en que uno deja de ser útil.

No voy a casa.

Esta noche van a volver a necesitarnos. Es como les gusta hacerlo a los chucruts, una noche tras otra. Puede que lo peor aún esté por venir.

¿Lo peor?

Jamesie se pone en pie. Vamos, guapa.

Ella también se levanta. Le saca una cabeza.

¿Qué decías de Saint George?, le pregunta. ¿Crees que pueden haber llevado allí a Sylvia?

Ah, Emma, de verdad que no quieres ver eso. No quieres que se te queden esas imágenes en la cabeza.

Tengo que hacerlo, replica ella, tengo que hacerlo. Si está allí, sola... no puedo dejarla.

Jamesie va a decir algo, pero decide no hacerlo.

¿Hacia dónde vas?, le pregunta ella. Estás en Short Strand, ¿verdad?

Sí. Lo que queda.

Hostia, Jamesie, lo siento. ¿Tu... tu familia está...?

Están bien. Me dicen que no les ha pasado nada. Ni a la parienta ni a los dos enanos. Pero la calle ya no existe. Joder, no queda nada.

¿Dónde están? ¿Adónde vas tú?

En Saint Matthew, supongo. Por lo visto es donde están todos.

¿Aún no los has visto?

De repente Jamesie sí que parece un niño. No, Emma. Me pareció que si paraba ya no podría volver a ponerme en marcha.

Entonces, ¿vamos juntos?

Emma, repite Jamesie, y escupe ruidosamente en el suelo. Sí.

Debería ser un recorrido de veinte minutos, pero tardan casi una hora entera. Bajan por Bloomfield Avenue, rodean los grupos de gente y los cráteres, las pilas de escombros de la altura de casas, la fábrica de cuerdas en llamas, el cordón policial. De ahí a Newtownards Road, que tiene partes con los adoquines calcinados y las vías del tranvía retorcidas. Siguen avanzando, tropezando con mangueras, pasando por los bordes de los cráteres, algunos aún humeantes. Intentan evitar las partes en que los edificios o los restos de los edificios parecen a punto de venirse abajo. La mitad de la gente que ven está ennegrecida por la ceniza, a los otros parece que les hayan dado una capa de cemento gris. Un grupo de niños buscan casquillos y gritan y aúllan cuando cogen uno aún caliente que les quema los dedos. En un punto la acera está bloqueada por una pila de verduras que han salido disparadas por la puerta rota de una tienda. Jamesie coge una coliflor, la examina un momento y la vuelve a dejar en el carrito.

Detectan movimiento: ratas que se pelean por una canasta volcada de arenques. Jamesie levanta un trozo de ladrillo y se lo tira, haciéndolas salir corriendo entre aullidos. Un repentino ruido de pezuñas, y de la nada aparecen media docena de caballos negros como la noche, que dan la vuelta a la manzana a la carrera, entre relinchos. Por un momento Emma duda de si ha sido alguna especie de portento, una visión impía, hasta que se da cuenta de que son los caballos del enterrador, que se han escapado de donde tuvieran su establo y galopan por la ciudad víctimas de un pánico ciego.

Los dos se detienen al llegar a Bryson Street.

Bueno, pues... dice Jamesie.

Buena suerte, le desea Emma.

Anoche, dice él de repente, pasó el de los helados, sí, y los enanos nos insistieron a su madre y a mí que les compráramos una tarrina. Al final nos rendimos y les dijimos vale, vale.

Se detiene. Emma espera.

Ahí acaba la historia. Nada más. Buena suerte a ti también, dice él. Se da la vuelta, las manos hundidas en los bolsillos, encogido de hombros, y se va.

Emma sigue. Cruza el puente, llega al centro de la ciudad. Hay policías apostados a la entrada del mercado, impidiendo que la gente entre, pero cuando ven el uniforme de ella se echan a un lado y abren las puertas. Tienen grabado el lema de la ciudad: *Pro tanto quid retribuamus*, ¿Qué podemos ofrecer a cambio de tanto? Ella asiente en agradecimiento a los agentes, entra y se detiene un momento, temblando a la corriente; por alguna razón está más frío bajo los altos techos que fuera.

El lugar está preñado de actividad. Los puestos habituales —el de frutas y verduras, el de pescado, el de flores— han sido apartados para dejar vacío el centro, que ahora está flanqueado por... lo que parecen cajones de arenques, aunque se da cuenta de que en realidad deben de ser ataúdes.

Un fuerte ruido de golpes y martillazos lo llena todo: una docena de personas serruchan y juntan tiras de madera para hacer más de esos ataúdes improvisados. Por encima del estruendo, otros gritan órdenes. Emma ve uniformes de la Cruz Roja, del Ejército de Salvación, de los voluntarios de Protección Civil, de diferentes cuerpos de defensa. Se coloca contra una pared para no impedir el paso a nadie. A lo largo de esta hay sacos de arpillera llenos. Le cuesta un momento darse cuenta con horror de que deben de contener restos humanos. Hay docenas de ellos, docenas y docenas.

Ahí se queda, con las palmas contra la pared como si así pudiese anclarse a ella. Siente en el pecho un creciente, trémulo, enfermizo pánico.

Dos hombres, uno con una especie de tumor en la nariz, el otro con alguna enfermedad de la piel que lo desfigura, los dos en pantalones y camiseta roñosos, que dejan un nuevo ataúd a unos metros de ella. De cerca parece aún más chapucero, apenas más que un cajón de frutas alargado. Otro hombre vierte en él el contenido de uno de los sacos. Ella observa: otro ataúd, otro saco. Otro. Otro.

Una mujer de la Cruz Roja pasa por entre ellos, mira en las cajas y anota en ellas con tiza su contenido.

Mujer de mediana edad pelo gris Thorndyke Street, lee. *Chica joven collar de cuentas Thorndyke Street. Chica joven vestido ¿azul? Thorndyke Street. Niño pelo negro Whitewell Road, bebé femenino sonajero de madera Whitewell Road.*

Emma contempla cómo estos ataúdes más recientes son colocados sobre tiras de percal y se los llevan arrastrándolos: los hombres al lado izquierdo de la sala, las mujeres y los niños a la derecha. Algunas de las planchas de madera clavadas a toda prisa están oscurecidas y dejan grandes rastros de sangre por el suelo.

Un anciano aparece de repente al lado de ella, que se sobresalta e intenta apartarse de su camino, lo que la hace pisar torpemente un charquito. Él, a través de la bufanda de lana con la que se cubre la nariz y la boca, dice algo que Emma no entiende, pero se descubre a sí misma asintiéndole con la cabeza, asintiéndole, asintiéndole. El hombre lleva una regadera; ella se da cuenta de que es la fuente de los charcos que hay por todas partes. Lo ve esparcir lo que debe de ser desinfectante por el suelo. El penetrante olor parece pegársele a la garganta y le hace llorar los ojos. Tose, no puede parar de toser, siente arcadas.

Arrastran uno de los ataúdes por delante de ella. Ve unos grandes ojos en una cara sucia, un mechón de pelo. Los ojos no dejan de mirarla. Emma se vuelve y, ahora sí, vomita.

Ten, le dice alguien, una mujer de mediana edad con pelo gris bien arreglado, gafas y un brazalete de la Cruz Roja; un caramelo de menta.

Emma lo coge y se lo lleva a la boca.

¿Empiezas el turno?, le pregunta la mujer, examinando su uniforme lleno de suciedad.

No, responde Emma, he estado trabajando toda la noche. Solo he venido a... a buscar a una amiga.

¿Buscas a alguien que trabaja aquí —pregunta la mujer con tono delicado—, o has venido a identificar un cuerpo?

Sí... A identificar... un cuerpo.

Aún no estamos preparados para eso, dice la señora,

como puedes ver. No estaremos listos para identificaciones del público hasta mañana como poco, más probablemente pasado mañana.

Entiendo, dice Emma.

Las puertas principales se abren con un ruido metálico y entra una ambulancia marcha atrás. El conductor y otro hombre se bajan a descargar más cuerpos, que ya ni están en camillas sino sobre planchas de madera. Dejan los cadáveres en el suelo y vuelven a meter las planchas, se suben, cierran las puertas, se van; todo ello, en menos de un minuto.

Cada hora nos llegan docenas, dice la mujer.

Mierda, exclama Emma, mierda.

Sí, mierda. La señora suspira. Bueno, ¿qué puedes decirme de tu amiga?

Emma repite: mujer, unos treinta años, altura media, complexión media. Pelo rizado corto. Mono celeste, brazalete de Primeros Auxilios. Reloj de pulsera de oro, gafas en el bolsillo interior, en un estuche rojo de cuero. La habrán traído de Templemore, acaba, bombardearon el hospital.

¿Ahí está vuestro puesto?, pregunta la mujer.

Sí, hace Emma con la cabeza.

Lo siento. Era una buena amiga, ¿verdad?

Emma cierra los ojos. Tiene una marca de color oporto en la cadera, la cadera derecha, a esta altura, piensa. Abre los ojos.

Gracias por su tiempo, dice.

Casi ha llegado a la puerta cuando la mujer la alcanza.

Escucha, le dice. No debería hacer esto, pero ven conmigo. Ten otro caramelo de menta. No quiero ni pensar en cómo va a ponerse esto cuando dejemos entrar al público.

Siguen las hileras de ataúdes de la derecha del mercado, más o menos agrupados según su procedencia.

Los cuerpos llevan una etiqueta atada a la cintura o el tobillo, explica la mujer, que dice de dónde los han traído.

Tenemos unos cuantos de Thorndyke Street, sigue, y por aquí debe de estar... sí, Templemore Avenue.

Miran en cada uno de los ataúdes, pero ninguna de las mujeres es Sylvia.

¿Podemos mirar los otros, por si acaso?, pide Emma.

Y así van arriba y abajo mirando en todos los ataúdes, hombres y mujeres, Templemore, Thorndyke Street, Newtownards Road, Albertbridge, Ravenscroft Avenue, cualquiera que haya llegado del este de la ciudad. Mira las caras, intenta no mirar las caras. Durante el resto de mi vida vuestros rostros nadarán hacia mí desde las profundidades de mis sueños. Al cabo de un rato empieza a pensar que quizá haya visto a Sylvia y no la haya reconocido.

Lo siento, dice la mujer, y añade, muy seria, Mejor que vuelvas cuando estemos abiertos para identificación pública. Podría ser... y abre los brazos y hace un gesto que abarca todas las paredes, las pilas de cuerpos que aún no están en ataúdes.

Gracias, se fuerza Emma a repetir.

Que Dios te bendiga.

Los policías le abren la puerta y sale; atraviesa el grupo de gente que sigue ahí parada, viejos sombreros de paja en las manos o retorciendo mantillas, va hacia Oxford Street, pasa por el mercado de May y el de la carne, por la antigua bomba de agua, cada vez más rápido, hasta que casi corre, hasta correr directamente hacia el Lagan.

25.

Cuando el fin de la alerta resonó por toda la ciudad, un ruido creciente y que se mantuvo reverberando por las colinas, Florence despertó a Paul para hacerle ir a la cama. Él refunfuñó y se resistió.

Venga, Paul, le dijo ella, que ya no puedo cargar contigo.

Llega un momento, pensó entonces, que es el último en que llevas a tus hijos en brazos, y llega sin que lo sepas, sin que puedas marcarlo. Buf, ya no voy a poder seguir haciéndolo mucho tiempo más, dices, quizá durante el último trecho de un paseo por la bahía de Ballyholme; te estás volviendo muy grande; lo devuelves al suelo y, cuando protesta, le prometes un helado del carrito de la calle y sus piernas cansadas vuelven a la vida. O lo subes, después de haberse quedado dormido en el coche, hasta su habitación y la cama, con su cabeza echada hacia atrás y la boca abierta, subiendo lentamente cada peldaño.

¿Qué edad tenía Paul? ¿Cuántos años hacía de eso?

Venga, Paul, le insistió. Vamos, cariño.

En verano iba a cumplir los catorce, y después los quince-dieciséis-diecisiete: sería oficialmente un adulto. Y quería hacerse piloto de guerra, y no podía parecer que lo desanimaras a hacerlo porque eso solo serviría para decidirlo aún más...

Vamos, cariño.

¿Ya se ha acabado, Madre?

Sí, querido.

Sus ojos adormecidos, el pelo que le salía en todas direcciones... Por Dios, si aún es un niño...

Lo metió en la cama, cogió una manta y se la echó a los hombros mientras se sentaba en un sillón del pasillo. Por grueso que fuera no resultaba muy cómodo, y los calcetines le resbalaban en el suelo de caoba cada vez que intentaba ponerse más recta. Pero quería tener el teléfono al alcance de la mano, por si llamaban Philip o Emma o Audrey. Seguro que la pobre Audrey, pensó, habrá tenido que meterse en algún refugio público por Cave Hill. Al menos ahí estaría a salvo: no iban a molestarse con el norte de la ciudad. Y Emma estaría en su puesto, y Philip en el hospital, más seguros imposible.

Hay que pensar así, se dijo a sí misma. Tenemos el deber moral de no pensar en lo peor...

La campanilla del teléfono. Se despertó de golpe. Tenía el cuello echado a un lado y la espalda tan dura que apenas podía tenerse en pie. Se adelantó hacia el aparato.

Era Richard, en el hospital.

¿En el hospital? El corazón le dio un brinco en el pecho. ¿Estás bien?

Sí, respondió él, había conseguido llegar, y gracias a Dios, porque toda la noche ha sido una matanza completa; han destruido todo el norte de la ciudad, a saber por qué...

¿Y Audrey? ¿Está contigo?

Pausa.

No, respondió él por fin. ¿No está ahí? Por eso llamaba: había tenido que dejarla en el Floral Hall para ir al hospital.

Un momento, dijo Florence. ¿La dejaste allí?

Tuvimos que salir varios en un coche: otro médico, dos enfermeras y unos ordenanzas. ¿Seguro que no está en casa?

Espera, contestó ella. Dejó el auricular y corrió a la habitación de Audrey; de repente recordó que el otro día había llamado a Emma y ella ni se había dado cuenta de que no estaba. Pero la habitación de Audrey estaba vacía, la cama hecha. Igual en la de Emma.

Ahora el corazón le latía como un martillo hidráulico. Corrió abajo y cogió de nuevo el auricular.

Aquí no está, dijo.

Un crepitar en la línea interfirió la respuesta de él, y entonces la llamada se cortó. Florence colgó. Se quedó allí, en pie.

El reloj de la sala sonó: las ocho y cuarto. Emma también tendría que haber llegado ya.

Oh, mis niñas no, pensó. No Audrey, mi caprichosa, impulsiva, voluntariosa Audrey. No mi amable, tozuda, tímida Emma. No mis niñas, no me podéis quitar a mis niñas; no sobreviviría a algo así.

Apenas se dio cuenta de que caía de rodillas contra el parqué. Fue algo repentino, como chocar contra una pared, irrevocable.

Debo ofrecerlo a él a cambio, pensó. Me ofrecería a mí misma, pero ya he perdido las ganas de vivir demasiadas veces; yo no sería suficiente. Ha habido demasiadas veces en las que no he querido vivir en este mundo sin él, pero lo he hecho, y lo sigo haciendo, y no es valentía sino una especie de cobardía.

Pensó: Lo que más me ha hecho arrepentirme, lo que nunca he conseguido olvidar, lo más insoportable han sido las cosas que nunca he llegado a decir, las palabras no pronunciadas, las caricias no dadas.

Y lo pensó con algo parecido al pánico: Oh, de haber sido tuya, tuya de verdad, en tus brazos.

¿Qué se hace de todo eso?, ha pensado muy a menudo, ¿qué se hace? Por supuesto, acaba en nada, como todo. Pero a veces se había permitido imaginarse que en alguna vida más allá de la vida, en algún lugar, debía de ser como una especie de moneda: no dejar ni una gota de amor sin gastar. Ni una palabra, ni una caricia. Se había permitido imaginarse, por muy inútil que sabía que era, que algún día volverían a abrazarse, se lo contarían todo, no habría ninguna distancia entre ellos dos.

Pero ahora debo renunciar a todo, pensó. Ni siquiera creo en nada de eso. No creo que haya nada que yo pueda hacer y que marque la menor diferencia. Pero no tengo elección.

Se quedó mucho rato de rodillas.

Cuando por fin abrió los ojos miró los pequeños cuadrados del parqué, la manera en que encajaban en un complejo diseño como de espiguilla. Lo había barrido incontables veces, le había sacado el polvo y lo había pulido, pero nunca lo había contemplado de verdad: lo igual y lo diferente de la textura, los mínimos nudos y espirales en la madera, cómo cada tira había sido cortada de un bloque totalmente diferente, excepto dos que de repente, milagrosamente, encajaban a la perfección, fuese por accidente o por capricho de quien montó el suelo, como un placer privado, secreto.

Siguió con la punta de un dedo el granulado, la juntura.

Entonces se incorporó y se alisó la falda, la blusa.

No me siento aliviada, no me siento mejor, pero tampoco peor. Listo, pensó. *Consummatum est*. Ya está.

26.

Cuando eventualmente acabó amaneciendo en Cave Hill, nadie lo hubiera dicho: no había más luz en el cielo; de hecho, en ningún momento había estado oscuro. El cielo entero, la ciudad entera, el mundo entero, pensó Audrey, estaban como bañados en rojo; aunque no, «bañados» no era la palabra correcta porque todo seguía en llamas.

Desde que había sonado el final de la alerta, el alivio que supuso aquella nota continua, la gente refugiada en el interior del Floral Hall hacía turnos para salir al pórtico, liberarse de las agujetas en sus frías y apretadas extremidades, valorar si ya había la luz suficiente como para irse. Las líneas de teléfono seguían caídas; no tenía forma de ponerse en contacto con Madre o con Richard.

Puedo quedarme esperando aquí, pensó. Al final alguien vendrá a buscarme. Pero la idea de seguir en aquel lugar ni un solo momento más... Además, no había agua, la habían cortado al igual que el gas, y los lavabos estaban atascados y su olor ya era repugnante.

No, pensó; voy a caminar.

Durante la noche no había vuelto a ver ni rastro de los dos hombres. Aun así, esperó a que empezaran a irse los primeros grupos antes de unirse a dos hermanas para bajar a pie la colina. También siguieron juntas a lo largo de Upper Cavehill Road, hasta que ellas se separaron en dirección a su casa.

Ven con nosotras, le ofrecieron, pero ella dijo que no: lo que deseaba ahora era no dejar de moverse.

Era como algo sacado de Dante, pensó, un descenso a alguna clase de infierno irrefutable. El aire amargo, más fuerte cuanto más bajaba. El olor de cosas ardiendo que no deberían. Los tejados rotos y los ladrillos ennegrecidos de las casas que seguían en pie, y los huecos donde otras habían recibido un impacto directo, eliminadas de entre las demás como si hubiesen estado hechas con naipes o con cerillas.

Cruzó lo que creyó vagamente que sería Ballysillan Road, rodeando un cráter en el que había caído de frente una ambulancia. Después siguió Cavehill Road lo mejor que pudo: por muchas veces que hubiese ido al Floral Hall o a los jardines de Bellevue o al zoo, no conocía nada bien esa parte de Belfast.

Mientras siga yendo hacia el sur, pensó, llegaré a Crumlin Road, desde donde podré orientarme para llegar al centro.

Pasó por una calle lateral que parecía haber sido destruida por completo. Un grupo de gente cavaba en una pila de ladrillos con barras de hierro, con planchas de madera, con las manos desnudas.

Debería ayudar, pensó, pero ¿qué puedo hacer?

Se dio la vuelta y siguió caminando.

Imposible no pensar en que todo aquello era como un decorado de cine. Todo era una sucesión de fotos de guerra de algún lugar del mundo. De la España de Franco. Los fuegos, los raíles del tranvía arrancados al asfalto y apuntando en ángulos indefensos al cielo. Un vagón volcado, de lado. Con cada respiración, el denso hedor de cosas ardiendo se alojaba más y más en las entrañas. La gente con la que se encontraba por la calle, algunos con rumbo fijo y decidido, y otros vagando en una dirección para después darse la vuelta y hacerlo en la opuesta, y otros más que simplemente se habían quedado detenidos en un punto.

En la esquina de una calle destrozada vio a una niña pequeña con un abrigo verde, ante una farola retorcida.

Tendría que parar, pensó Audrey de nuevo, y ver si está bien. Pero, de nuevo, ¿qué podría hacer? Solo soy una desconocida de paso.

Cuando llegó al final de la calle echó la vista atrás: la niña seguía allí, inmóvil.

Audrey desandó el camino.

Hola, le dijo.

La niña la miró.

¿Estás bien?

Vaya estupidez de pregunta, pensó: la niña estaba como ida, con los ojos vidriosos y la mirada en blanco. Volvió a intentarlo.

¿Cómo te llamas?

Nadie me llama por mi nombre, contestó la niña.

¿Cómo te llaman?

La niña susurró algo.

Audrey se puso en cuclillas. No te he oído, querida, ¿puedes repetirlo?

Maisie, susurró la niña.

¿Maisie? ¿Y cuántos años tienes, Maisie?

Seis y medio.

¡Vaya, sí que eres mayor! Pero aun así no deberías estar sola, ¿verdad? ¿Sabes dónde están tu padre y tu madre?

Torpedearon el barco de mi padre.

¿El barco de tu padre? ¿Cómo dices?

Lo torpedearon en el Lejano Oriente y perdió su kit de afeitado, sí, pero le compramos uno nuevo que tuve que esconderme a la espalda, debajo del abrigo... Y así siguió hablando la niña, sin parar, una sucesión de palabras de las que Audrey distinguía una de cada cinco, y que acabó en Se quedaron con mis zapatos negros nuevos.

Levantó un pie y se señaló un zapato marrón gastado y cubierto de ceniza.

Por Dios, dijo Audrey. Ahora se sentía un poco inútil. Bueno, dijo, quizá en realidad haya sido una suerte que no te hayas puesto zapatos nuevos justo hoy, ¿no? Los míos se me han quedado hechos añicos. Y mira mi mantilla. Bueno, la verdad es que es de mi madre, y no va a ponerse nada contenta con cómo ha quedado. Bueno, intentó de nuevo, ¿puedes decirme dónde está tu madre?

No lo sé, respondió la niña, y empezó a fruncir toda la cara. Supongo que con Bobby.

¿Bobby?

Tiene casi diez años, sí.

¿Es tu hermano?

La niña asintió.

¿Y has estado con ellos toda la noche?

Estábamos en el refugio. Cantamos *Corre, conejito, corre*.

Ah, esa canción me gusta.

La niña inspiró. A mí también.

¿Y sabes, le preguntó Audrey, qué pasó después de que salierais del refugio? ¿Sabes cuánto tiempo llevas esperando aquí?

No lo sé, dijo la niña, y se echó a llorar.

Ah, no, dijo Audrey, eso no puede ser. Madre mía, pensó, ¿qué hago? Se quedaron allí un rato —cinco, diez minutos— por si regresaba la madre. Cantaron *Corre, conejito, corre: qué va a hacer sin su pastel para comer...* Por la calle iba pasando gente, pero nadie se fijó en ellas dos. Empezó a llover.

Bueno, eso será bueno para los incendios, dijo. Pero no para nosotras, pensó; la niña había empezado a temblar.

No sabrás cuál es la dirección de tu casa, ¿verdad?, le preguntó.

El 21 de Hughenden Avenue, respondió ella, tan rápido y claro que Audrey casi se echó a reír.

¡Pues sí que te la sabías! Bueno, eso lo facilita todo. El 21 de Hughenden Avenue. Vámonos, seguro que tu madre y Bobby te estarán esperando allí, ¡y qué alegrón que van a llevarse cuando te vean!

Audrey se inclinó, le limpió las lágrimas con la mantilla y la cogió de la mano libre; en la otra la niña tenía una muñeca cubierta de carbonilla y con una cabeza descascarillada de porcelana.

Me gusta tu muñeca. ¿Tiene nombre?

Se llama Polly.

Muy bien, Polly, pues voy a llevaros a la pequeña señorita Maisie y a ti a casa.

Hughenden Avenue, pensó. No conozco esta parte de la ciudad.

Por supuesto, no había placas con los nombres de las calles. Caminaron en una dirección, pero la calle se detuvo abruptamente ante un cráter.

¡Ups!, dijo, intentando sonar alegre. Probaron con otra calle, y con otra más. La niña seguía a Audrey al trote, de la mano, y de vez en cuando se acercaba la cara de la muñeca y le murmuraba algo.

¿Qué le estás diciendo a Polly?, le preguntó Audrey, pero la niña solo agitó la cabeza.

Esto es como un laberinto, probó a decirle Audrey. ¿Te gustan esos pasatiempos en que tienes que llegar de una punta a otra de un laberinto evitando los callejones sin salida?

A Bobby le gustan los pasatiempos, respondió la niña. El tío Jack le guarda las tiras de cómic del diario y él me las lee.

Vaya, qué amable, dijo Audrey.

Vio un cuerpo en mitad de la calle, las extremidades extendidas en ángulos antinaturales. ¿Cómo vamos a recuperarnos, pensó, de ver estas cosas? Aunque mejor no pensar en eso, el cerebro se cortocircuitaría. Tenemos que pasar este trozo. Sigue hablando, tú sigue hablando; quizá si distraes a la niña no lo vea.

Por fin vieron a un par de guardias que golpeaban en las casas que se habían conservado mejor. ¿Hay alguien ahí?, gritaban. Somos guardias. ¿Hay alguien ahí?

Los dos hombres les indicaron el camino hasta Hughenden Avenue. Pasaron junto a una pila de hierro corrugado y arena, con extremidades blancas que asomaban, muy visibles. Pasaron junto a un conducto de gas que echaba llamas como una fuente. Tuvieron que atravesar a saltos una corriente de agua sucia que se extendía por casi todo el ancho de la calle.

¿No te alegras, dijo Audrey mientras daban la vuelta a la esquina de lo que debía de ser Hughenden Avenue, de no llevar tus zapatos nuevos? Pero se detuvo antes de acabar la frase: vio que en el lado de la calle de los números impares había un enorme cráter que ocupaba el espacio de tres o cuatro casas, a partir del número 17.

Vaya, dijo, dando media vuelta al instante, creo que nos hemos equivocado de camino, y siguió caminando, tan rápido como la niña le permitía, de regreso por donde habían venido.

El corazón le latía con fuerza. ¿Nos quedamos esperando aquí?, pensó. Pero si la niña aún no se había dado cuenta pronto lo haría, y, dado dónde estaban, seguramente más pronto que tarde. Quizá deberíamos volver con los guardias, o intentar averiguar dónde está la escuela o la iglesia más cercana y dejarla allí. Dios mío, ¿qué estoy haciendo?

Al final, simplemente siguieron caminando. Pasaron por el centro de la ciudad, cruzaron el Albert Bridge. La zona comercial había quedado notablemente indemne: unos cuantos escaparates rotos, algunos restos de la acción de bombas incendiarias, pero nada comparado con la destrucción en el norte.

¿Por qué, se preguntó, por qué? Ahí no había nada de valor militar, solo hileras e hileras de casitas familiares, con miles y miles de personas dentro. Esa debía de haber sido la táctica: sembrar el terror. Temió pensar en lo que les esperaba más al este. Quizá se encontrase con que Circular Road ya no existía. No, se dijo, no puedes pensar así. Vayamos paso por paso.

Ya llegamos, le dijo a la niña, intentando poner una voz lo más alegre posible. Ahora llevaba a la niña en brazos, y quién iba a decir que alguien tan pequeño pudiera pesar tanto. Era como ir cargando un saco de patatas. Se había abrazado el cuerpo con los bracitos, y Audrey sentía en el cuello la humedad de su aliento. Tenía ampollas en los pies, con esos estúpidos zapatos de satín con tacones, y las ampollas se le habían abierto, lo notaba con cada paso. Había agotado su repertorio de canciones infantiles y ahora cantaba a Gene Autry, Glenn Miller, cualquier cosa que se le ocurriera. Las Andrews Sisters, que a Emma y a ella les encantaba poner en el gramófono, *La polca del barril de cerveza* y *Boogie Woogie Bugle Boy*. Intentó enseñar a la niña a cantar las partes de *toot-toot-diddley*, los *dah-doo-dahs*, tarareó las intervenciones sincopadas del piano *honky-tonk*, lo que fuera con tal de distraer a la niña, con tal de distraerse las dos. ¿Qué tal lo hago?

Ufff, hizo de repente. Tomémonos un descansito. Dejó a la niña en el suelo, estiró los brazos doloridos, la espalda dolorida. Empezó a aflojarse los zapatos, que se le habían pegado con sangre a los talones de las medias llenas de carreras, pero se detuvo. La leche, pensó, si paro ahora ya no volveré a ponerme en marcha.

Bueno, sigamos, dijo.

¿No íbamos a tomarnos un descansito?

Sí. Un descansito muy muy breve. El descansito más pequeño que hayas hecho nunca. Vamos, que ya casi llegamos. ¿Crees que puedes ir un rato caminando?

La niña asintió.

Mientras volvían a emprender el camino, una pared se vino abajo al otro lado de la calle, a cámara lenta, como si solo hubiese necesitado un poco de brisa para caer. Empezó a levantarse una nueva nube de polvo de ladrillo.

Vamos, dijo Audrey entre toses. Marchemos por el centro de la calle como si fuésemos soldados, y empezó a imitar un ridículo paso de la oca. A la niña pareció gustarle. En la esquina, una confitería no había sufrido daños, pero tenía el escaparate roto, y un grupo de niños pequeños se habían metido dentro y se llenaban los bolsillos con el contenido de las jarras que habían quedado intactas; uno de ellos las cogía enteras y las metía en un carrito de juguete.

Eh, les gritó ella, y al verla salieron saltando por la ventana y corrieron calle abajo, excepto el del carrito, que puso los brazos en jarras y exclamó ¿Qué va a hacer, señora, decírselo a mi madre?

Creo que si lo hiciese te iba a dar una buena, gritó Audrey, pero si tú no se lo dices, yo tampoco.

Él frunció el ceño y ladeó la cabeza, desafiante, desconfiado; seguro, pensó Audrey, que era la misma postura que ponía su madre.

Entonces ¿qué quiere?, preguntó él.

¿Tienes bombones por ahí?

¿Que si tengo bombones? ¿Eso es lo que quiere saber? Se llevó la punta del índice debajo de un ojo y tiró del párpado inferior. Sí, sí, venga a verlos.

Te compro unos cuantos.

¿Se cree usted que acabo de caerme del ciruelo o qué?

¿Qué más tienes? ¿Algo de fresa?

Sí, hay de fresa con limón. También había de tofi, pero Tony los cogió todos, el muy glotón. Hum, dijo de repente, no será usted de la pasma, ¿verdad?

¿Te parece que lo soy?

O igual es una de esos que raptan niños.

¿Entonces no sería yo la que te ofrecería los bombones?

Él pensó un momento. Vale, es cierto.

Así que Audrey le compró un chelín de bombones. O, cuando menos, abrió un bolsillo del abrigo de la niña para que él metiera tantos como cupieran, y después le dio una moneda de un chelín, cosa que sorprendió al niño, que no esperaba que ella cumpliera su palabra.

A usted le faltan unos cuantos tornillos, sí, señora, exclamó; cogió la cuerda del carrito y se fue corriendo tan rápido como pudo, con el carrito en cuestión dando saltos y balanceándose peligrosamente sobre el maltrecho asfalto.

Audrey y Maisie hicieron el resto del camino por las calles llenas de destrozos a los lados, comiendo bombones un poco reblandecidos. Atravesaron Strandtown, que estaba relativamente intacta, y subieron por Belmont Road, que solo había sido atacada en un par de puntos, hasta llegar a la curva verde de Circular Road.

Por costumbre, Audrey abrió la portezuela del servicio.

¿Ya hemos llegado?, susurró la niña, que casi se vino abajo.

Tenía la cara pálida. Una venilla azul le latía en el puente de la nariz y le estaban saliendo sombras bajo los ojos. Tenía blancos del todo los nudillos de la mano con la que aún agarraba la muñeca.

Hogar, dulce hogar, dijo Audrey. De repente le temblaba la mano. Toda ella temblaba. Siguieron el caminito y abrió la puerta trasera.

¡Estamos en casa!, exclamó.

Paul acudió a toda velocidad desde la trascocina y frenó en seco.

¡Caramba!, gritó. ¡Madre, Audrey ha venido... y ha secuestrado a una niña pequeña!

Venga ya, Paul, le dijo Audrey, y se volvió hacia ella: No le hagas ni caso. Pero ya era demasiado tarde, la niña estaba sollozando.

Madre llegó casi tan rápido como Paul.

¿Audrey?, dijo, y se detuvo. ¡Ay, Audrey!, ¿qué has hecho ahora?

27.

Emma se queda mirando el Lagan.

El viento que llega del lago agita el agua. Es una mañana tristona, con el agua gris y el cielo gris. Llovizna ocasional.

Tiembla en su mono casi acartonado por la ceniza, las manchas de sangre, el sudor seco y con un brazo rasgado; pero el frío le llega desde dentro, desde algún lugar recóndito en su interior.

Ya nunca sentiré calor, piensa.

Piensa: La forma en que sostenías tu cigarrillo, la forma en que encendiste el mío, abriendo el mechero con un gesto rápido. La forma en que alzabas una ceja cuando sonreías. Tus manos en la tapa del piano. El dar el gas en el horno. El partir un panecillo para compartirlo. Ajustarme tu cinturón, ajustarme el cuello de mi abrigo. Ladearme la cabeza con el índice y el pulgar y mantenerla así...

Pero ahora te vas a alejar cada vez más de mí, piensa. Durante el resto de mi vida, sea cuanto sea. Durante un tiempo voy a poder sentirte. Tus manos en mi pelo al borde de la nuca, las puntas de tus dedos siguiendo mis hombros y la base del cuello, tus manos abriendo el interior de mis muslos, tu lengua... Durante un tiempo seré capaz de cerrar los ojos y convocarte, o casi; pero entonces se acabará, tú desaparecerás y un día me daré cuenta de que ya no podré sentir tu voz en mi cabeza. Y todas las cosas que me dijiste, las cosas importantes y las cosas sin importancia alguna, las cosas que dejé pasar en una especie de neblina embriagadora, como si siempre fuese a tener tiempo de volver a escucharlas. También irán desapareciendo hasta que me quede sin casi nada. Y además del peso de esa pérdida, ¿cómo podré soportar el de todas las cosas que nunca conoceré? Todas las formas en las que nunca te tendré. Todo lo que pudimos, debimos, íbamos a hacer juntas...

Sin proponérselo acude a ella la imagen de la tía abuela Pam, las imágenes incrustadas tras su frente arrugada y que con tanta desesperación intenta compartir.

La idea le revuelve el estómago.

Piensa: Ni siquiera tengo una foto de las dos juntas. Ni una. Y aun de tenerla, no tendría a nadie a quien mostrársela y hablarle de ti, de nosotras.

No hay un nosotras, piensa.

Me has dejado encerrada, piensa, en la cárcel de mí misma, condenada de por vida sin ti.

¿Y ahora qué hago?, dice, y lo dice en voz alta. ¿Cómo voy a poder superar esto?

Pero su voz suena muy débil contra la fuerte brisa marina, y enseguida se disipa.

28.

Una cazoleta de leche puesta a hervir en el hornillo; la niña, que no se deja separar de Audrey, sentada en el regazo de ella a la mesa de la cocina; a Paul, que da saltitos por la emoción, le permiten añadir el cacao y cucharadas muy colmadas de azúcar. Nos vamos a quedar sin antes de fin de mes, piensa Audrey, pero, en fin, no podemos hacer mucho al respecto.

Una taza frente a la niña, otra frente a Audrey, y el resto para Paul.

Y ahora silencio, Paul, mientras Audrey nos lo cuenta todo.

Lo primero que hay que hacer, claro, piensa Florence, es llamar al puesto de Protección Civil más cercano a Hughenden Avenue: allí sabrán mejor que nadie si alguien del número 21 ha sobrevivido o quiénes son los familiares o amigos más cercanos. Y tienen que llamar a los hospitales, por supuesto, el Royal y el Mater, a ver si han ingresado a alguien llamado Gallagher, aunque no sea un nombre poco común precisamente. Pero lo primero de todo es bañar y acostar a la pobre niña, que está muy sucia y claramente agotada por el shock.

Doné la mayoría de tu ropa y la de Emma después de las revueltas, dice, aunque puede que aún tenga algunos de vuestros vestiditos y jerséis en el ático.

Envía allí a Paul y le da instrucciones. Él regresa con una maleta de cuero que estaba justo donde ella había dicho.

Por Dios, piensa ella, hacía años que no veía nada de esto...

Dentro hay un vestido blanco de verano de bordado inglés, un abrigo amarillo botón de oro con una rebeca a juego, todo ello un poco arrugado, con olor a naftalina, pero ya vendrán bien, dice; solo tengo que echarles espray y plancharlos en un momento.

Este era tu vestido favorito, Audrey, le dice. Desde el verano en que cumpliste cinco años. En algún lugar tengo una fotografía contigo, Padre y yo en la Calzada del Gigante, en la que lo llevas. Y cuando se te quedó pequeño me rogaste que no lo diera, así que lo guardé, pensando que quizá algún día se lo pondrías a una hija tuya. Pero, añade enseguida, ahora le servirá perfectamente a Maisie. A su edad eras un poco corpulenta, así que seguro que le entra. Bueno, Maisie, sigue, ¿te apetece un buen baño caliente?

Pero a Maisie no le apetece un buen baño caliente, al menos no si se lo va a dar Florence. Y tampoco quiere dormir en la habitación de Audrey si ella no está.

Por Dios. Audrey mira a Florence con expresión preocupada. Para ella era natural que Madre fuera yo, piensa, la persona a la que tenía que hacer caso, que la bañaba, que la metía en la cama. Pero, claro, para la niña la figura maternal es la propia Audrey, la que la encontró y la trajo aquí, a esta gran casa llena de desconocidos, y no quiere separarse de ella ni por un segundo.

Florence espera fuera mientras Audrey llena la bañera y

añade su jabón de lirio silvestre, le lava el pelo cubierto de ceniza y los brazos y las piernas, el cuello, y la ayuda a ponerse el vestidito blanco de algodón, que va a servirle de camisón. Maisie tiene ampollas en los pies; Audrey le seca cuidadosamente cada dedo mientras Florence corta tiras de esparadrapo. La niña insiste en que también laven a Polly, así que Florence le saca la ropa y promete lavarla y plancharla también, y hace lo que puede por limpiarle la suciedad del cuerpo con una esponja y la cara con una toallita.

A continuación, Audrey lleva a Maisie a la habitación y la mete en la cama. Aún no se ha bañado ella, pero la pequeña no la suelta, así que también se tumba.

Pocos minutos después está profundamente dormida. Florence la cubre con una manta recién planchada, aún caliente, y sale de puntillas.

Está en la cocina, esperando a que la tetera hierva y tomándose un respiro de las inacabables rondas de llamadas de teléfono, cuando oye cómo se abre la puerta trasera.

¿Emma?, llama. ¿Philip?

Alguien llamó desde el puesto de Emma para decir que estaba bien, pero de eso hace un rato, y de Philip no tiene noticias...

No es ninguno de ellos dos. Es la señora Price.

Señora Price, la saluda ella con un puntito de culpa; ni se le ha ocurrido pensar en ella. Por Dios, no esperaba que viniese hoy.

La señora Price se queda quieta con su gabardina verde, su bolso, su pañuelo a la cabeza.

Señora Price, ¿está usted bien? ¿Y su familia? Parece que ha sido un ataque serio.

Sí, dice la señora Price, y entonces añade No.

El señor Price está bien, consigue decir, sus cuatro hijos están bien, sus nietos también. Pero, durante lo que les pareció un momento de calma, su nuera Erica subió a coger agua de eneldo para el bebé, que no paraba de llorar, y en ese momento una bomba incendiaria atravesó el techo y...

Oh, señora Price, dice Florence, señora Price...

Y la señora Price se cubre el rostro con sus manos huesudas y solloza grandes sollozos, y Florence desea poder decirle algo, hacer algo, reconfortarla...

Pero en los diez, quince años que lleva trabajando en la casa, solo la ha llamado señora Price, y la señora Price solo la ha llamado señora. No tiene ni idea del nombre de pila de la señora Price. Eso es toda una acusación, una condena a la manera en que vivimos nuestras vidas.

La señora Price, con los hombros hundidos, solloza.

Venga, dice Florence inútilmente, siéntese, venga, siéntese, le prepararé una taza de té con brandi, venga, y posa una mano en el frágil hombro de la señora Price para guiarla hasta la mesa.

Poco después Philip regresa del hospital, agotado y grisáceo, al menos una década más viejo. Florence le besa la mejilla sin afeitar con sus labios secos, a modo de agradecimiento, a modo de disculpa. Por más cosas de las que crees, piensa. Pero un aguijonazo en la conciencia la hace enviarlo al momento a llevar a la señora Price a su casa, o tan cerca de su casa como el estado de las calles le permita. La señora Price ha rechazado la oferta de Florence de una cama para su hijo y el bebé, y ahora rechaza también el billete de una libra que intenta darle. Después de tomarse el té intentó colgar la gabardina y el pañuelo y ponerse a trabajar. Florence le rogó que no lo hiciera; ella le rogó a Florence que se lo permitiera. Es horrible, pero el que se vaya resulta casi un alivio.

Tener que pensar en preparar el almuerzo, por el contrario, es como una bendición. Va a ser una mescolanza, los restos del pastel de patata y remolacha de ayer y un poco de embutido, el pan ya un poco duro de ayer. Es inútil intentar salir a hacer la compra. Mete un trozo de carbón en el cajón de la lechuga para revivirla, era un truco de su abuela. Pone la mesa, incluyendo un lugar para Maisie y, por si acaso, para Emma. Duda sobre si despertar o no a Maisie y a Audrey: si duermen hasta tarde ya no lo harán por la noche... Pero al final acaban despertándose por sí mismas, y Philip vuelve, y se sientan a comer.

Paul está hambriento, como siempre. Audrey come como una lima, y Maisie apenas consigue tragarse un poco de pan con mantequilla, sin ningún apetito. Philip también se limita a mover las cosas por el plato con el tenedor. Para que Maisie se sienta cómoda, Florence habla alegremente con Audrey y con Paul, pero en cuanto acaban de almorzar envuelve a la niña en el abrigo botón de oro, le cubre las orejas con una bufanda suya y los manda a todos a jugar al jardín.

Cuando vuelve al comedor, Philip sigue sentado a la mesa sin hacer nada.

¿Philip?, le pregunta.

Él la mira, alzando la vista de su pastel intacto. Sus ojos parecen necesitar un momento para enfocarla.

Emma volverá a casa, le dice ella. En cualquier momento. Todos estaremos bien, Philip. Te lo prometo. Te prometo que ahora mismo ya lo estamos.

Philip no dice nada.

¿Ha sido muy horrible?, le pregunta ella.

No es que no estuviéramos preparados, responde él. Las ventanas de las salas y los pasillos estaban cubiertas, explica; habían colocado muros de ladrillo para proteger los quirófanos y el departamento externo. Estábamos preparados, repite, estábamos bien preparados.

¿Pero...?

Pero, dice él, pero ¿cómo diablos podría estar nadie preparado para algo así? Florence, las ambulancias nos traían pacientes a los que quienes los recogieron habían tenido que cortarles extremidades con serrucho para liberarlos de los escombros. Un hombre tenía las dos piernas quemadas hasta los huesos, que parecían de carbón. Era de York Street. Murió, claro. Igual que tantos otros... tantos por los que no pudimos hacer nada. Les dábamos morfina y los llevamos al ala siete a que murieran allí; habían vaciado toda el ala para eso, para acoger a los casos sin remedio. Cuando el ala se llenó tuvimos que tumbarlos en los pasillos de los consultorios, algunos en camillas y otros directamente en el suelo. Algunos con un pie colgándoles, a otros les faltaba media cara. Sangre por todas partes. Cuando se fueron el gas y la electricidad tuvimos que operar con lámparas de aceite y linternas, y en vez de anestesia normal, usar una mezcla de cloroformo y gotas de éter en mascarillas abiertas. ¡Por Dios!, a veces parecía más peligroso nuestro equipo que los bombarderos que nos pasaban por encima. Y entonces, dice, y entonces...

Para horror de Florence, su marido se echa a sollozar.

Oh, Philip, le dice ella. No tienes por qué, no tienes por qué pensar en eso.

Él respira hondo. Tienes razón, querida. Tienes razón.

No hace falta que oigas esas cosas. No sé dónde tengo la cabeza.

Cuéntamelas si eso te hace sentir mejor. Ahora Florence tiembla. Pero no quiero hacerte cargar con revivirlo.

Una de las enfermeras de cirugía, dice Philip. Se llama enfermera McKinney. Olive.

Se detiene.

Lo siento, Philip, dice ella.

Fue decapitado, Florence. ¿En qué estarían pensando al traerlo? Bueno, por supuesto, no pensaban, aquello era un puro pandemónium. Y la enfermera McKinney lo reconoció por las botas, y antes de que nadie se diera cuenta, antes de que nadie pudiese detenerla, por un medallón que llevaba por dentro de la camiseta.

Las lágrimas se deslizan por su rostro. Ella desearía tocárselo, secarle las mejillas, abrazarlo. Pero sabe que él se apartaría.

¿Qué haremos, Florence?, pregunta, ¿Qué nos va a pasar ahora?

Philip, le dice ella. No pasa nada, Philip. Siente los martillazos de su propio corazón. Escúchame. Esto puede sonar cómico, hasta obsceno, pero no has comido ni dormido. Tienes que intentar comer un poco y tienes que intentar dormir. El horror no será menos, pero tendrás mayor capacidad para resistirlo.

Él la mira. Ella ve en Philip al joven que fue, el anciano que será, como si estuviesen los tres allí unos contra otros, como si no existiese el tiempo.

Nunca va a irse del todo, quiere decirle. Nada de ello, ni lo real ni lo imaginario. Una vez has visto esas imágenes, con los ojos o en la mente, se te quedan grabados al cuerpo. Son para siempre, y no puedes hacer como si no. Cuando aparecen tienes que intentar no combatirlos, no quitártelos de encima. Tienes que respirar hondo y sentir como el aire recorre tu cuerpo.

Quiere decirle: ¿Sabías que el dolor, el duelo, lo guardamos en los pulmones?, aunque sabe que él replicaría que eso no es cierto, no en ningún sentido médico. Pero sí que lo es, piensa, sí que lo es, y a veces lo único que puedes hacer es permitir a tus pulmones que lo sientan.

En vez de eso coge un plato y fuerza a su mano a no temblar. Echa los restos en otro plato. Coge ese segundo plato y echa los restos en un tercero.

En respuesta a tu pregunta, dice: recogemos la mesa y lavamos los platos. Me atrevo a decir que no estás peor que la señora Price. O que Betty; su récord es romper un plato y dos platillos en una misma sesión. Y, una vez hayamos hecho eso, volveremos a las llamadas de teléfono, a los centros del norte de Belfast con los que ya hablamos antes, a ver si tienen alguna novedad, y quizá le pidamos a la operadora que nos conecte con tantas casas de Hughenden Avenue como pueda. Tiene que ser posible, debe serlo, encontrar a algún vecino de la niña. Y, hecho eso, pensaremos en qué hacer con Paul. Quizá tenga que irse y quedarse con mi hermana y con Harry. Solo unas semanas. Estará mucho más seguro en Gilnahirk que aquí. Hasta que veamos qué pasa.

Se oye a sí misma hablar sin parar. No me dejes, piensa. Estoy aquí, he vuelto a por ti. Quédate conmigo.

Ten, dice por fin, y, con tono que no admite discusión, Recoge los platos por mí, por favor.

Se produce un silencio largo, incómodo. Todo parece colgar del fiel de la balanza. Y entonces Philip se pone en pie.

29.

Mami ha cruzado la ciudad en bicicleta.

La he robado, dice. La vi y me subí y empecé a pedalear.

Llega aturullada y con la cara roja, sin aliento tras subir la colina y sin sombrero, los pelos salidos de las horquillas. A Maisie no le gusta lo fuerte que la coge su mami de la mano, su forma de inspirar a grandes bocanadas y los accesos de lágrimas calientes que le descienden por la cara y se pegan a la de Maisie, a su cuello, a su nuevo abrigo color botón de oro y que la madre de Audrey le ha dicho que puede quedarse. Pero a nadie más parece importarle nada de todo eso: la madre de Audrey también se ha echado a llorar, y hasta Audrey misma. La única persona que no llora es el hermano de Audrey, Paul, que, tras examinar con interés la bicicleta, ha salido a molestar con un palo a las tribus de pigmeos que viven en los matorrales.

Maisie lo contempla con envidia a través de las ventanas francesas. Se lo pasaron genial en el jardín; ojalá hubiese estado Bobby. Jugaron al pillapilla. Cuando se cansaron, Paul fue a la caseta a buscar su tienda de los *boy scouts*, y ella y Audrey se sentaron en la lona mientras él clavaba las estacas alrededor. Hicieron como que eran Livingstone y su expedición, sufriendo innumerables problemas mientras atravesaban incontables kilómetros de jungla, y Audrey describía los cocodrilos y los enjambres de moscas tsetsé que los rodeaban, las serpientes de color esmeralda, las huidizas aves del paraíso, los monos de ojos brillantes que colgaban de los árboles por la cola, hasta que Maisie casi fue capaz de verlos. El estanque se convirtió en el lago Tanganica, y allá, más lejos de donde comenzaban los campos de juego de Ashfield, estaba la fabulosa y misteriosa fuente del río Nilo... Paul repartió raciones de pemmican, comida de supervivencia y que en realidad era pan con mermelada, y Audrey objetó Pero, Paul, ¿eso no es en las aventuras de indios y vaqueros?, y él refunfuñó Vale, si tienes que ser tan realista, ten una tira de carne seca de gacela... y cuando Maisie dijo no estar segura de si le gustaba la gacela, Audrey le susurró que su ración podía ser de tarta de menta Kendal. Y en mitad de la noche, sentados al borde de la hoguera, con Paul levantándose a menudo para rugir y ahuyentar a los leones rugientes con teas, la madre de Audrey salió corriendo de casa para decirles que había encontrado a la de Maisie.

Y ahora la mami de Maisie dice que nunca más va a volver a perderla de vista, no, ni siquiera para salir a jugar al jardín, y que su hija tiene que quedarse a su lado, y la coge tan fuerte por la muñeca que la niña teme que se la vaya a arrancar.

Y así, los adultos toman el té y se repiten una y otra vez, como si no la conocieran, piensa Maisie, la historia del ordenanza que cogió la llamada, de Mickey Carson, que los oyó por casualidad y dijo que conocía a la familia y corrió por las calles a la casa de la abuela a darle el mensaje...

Maisie ya está aburrida de esa historia. Se hunde más y más en su silla hasta que queda casi por debajo de la mesa, y mira las piernas de Audrey con sus pantalones sueltos, las medias de la madre de Audrey, las de su madre, mucho más bastas y grasientas y hasta con una carrera atrás de tanto ir en bicicleta.

Finalmente, la conversación cambia a cómo Maisie y su mami van a volver a cruzar la ciudad. La madre de Audrey les ofrece quedarse a dormir, pero mami dice que no pueden; están la abuela y Bobby... y la madre de Audrey dice que les llevará el padre, y que llevará su maletín para vendarle bien la cabeza a la abuela. Claro que también está el problema de las calles, que bastante mal estaban antes y puede que ahora estén peor, aunque, por otro lado, él tendría que salir pronto si quiere estar de vuelta antes de que se haga de noche... y siguen y siguen hablando, y no paran.

Maisie se desliza del todo hasta el suelo, y le dirige a Polly una mirada de estos no tienen remedio. La madre de Audrey le ha lavado y planchado la ropa a la muñeca, y ahora está como nueva, aunque poco pudo hacer con lo de su trozo de cara descascarillada excepto cubrirlo con esparadrapo.

Por fin acuerdan que el padre de Audrey las llevará tan lejos como pueda, con la bicicleta atada al maletero. En toda su vida Maisie solo ha ido cuatro veces en coche. El padre de Dorothy y Paddy trabaja de chófer y algunos fines de semana puede disponer del coche, un Vauxhall azul oscuro, y a veces lleva a la niña a Helen's Bay con ellos. Te sientes como un millonario, pegando saltitos en los asientos de cuero, el viento en el pelo. En su calle hay otro coche, un Morris celeste, con una caravana gitana pegada, pero no puede entrar nadie. Oh, no puede esperar a contarles a Dorothy y a Paddy lo del viaje en coche, que espera que sea aún más grande que el del padre de ellos, aunque quizá no tan brillante... Entonces siente un enorme bostezo que es como si le dividiera la cara en dos partes.

Polly, avisa, no vamos a quedarnos dormidas y perdérnoslo todo, ¿me oyes?

Ahora su mami se pone en cuclillas ante ella, posa las manos en sus hombros, pone su cara más seria.

Recuerda que nuestra casa ya no está, que vamos a la de la abuela.

Pues claro, responde ella. Ya me lo dijiste: solo queda la puerta de la verja.

Pero entonces piensa por vez primera en su habitación minúscula, la primera después del descansillo, con la cama y la litera y la biblioteca y la sillita en la que dejar la ropa doblada, y la camita de Polly con su pequeña almohada y su mantita con volantes... piensa en la habitación de Bobby, con la tabla de planchar y la cama que a veces tienen que compartir en invierno si hace muchísimo frío, el armario con la ropa de los dos... y que ahora ya no queda nada de todo eso. El sofá bueno con relleno de pelo de caballo y en el que tienen terminantemente prohibido tirarse encima y deslizarse, aunque Bobby dice que en realidad eso es dejarse caer, no deslizarse; la alfombra ante la chimenea y la carbonera y los taburetes en los que el abuelo talló una *M* para ella y una *R* de Robert para Bobby; la mesa de la cocina y el mueble con vitrina y la vajilla buena; su mochila marrón para el cole y la de Bobby, más oscura, junto a la puerta trasera; la cesta de mimbre de mami para cuando le llega que en Turner's tienen naranjas; los boles para mezclar; todo. Bajo las escaleras, donde viven las botas de lluvia con los abrigos y la escoba, y ella y Polly juegan a que es su casita; la columna de ébano con los dragones tallados y las bolas dentro; los ceniceros lacados de mami...

¡Oh, no, exclama, mami! ¡El kit de afeitado de papá! Y piensa en su pobre padre, volviendo a casa para ver que esta ha desaparecido, que todo ha desaparecido, y ni siquiera tienen el kit de afeitado para darle. El suave cuero de becerro, las suaves brochas cada una en su estuche... desaparecidas.

El kit de afeitado de papá, vuelve a lamentarse.

Anda, Maisie, le dice mami, ahora no montes un número. El kit de afeitado no importa. Ya le conseguiremos otro...

Pero Maisie se zafa de ella.

¡Te odio!, le grita. ¡Te odio, mami! Ojalá no fueses mi mami. Ojalá nunca me hubieses encontrado...

Y mami también se echa a llorar, pero ahora que Maisie ha empezado ya no es capaz de detenerse.

Ojalá nunca me hubieses tenido, grita. Ojalá... ojalá estuvieses muerta.

30.

Cae la noche.

En la cama, incapaz de dormir, Florence piensa en toda la gente de la ciudad que también debe de estar despierta. Ha de haber miles de personas acostadas en las casas de familiares, vecinos, amigos. Niños pequeños en literas plegables, sacos de dormir, camastros sacados de casetas y con abrigos por mantas, pilas de jerséis de lana en el suelo haciendo de colchones. Otros miles estarán refugiados temporalmente en iglesias y salas de colegios. Otros miles habrán salido de la ciudad, claro, tantos que dicen que a primera hora de la tarde tuvieron que cerrar las estaciones de tren, tantos que había colas de hasta un kilómetro en las principales estaciones de autobuses.

Acompañó a Philip cuando llevó a casa en coche a Maisie y a su madre, asaltada de repente por el miedo a que le sucediera algo a él, que estuviera demasiado cansado como para ponerse a conducir de nuevo, y fue de vuelta del norte de Belfast cuando vieron el éxodo. Coches, carros, bicicletas, cochecitos de bebé, sillas de baño, hasta carritos de juguete: todo lo que tuviese ruedas había sido llamado a servir, cargado con los restos humanos y materiales del naufragio, abandonando la ciudad. Ropavejeros, carboneros, viejos en sus camionetas de tres ruedas de venta de helados, la mujer que vende arenques puerta a puerta sacándolos de las alforjas de su burro, todos ellos habían decidido emprender camino, con sus enseres en hatillos apresurados. Otros cargaban maletas cogidas con cuerdas a sus espaldas, como carros de caballos humanos, o llevaban fundas de almohada a los hombros o iban cargados con capazos llenos de, quién sabe, álbumes de fotos familiares, latas de carne cocida, rebanadas de pan.

El campo —todo el campo, desde Carryduff hasta Cultra— debe de estar asediado, piensa. Pies, niños llorando, caras graves por la desesperación. No van a encontrar ningún lugar donde quedarse. Miles más habrán ido a las fábricas o a la montaña a ver si encuentran alguna granja en la que dormir, o una zanja, o sencillamente se proponen caminar toda la noche, arriesgándose a la furia de los elementos. Para algunos, piensa, el miedo a ser bombardeados o ametrallados por la Luftwaffe debe de ser menor al pánico abyecto a morir enterrados bajo los escombros de su casa o a morir entre llamas si los aviones regresan. Otros no tendrán más alternativas: habrán perdido sus viviendas, sus calles, su todo.

La madre de Maisie dijo que en los refugios, en los pasillos de las iglesias, en los hospitales, había docenas de niños separados de sus padres y docenas de padres que habían perdido de vista a sus niños. Esas son cosas que nunca se superan, piensa, y piensa también en la suerte que tuvo Maisie de que fuese Audrey quien la había encontrado y cuidado. Podría haber sido alguien con malas intenciones. Podría haber sido cualquiera. Está segura de que debe de haber niños que simplemente desaparecen. Padres que ya nunca vuelven a ver a sus hijos.

Se levanta de la cama en silencio para no molestar a Philip. Se detiene en mitad del pasillo. Tras cada una de estas tres puertas duermen mis hijos, piensa: Paul y Audrey y Emma, mi pobre Emma, que volvió y se fue a acostar sin asearse, sin ni siquiera hablar, pero que al fin está en casa y a salvo.

No has perdido ni una teja del tejado, piensa, ni un pelo de la cabeza. Lo tienes todo.

31.

Emma se queda en la cama tres días. Va despertándose y volviendo a caer en algo que no es exactamente el sueño. Oye como el resto de la casa se mueve a su alrededor. Cuando Madre llama a la puerta y le trae una bandeja con té y tostadas o sopa, cierra los ojos y hace como si estuviese durmiendo. Cuando entra Audrey con la cartelera y le propone ir a ver una comedia romántica en el Strand para olvidar por un rato sus cuitas, si salen ahora solo van a perderse el informativo semanal previo, ella ni siquiera le contesta.

A solas se queda tumbada de lado, con la mejilla contra la bufanda de Sylvia, que aún huele un poco a ella pero ya casi no. El saber que no puede contarle nada a nadie es como llevar una mortaja.

Al tercer día Carol va a visitarla. A base de hablar consigue superar a Madre y entrar en la habitación. De repente se la imagina intentando no fruncir su delicada nariz ante el olor a cerrado.

Lo siento, dice Emma.

No, soy yo la que lo siente, replica Carol. Todos lo sentimos. Y le repite mensajes de Susan, de Mary, de Jamesie y de Dempsey. De todos ellos. Sabemos que erais muy amigas, dice.

Sí, dice Emma. Éramos... muy amigas.

Si hay algo que podamos hacer..., dice Carol.

Emma dice que no. Se sienta en el borde de la cama.

¿Emma?, pregunta. Ella la mira por primera vez. Los ojos grandes, complacientes, pintados, de Carol. La chaqueta y la falda rosa pastel de Carol, y su blusa rosa pastel.

Pareces una almendra azucarada, le dice, y Carol le pregunta si eso es un cumplido o un insulto, y Emma replica Pues buena soy yo para hablar, aquí acostada con un pijama viejo de mi padre, y las dos se echan a reír con risas ridículas.

Así, al cuarto día se levanta, se baña, se viste. Se cepilla el pelo y hasta le toma prestado a Audrey el maquillaje y el pintalabios rojo líquido para disimular la palidez. Baja a desayunar. Ignora las miradas de felicidad y alivio que se intercambian discretamente sus padres.

Y después se va una vez más, ahora con Carol y con Jamesie, al depósito de cadáveres de los Mercados.

Llegan pronto, pero ya hay gente haciendo cola en Oxford Street.

No hablan. Nadie habla.

Cuando entran el olor es peor que antes, y, por alguna razón, aún lo empeora más el pestazo a desinfectante en el aire, proveniente de las regaderas con que rocían el lugar unos hombres que lo van recorriendo de una punta a otra y vuelta a empezar. Donde Emma estuvo, ahora el Ejército de Salvación ha montado una cantina, con una tetera y una bandeja con bollos. Detrás de una cortinilla hay dos niñas pequeñas que mordisquean bollos con pasas.

¿Quién, quién diablos, piensa, traería aquí a niños? Y se contesta que solo alguien que no se había imaginado hasta qué punto todo sería tan infernal, o alguien para quien sería aún más infernal volver a perder de vista a sus niños aunque solo fuese temporalmente.

La gente es conducida en grupos pequeños por entre las hileras de ataúdes. Uno de esos grupos, de cuatro, no dejan de recorrerlas arriba y abajo, incapaces de aceptar que el hombre al que buscan no está allí.

Un abrigo grande, nuevo, insisten, de la lana más suave, con unas orejeras celestes a juego.

Otra mujer, con círculos oscuros alrededor de los ojos y rostro demacrado, pide una y otra vez en voz alta por un niño pequeño con pantalones de terciopelo. Llevaba pantalones de terciopelo, insiste.

Las caras en los ataúdes ahora son gris verdosas, aún despeinadas, aún con los ojos muy abiertos. Nadie ha lavado los cuerpos o les ha cerrado los párpados, así que las pobres almas siguen contemplándote fijamente, atravesándote con la mirada.

No encuentran el cadáver de Sylvia.

Una mujer de la Cruz Roja les dice que se van a celebrar funerales públicos por los cuerpos no reclamados. El domingo van a salir procesiones hacia los cementerios de Milltown y el de la Ciudad, y también habrá servicios en memoria de los desaparecidos y presumidos muertos.

De nuevo en la calle, los tres se quedan quietos. La luz sin relieves de la mañana. La cola de gente que espera turno para entrar, y que llega hasta más allá de los nuevos Tribunales. Nadie habla, nadie llora, solo están en pie y avanzando lentamente en silencio, los hombres con sus pipas y sus orejeras, las mujeres con sus mantillas, algún niño ocasional.

Por Dios, nunca voy a poder comprar verdura o flores ahí, dice Carol; lo siento, pero es cierto. Después de esto tendrían que cerrarlo. ¿Quién querría entrar?

Jamesie se quita la gorra y la retuerce en las manos. ¿Os importaría hacer una pequeña oración?

Claro que no, responde Carol, y Jamesie baja la cabeza.

Concédeles el descanso eterno, oh, Señor, y que la luz perpetua los ilumine. Que descansen en paz las almas de todos los fallecidos en la fe, por la Gracia de Dios.

Amén, dice Carol, amén, y Jamesie alza la cabeza y se pone la gorra. Que Dios nos ayude a todos.

Entonces Carol se vuelve y abraza a Emma. Fuerte. Es la primera vez que alguien lo ha hecho desde Sylvia, y ella da un paso atrás instintivamente; está mal, el suave cuerpo de Carol, el apretón de sus pechos, su pelo mullido en la cara de Emma, en la nariz de Emma; pero Carol no deja de abrazarla.

Sabemos que erais muy amigas, repite Carol, ¿verdad, Jamesie?

Sí, cierto, dice él, sabemos que lo erais.

LOS RAIDS DE FUEGO

32.

Abril se convierte en mayo. Las golondrinas vuelan a toda velocidad y pían por encima de las casas de Sydenham; los mosquitos revolotean. Los relojes se adelantan aún más, es el doble horario de verano.

El *Times* publica las nuevas regulaciones que se aplicarán en Gran Bretaña. Los contratos de empleo del campo que especifican a qué horas se inicia o acaba la jornada o a partir de qué momento se han de pagar horas extra no se señalarán según este nuevo horario, sino según el ordinario de verano, aunque los propietarios pueden acordar con sus trabajadores el uso del horario doble. El ordeño se regirá por el horario ordinario, y se adecuarán los horarios de los trenes que recogen la leche para evitar dificultades, aunque no será posible cambiar los horarios de los trenes de pasajeros que también recojan leche...

Audrey lee la noticia una y otra vez porque en el otro lado de esa hoja aparece la noticia de su compromiso.

> Ha sido anunciado el compromiso entre Richard, hijo único del juez Frederick Graham y la Sra. Lily Graham, de Knock, y Audrey, hija mayor del Dr. Philip Bell y su esposa, de Belmont, Belfast.

No parece real. Nada lo parece. Parece que el tiempo, piensa, se ha desincronizado...

Pero entre los líos y el caos de las autoridades agrícolas se mantienen los largos días norteños en que a medianoche sigue habiendo luz, las noches en que parece no haber ni un momento de noche como Dios manda antes de que vuelva a amanecer.

Audrey está cada día más delgada. Eso preocupa a Richard.

Esa noche él tomó prestado, de forma más o menos voluntaria, un coche del hospital en cuanto pudo irse. Siguió las calles hasta Cave Hill y abandonó el vehículo cuando ya no pudo pasar por ellas, sin importarle lo que diría su propietario, un joven médico muy enamorado de su Baby Austin. Cuando vio que el Floral Hall seguía en pie pero no había nadie, cogió una moto y fue sin casco hasta Circular Road y Audrey.

Igual que Dick Turpin, dijo Paul, y Audrey tuvo que reconocerse a sí misma que estaba muy bien sentirse tan cuidada.

Si te pasara algo, me mataría, le dijo él.

No lo dices en serio, replicó ella.

Sí, sí que va en serio. No podría vivir sin ti.

Ay, Richard, pensó ella, a veces me das lástima: hijo único en una gran casa en penumbra, sin hermanas con las que cotillear y compartir secretos, sin hermanos con los que jugar y pelearte. Todo eso te hubiera venido muy bien.

Tú eres lo único que me importa de este mundo, dijo Richard, mi chica tan dulce y valiente.

Le preparó un sedante suave para la extenuación y por si

más tarde sufría un shock retrasado, y se sentó al borde de la cama mientras ella se lo tomaba; la ayudó a mantener la taza en los labios. Era la primera vez que había entrado en el dormitorio de Audrey, con la manta de *patchwork* que tenía desde pequeña, su vieja muñeca de trapo y el panda en una estantería alta, su joyero con la bailarina que danza. Parecía encantado con todo. Cuando él se inclinó a besarle la frente, Audrey sintió cómo la anhelaba, la deseaba.

Así es como va a ser, pensó entonces, y se añadió, no sin un cierto esfuerzo, que estaba contenta con ello. Entonces el sedante hizo efecto y se quedó dormida.

Van a vivir con los padres de él. Al principio Audrey se rio, creyó que lo decía en broma, pensó en lo que sería ocupar la habitación en la que Richard había pasado la niñez, con sus trofeos deportivos aún en la estantería y a los que le sacaban el polvo una vez por semana; en cruzarse con el juez Graham por el pasillo, de noche, camino del baño, seguro que usaba gorro de dormir, como el Willie Winkie de la canción infantil. Pero en realidad es lo más lógico: ¿para qué alquilar su propia casa amueblada, aunque fuese en el tranquilo y verde sur de la ciudad, cuando podría ser bombardeada en cualquier momento, cuando todo es tan incierto? Por la noche jugarán al bridge, así que ahora ella no tiene excusa para no aprender. Y no está muy segura de qué va a hacer todo el día por casa con la señora Graham. Aunque quizá cuando se casen también otras cosas sean diferentes.

Le pide a Doreen que la acompañe a elegir la tela del vestido de boda. Doreen tiene estilo, siempre va muy bien arreglada, con faldas de color cereza y esmeralda, blusas de shantung. Incluso los días de visita de la controladora se pone un sobrio traje marrón con el que consigue no parecer aburrida.

Empiezan por el departamento de sombrerería de Anderson & McAuley, y después van a Sinclair's, a Robb's y por fin a Robinson & Cleaver, con sus cariátides en la base de su gran escalera de mármol y que, Audrey está segura, tendrá cosas como para rivalizar con lo mejor de Harrod's o Fenwick; no es que tengan un surtido muy amplio, pero Doreen dice que es mejor que en Londres, que, de nuevo, en Fenwick o Harrod's.

Doreen pone expresión melancólica, le parece a Audrey, mientras pasan los dedos por los rollos de tela y debaten sobre si un vestido tiene que estar cortado al bies o recto, si las mangas han de llegar hasta las muñecas o ser de tres cuartos...

A Audrey siempre le ha gustado la sección de sombrerería: el olor seco y cerrado, la sensación como de cueva de Aladino, con docenas de cajas llenas de botones y lazos, bobinas de hilo de algodón y madejas de hilo de bordar, grandes rollos de tejidos apilados hasta el techo, que son subidas a hombros y bajadas con gesto elegante, desenrollados, medidos en un instante y cortados con esas tijeras enormes de sastre...

Mientras Audrey elige entre dos rollos de seda, una más pálida y que se desliza por entre los dedos como el agua, la otra más recia pero de un tono más voluptuoso, Doreen compra varias tiras de elástico.

Demasiados refrescos de frutas y escones con mantequilla, dice, mostrando cómo los pulgares apenas le entran en la cintura de la falda: va a tener que soltársela un poco. El empleado carraspea, baja la vista y murmura discretamente que en el departamento de lencería tienen fajas de compresión, pero Doreen ríe y dice que con el elástico bastará.

Audrey se decide por la segunda y más decadente tela rosada, compra cinco metros, el hombre extiende, dobla, extiende, dobla, corta, envuelve, ata y se lo entrega con una reverencia.

Felicidades, dice, si no es muy prematuro, y mis mejores deseos de una feliz vida juntos para usted y el afortunado caballero.

¿Crees que he elegido bien?, le pregunta ella a Doreen mientras bajan apresuradas la gran escalera curva hasta salir a Donegall Place.

Querida, vas a estar genial, responde Doreen, y le aprieta el brazo. No es hasta mucho más tarde que Audrey se da cuenta de que en realidad no ha respondido a su pregunta, ni en el sentido explícito ni el más velado, oculto, no articulado.

33.

Todo el mundo cita a Lord Haw-Haw. Los raids de Semana Santa solo han sido una muestra de lo que nos espera. Hitler va a darnos tiempo para enterrar a nuestros muertos y después volverá a atacar una y otra vez, más y más fuerte. ¿Qué tal tu *Blitz*? La próxima vez oirás las sirenas de ataque aéreo, pero no las del fin de la alarma.

Pero Florence no oye el programa de Lord Haw-Haw, por supuesto: Philip y ella apagan la radio en cuanto oyen su voz obsequiosa y lisonjera. Aun así, es imposible evitarlo del todo: la señora Price habla de él, Betty habla de él.

De hecho, Betty habla sin parar, de cualquier cosa. Ahora va a la casa el doble de días, cuatro, para descargar un poco a la señora Price, muy afectada por los raids y por la pérdida de su nuera. Betty habla y habla de que su familia ha acogido a la tía Sarah, hermana de su madre, y a los gemelos y el bebé de la tía Sarah, ya que su casa, aunque no sufrió un ataque directo, está en una manzana dañada que habrá que demoler.

Pero, por Dios, exclama Florence, ¿cuántos sois ahora bajo un mismo techo?

A ver, dice Betty: mamá comparte la cama con Sarah, su bebé Harriet y la nuestra duermen en la repisa de la tabla de planchar, y hemos hecho una camita para los gemelos en el descansillo, y en mi habitación estamos Clara, Maggie, Jenny y yo. Betty hace una pausa y cuenta lentamente con los dedos hasta alzarlos todos. Diez. No, espere, necesito más dedos, que papá duerme abajo. Entonces se ríe: en realidad podría haber sumado cuatro nuevos a los siete que ya éramos, ¿no? Ya ve, señora: si yo tuviera cerebro, sería todo un peligro.

Y entonces añade tímidamente En realidad debería sumar cinco a los siete, sí. O al menos cuatro y medio. Verá, mi mamá está esperando de nuevo.

¿De nuevo?, Florence no puede contenerse de preguntarle. Pero ¿cómo se las arregla? Y, por Dios, ¿por qué tantos?

Le encantan los niños, sí, afirma Betty. A todos nos encantan. Ahora que, si es otra niña, papá va a subirse por las paredes... Y sigue hablando, sin pensar en que quizá se esté haciendo un poco pesada.

Al menos, piensa Florence con un acceso de vergüenza, le pago bien, más de lo que sacaría en otra casa. Pero, aun así, siete en una casita de cuatro ambientes, con otro más en camino, y aceptar tan alegremente a cuatro más... Piensa en la viuda de los Evangelios que tira dos monedas de nada mientras los ricos, con las suyas de oro, se ríen de ella, y en Jesús, que dijo que llegará un tiempo en que no quedará piedra sobre piedra que no sea destruida. Pues ese tiempo ya ha llegado, piensa Florence.

Decide enviar a Paul fuera. Phoebe y Harry viven en Gilnahirk, a las afueras de la ciudad. En verano aún se oyen codornices en los campos, que se siguen trabajando con cizañas en vez de con segadoras mecánicas. Durante la cosecha se ven pulcras balas cónicas de espinas, atadas aún con el viejo sistema de cuerdas con piedras como pesas. Se han ofrecido varias veces a acoger a Paul: le haría buena compañía a Ian, que está un poco raro desde la llegada del bebé. Así que Florence le hace la maleta: pijamas, camisetas, calzoncillos y calcetines, pantalones cortos y largos, jerséis, camisa y zapatos buenos para ir a la iglesia, cepillo de dientes, pasta de dientes, peine... y dentro de un año, piensa, ya va a necesitar también maquinilla y crema de afeitar... una pastilla de jabón, su cartilla de racionamiento, su tirachinas y sus libros del colegio, un paquete con chaquetas y gorros de punto que le ha hecho ella al bebé Peter, y una tarta *dundee* de frutas envuelta en papel de cera y dentro de una lata.

El tío Harry viene en autobús a recoger a Paul y llevárselo de vuelta a Gilnahirk. Harry le cae bien a Florence. Parece un poco fanfarrón, pero por dentro es un cachorrito. Por muy unionista intransigente que dice ser, se casó con una católica... Qué curioso, piensa, que las dos hermanas nos hayamos casado con alguien de otra religión, y lamenta no haberse mantenido más en contacto con ella, haber permitido que el tiempo las distancie y que ahora solo se vean por Navidad o Semana Santa y esa clase de fiestas, y confía en que la nueva amistad entre los dos primos vuelva a acercarlas a ellas.

Es la primera vez que Florence y Paul van a pasar una noche separados; aparte, claro, de la semana en el hospital cuando él nació. A él la idea no parece provocarle ningún gran trauma; después de las primeras protestas de rigor por ser tratado como un niño, hasta le hizo ilusión el pasar unas semanas en el campo con el primo Ian: indios y vaqueros, policías y ladrones, y hasta la promesa del tío Harry de permitirles montar su propia tienda de campaña en la parte trasera del jardín, al lado del arroyo, y dormir en ella y cocinar judías en una hoguera.

Florence le da a Paul un último beso en la mejilla; él lo tolera.

El tío Harry coge la maleta. Listo, Flossy. ¡Que vaya muy bien!

Y se van, Harry caminando a ritmo de paseo y Paul meciéndose de un lado a otro como un corcho en el agua.

Al menos, piensa Florence, en esta época no hay gripe, aunque no puede evitar exclamar desde lejos ¡No vayas por ahí con los pies mojados!, haciendo que el niño se vuelva, mortificado: ¡Madre!

Y así acaba, cuando salen por la puerta de la verja y doblan la esquina y desaparecen.

Harry no ha vuelto a cerrar, la puerta se ha quedado fija en posición abierta, las bisagras están oxidadas, habrá que hacer que las miren; otra más a sumar a la lista inacabable de cosas por hacer. Va hacia ella, la agita y consigue moverla y cerrarla. Las raíces del haya están creando pliegues en el suelo, como la parte superior de un *loaf cake*. No se puede hacer mucho al respecto. Se vuelve y mira la casa. Siempre le ha parecido que plantaron la secuoya demasiado cerca; seguro que sus raíces también deben de estar causando problemas. ¿En qué estarían pensando los Brown? Dentro de unas décadas va a ser enorme, aunque, claro, unas décadas no son nada para las secuoyas, que pueden vivir mil quinientos años... En cambio, las magnolias, confinadas tanto tiempo en sus fuertes capullos blancos, se están abriendo como pieles de plátano, extendiéndose hasta la hierba, ahora que sus pocos días de dulce y limpio aroma han acabado hasta el año que viene.

Se acaba, piensa. Todo se acaba. El truco debe de ser conseguir hacerse a la idea de que así son las cosas, interiorizar esa realidad o que ella te interiorice a ti.

Pero basta de estas cosas. Hay que plantar las semillas para la coliflor y la lechuga del próximo verano, las cebolletas y las de encurtir, hay que sacar los últimos geranios de las únicas bandejas del invernadero que no han sido invadidas por verduras y tomateras, y replantarlos, aunque por qué se preocupa por los geranios en tiempos como estos es otra historia... Tiene que pensar en tareas para la pequeña Betty. Tiene que visitar a la señora Price e ir a San Marcos: ahora que Paul no está, Florence puede ofrecerse como voluntaria para más cosas... Oh, Paul, piensa, qué raro va a resultarte dormir en otra cama, con el olor diferente de las sábanas de otro, los ruidos de otra casa. Espero que a ti todo eso te parezca una gran aventura. Y cómo te abrazaba durante toda la noche, recuerda, cuando parecía que el mundo iba a acabarse a nuestro alrededor. Ah, esa noche. Nunca volveré a tenerte tan cerca.

34.

Niños de toda la ciudad están siendo enviados fuera. A Ballycarry, en las afueras de Carrickfergus; a Crossgar y a Saintfield, en County Down; a Castledawson y Toomebridge, cerca de Magherafelt, y a Portrush y Portstewart y Port Ballintoy. Jean Gallagher lee en el *Belfast Telegraph*:

> CONSEJOS PARA EVACUADOS. El Departamento de Servicios Sociales de la Autoridad de la Defensa Civil es responsable del registro; para ayudar en tal labor, muchos maestros han sacrificado sus vacaciones de Semana Santa. El Sr. N. McNeilly, oficial en jefe de Refugio, manifestó al Telegraph que todo está listo para la evacuación a partir de mañana y durante los próximos días, así como que miembros del Servicio de Voluntarias se han ofrecido generosamente a guiar a padres y niños y encargarse de que lleguen a salvo a sus destinos. Señaló también que las autoridades no contemplan ofrecer comida durante los trayectos, por lo que recomendó a los padres que llevaran leche y sándwiches o productos similares para ellos y sus hijos; asimismo deberán llevar sus cartillas de racionamiento y sus documentos de identidad.

Lleva dos semanas muy preocupada por todo ello. Le ha estado dando vueltas y vueltas en la cabeza, decidiendo una cosa para acabar en la contraria. La idea de estar separada, separada voluntariamente, de Bobby y Maisie por un tiempo indefinido le resulta demasiado cruel.

Pero los alemanes van a volver, todo el mundo lo sabe; solo es cuestión de cuándo. Ahora se sabe que algunas de las peores muertes en masa se produjeron en refugios antiaéreos públicos que sufrieron ataques directos, al derrumbarse los tejados y caer sobre las docenas de personas que había debajo. En algunas partes de la ciudad, las minas con paracaídas acabaron con calles enteras de repente, en un horrible instante. Jean tiene que trabajar, que cuidar de su madre, tramitar el seguro y la subvención por la casa, encontrar otro lugar en donde vivir. Siendo realista, no puede quedarse con Bobby y Maisie.

Y aun así, aun así... Bobby ha estado sufriendo terrores nocturnos y despertándose gritando y sollozando como un bebé, y Maisie apenas ha hablado desde el raid de Semana Santa; le han estado dando pataletas repentinas a grandes rachas, con alaridos, puños cerrados y gritos de Te odio, te odio con toda mi alma, ojalá te murieses. No es natural en una niña de seis años. ¿Empeorará si se va?, ¿creará una brecha insuperable entre las dos? ¿Será peor que el que se quede, si el estar aquí es lo que mantiene los recuerdos?, ¿no sería mejor un cambio de escenario?

Cuando menos será mejor que sufrir otro ataque aéreo. Será mejor que acabar mutilada o muerta.

Así que hace de tripas corazón y hace cola en la Facultad de Tecnología (o el Templo de la Sabiduría, como lo llaman todos) para registrar a los dos niños para la evacuación, y dos días más tarde ahí están, máscara de gas y mochila en ristre, maleta y etiqueta marrón al cuello con nombre y destino: Robert Gallagher, Portstewart, y Mary Margaretta Gallagher, Portstewart (a la que en el último momento Jean ha añadido en lápiz *Maisie*).

Les da un beso de despedida a cada uno y los entrega a los cuidados de una brusca voluntaria en el andén de la estación de Great Victoria Street. La última vez que estuvo allí, parece que hiciera toda una vida, regresaban de Dublín. Hoy está lleno de madres que dan instrucciones de último momento: que los hermanos mayores cuiden de los pequeños, que vayan una última vez al baño antes de acostarse, que digan por favor y gracias, que no olviden rezar, que mantengan la compostura, que no monten espectáculos; una letanía de órdenes en vez de las cosas que de verdad querrían decirles, pero no se dicen.

Cuando las últimas puertas se cierran, suena el silbato y el tren empieza a salir de la estación, los niños, animados por las voluntarias, se asoman por las ventanillas y saludan. Algunos ondean banderillas. Unos se ponen a cantar a coro *Siempre habrá una Inglaterra*, y otros:

> Hitler cree que nos ha pillado-ado-ado,
> Hitler cree que nos ha pillado-ado-ado,
> Hitler se lo ha creído,
> pero no nos ha pillado.
> Hitler no nos ha pillado-ado-ado.

Jean intenta ver a Bobby y Maisie, pero no los encuentra y el tren se va.

Ella se queda allí, inmóvil; cierra los ojos. Intenta imaginárselos. En la mochila nueva de Maisie —bueno, nueva-vieja: fue donada por alguien de la iglesia— lleva la tarjeta de identificación y la cartilla de racionamiento, un cuaderno de escuela por estrenar y papel en el que escribir cartas semanales a casa. Un panecillo de Belfast con margarina y un poco de azúcar, y una botella de leche de magnesia llena con leche fresca. En el regazo tendrá a Polly, con un esparadrapo nuevo en la frente cubriendo la parte descascarillada y con un vestido nuevo a juego con el de ella, hecho con la tela sobrante de su nuevo pichi, ya que su anterior dueña debía de ser mucho más grande que Maisie. En la mano izquierda llevará la canica nueva de Bobby, que accedió sin mucho convencimiento a dejársela, aunque solo durante el viaje.

Bobby tenía sus canicas en el bolsillo la noche del raid, además de su ranita de caucho y unos cuantos cómics selectos. Todos esos tesoros están ahora en su mochila nueva, junto con su leche y su panecillo, su tarjeta de identificación y su cartilla de racionamiento, su libro de aritmética y un diccionario básico de latín, y los sellos postales y el dinero para emergencias que le ha dado Jean.

Van a la costa, les dijo, donde podrán coger conchas y explorar por entre las rocas, nuevos tesoros con los que sustituir los perdidos. Estrellas o caballitos de mar secos, piedras bonitas. Aunque, eso sí, han de recordar no entrar en el agua más que a la altura de los talones...

Por Dios. Abre los ojos. No les va a pasar nada, se reprende a sí misma. Son cientos que viajan juntos. Bobby, a pesar de los terrores nocturnos, tiene una buena cabeza sobre los hombros. Bobby, piensa, estará ya, sin duda, sacando de la mochila el panecillo azucarado, incapaz de resistir la tentación, arrancando la corteza oscura con sus uñas recién cortadas y convenciendo a Maisie de que le dé la mitad del suyo...

Las vías del tren se difuminan. Jean se seca los ojos y se da la vuelta con gesto decidido.

35.

Cuando no está de servicio, Emma camina. Coge un autobús o un tranvía al azar que vaya a algún barrio que no conozca, que no le traiga recuerdos, y camina. Pero Belfast no es lo bastante grande como para perderse de verdad; quizá, piensa, ninguna ciudad lo sea: a fin de cuentas, aquello de lo que quiero alejarme lo llevo siempre dentro. O quizá sea a ti, Sylvia, a quien intento dejar atrás, pero tú vas más rápido de lo que yo haya podido nunca, estás casi siempre medio paso por delante, un medio paso que jamás conseguiré alcanzar. Me quedan once años para llegar donde tú estabas, y empezar entonces a caminar sola, lo que supondrá una nueva pérdida, y empezaré a mirar atrás y verte como si la niña fueras tú.

Once años. ¿Cómo será entonces la vida?, ¿quién seré yo? Quizá haya conseguido encerrar todo esto en mi interior y llevar una vida normal y nadie nunca sepa nada. Pero es tan difícil no desearte, no desear desearte, cuando eso y tú sois las dos únicas cosas que deseo, lo único que creo haber deseado nunca de verdad. Oh, Sylvia, piensa, no soy lo bastante fuerte como para vivir con esto. No soy lo bastante fuerte como para vivir sin esto. Me estoy partiendo. Te quiero, te quiero.

Camina.

Una tarde, en Deramore, encuentra a una cría de gato en un saco bajo unos matorrales. Nota un ligero movimiento, y al principio piensa que es una rata; se aparta enseguida. Últimamente las calles están llenas de ellas, desde que el bombardeo perturbó sus pasajes subterráneos, sus nidos. Han salido de las alcantarillas y, asustadas y envalentonadas a la vez, se esconden en las calles a la luz del día.

Pero entonces ve que no es una rata sino el borde de un saco de arpillera que se agita. Se inclina, aparta una ramita, lo toca con un dedo. Es un cachorrillo muy pequeño.

Por Dios, piensa.

Los animales han sido un problema durante el *Blitz* y después. Había quienes intentaron llevarlos consigo a los refugios públicos, donde están prohibidos. Había quienes no querían salir de su casa para no dejarlos solos, a veces incluso gente enferma o cuyas viviendas quedaban para el derribo. Hay perros que han sobrevivido a sus dueños y ahora se congregan en jaurías temerosas y hambrientas alrededor de las fábricas y los molinos y los parques. A veces se ve a perros que lamen la sangre o mordisquean las extremidades de cadáveres aún no encontrados. Y están también los montones de animales ahora abandonados porque sus dueños ya no pueden cobijarlos y alimentarlos, y sus crías. Al anochecer se ven siluetas en la sombra que se funden en la oscuridad de las ruinas ennegrecidas, el ocasional brillo de sus ojos a la luz de la linterna.

El Ministerio de Orden Público ha ordenado el sacrificio de tres docenas de criaturas del zoo de Bellevue, para evitar su posible huida durante un futuro ataque aéreo. Leones y sus cachorros, una hiena, seis lobos, un puma, un tigre, un oso pardo y dos polares, y un lince. Una tiene que intentar que esa clase de cosas no afecten a lo que quede de su corazón. Hay que seguir adelante.

Emma se incorpora.

Más abajo en la calle hace una pausa para sacar un cigarrillo del paquete. Le ha dado por fumar la marca de Sylvia, Marlboros con filtro marrón, «suaves como mayo». Le tiemblan las manos mientras enciende e intenta proteger del viento primero una cerilla, después otra. Inhala y siente el alivio de esa primera calada de humo caliente en dirección a los pulmones, exhala y siente como eso hace que el temblor se detenga. Una mujer que pasa con un niño de la mano la mira y aparta la vista. A los ojos de cierta gente aún es impropio que una mujer fume en público. Emma da otra calada, desafiante, mientras madre e hijo van por donde ella ha venido, pasan por donde está el saco y salen a la calle principal.

Joder, piensa. Joder, mierda.

Tira el cigarrillo a medio fumar, se da la vuelta y regresa. Abre el saco. Dentro, el hedor cálido y dulzón de cuerpecillos y orina. Mete la mano, coge uno, lo saca y lo deposita en la acera. Está muerto. Y también el siguiente, y el siguiente. Solo uno de ellos se mueve espasmódicamente. Es el más grande, y aun así cabe entero en la palma de Emma. Tiene los ojos cerrados. Ella apenas sabe nada de cachorros, pero esto, piensa, significa que es muy joven o que está cerca de la muerte. Es como si no tuviese nada en la mano, apenas una cosita de papel arrugado con pequeñas matas de pelillos. Lo toca con la punta de un dedo y abre su boquita rosada, emite un mínimo maullido que más parece el piar de un pajarito.

Joder, mierda, dice ella en voz alta.

Por alguna razón le parece peor que hayan abandonado

allí a esos cachorros, en una calle amplia y con plantas, que en alguno de los infiernos del norte y el este de la ciudad. Algún marido agobiado, se obliga a imaginarse, que no se ha visto capaz de llenar un cubo y oír los lamentos, que ha esperado a que la gata madre no estuviera cerca y ha sacado a toda la camada del calor de debajo de la tabla de planchar y los ha metido en el saco, y ha salido furtiva y apresuradamente, alejándose de su calle y de la siguiente, tan lejos como ha podido, hasta un lugar donde no había nadie que lo viera, y ha dejado el saco bajo el matorral. Emma tiene que recordarse a sí misma que no es culpa del hombre, pero ahora es responsabilidad de ella.

Hace una especie de portabebés con su bufanda.

En serio, enano, le dice, si te meas en ella te mato.

Se lo aprieta contra el pecho para darle calor. Vuelve a la calle principal y por Lisburn Road hasta el centro. Un tranvía a casa; sube entre los traqueteos, con una mano, hasta el piso de arriba, donde habrá menos empujones y menos gente que se apriete contra ella. Ya en casa vierte leche en un plato hondo e intenta dejar al animalillo delante, pero este no sabe qué hacer, no sabe qué hacer, se agita asustado. El corazón de Emma también le late demasiado rápido. En la habitación de Paul encuentra un juego de química con una pipeta sin usar; aprieta la goma para absorber unas gotas de leche y consigue meter la punta en la boca del cachorrillo. Una gota de leche. Otra. Emma no tiene ni idea de cuánta es bastante, cuánta es demasiado. El animal se bebe una pipeta entera, dos. Supone que eso bastará por el momento. Poco y a menudo: volverá a intentarlo dentro de una hora o así. Encuentra una caja casi vacía de bombones rellenos en la alacena, deja los que quedan en un plato. La caja es cuadrada y profunda: una hoja de diario, unos restos de la pila en la que Madre guarda los retales para hacer su *patchwork*, y queda como una especie de nidito.

Un resto en una caja de restos, dice, y ladea la cabeza para depositar al gatito.

El animal se resiste, maúlla.

Entra, le dice ella, entra.

Lleva la caja arriba y la deja al lado de su cama. ¿Qué estoy haciendo?, piensa. Madre no soporta a los gatos. ¿Y qué diablos voy a hacer cuando tenga que irme a trabajar? Pero ¿qué otra cosa podía hacer, dejarlo en la calle? Es lo que tendría que haber hecho. Tendría que haber pasado de largo.

El cachorrillo se agita. Ha abierto los ojos, dos estanques azul oscuro brillantes.

Chissst, le dice. Tranquilo.

Se agita.

¿Es que no tienes bastante calor ahí dentro, enano?, le pregunta. Y entonces se rinde, lo coge y se lo lleva al pecho, lo acaricia lentamente con toda la palma de la mano, hasta que con un par de suspiros se queda dormido.

36.

Las fiestas se han hecho frecuentes entre los trabajadores de los hospitales civiles y militares de la ciudad, como parte de los intentos de sus equipos directivos para mantener la moral alta. Se llevan a cabo en las elegantes calles de Malone, en el sur de la ciudad, donde viven los cirujanos. Florence teme esas fiestas: la mayoría de ellos, y desde luego todos los militares, son ingleses, al igual que sus esposas, y se muestran cariñosamente condescendientes con Belfast, aunque también aprecian las oportunidades que les ha dado.

Dicen que les parece un poco provincial, aunque aceptable en tiempo de guerra... Y, por supuesto, comentan entre ellos, siempre está Dublín, con su refrescante vida intelectual... Siempre vamos al hotel Gresham, claro... Todas esas matronas tan arregladas, las cabezas bien altas, buenas mandíbulas prominentes, cuerpos envueltos en tweed caro a medida o satín negro en ocasiones más formales, esmeraldas al cuello y en los dedos. Todos ellos y ellas muy bien hablados, piensa Florence, y seguros en sus opiniones, con esa confianza tan inglesa (o tan de clase alta) en lo lógico y razonable de sus opiniones.

Por Dios, se dicen entre ellos con risitas incrédulas, por Dios, cómo es posible.

Pero Philip le ha pedido que lo acompañe esta noche, así que ha desempolvado el tafetán negro y le ha quitado los volantes preguerra de las caderas para simplificar la silueta. La mantilla de brocado no sobrevivió al uso de Audrey, por lo que la donaron en San Marcos y que al menos sirva para que alguien no pase frío, y Florence lleva ahora una capa de terciopelo negra que apenas está un poco brillante en los hombros. Una gota de Shalimar a cada lado del cuello, con el jazmín y la rosa que se abren paso tras la fuerte nota cítrica inicial...

Conducen durante un buen rato, por Castlereagh (An Caisleán Riabhach, piensa: el gran castillo), pasado Belvoir (bella vista), las praderas de Lagan (bajas). Me hubiese gustado estudiar, piensa. Quisiera saber cosas de forma sistemática y con convicción. Quizá aún tenga tiempo. Cuando acabe la guerra... alguna clase de curso por correspondencia...

Suspira.

Philip la mira. ¿Estás bien, querida?

Sí, muy bien, responde ella.

Tienen las ventanillas abiertas, y el aire nocturno que entra es fresco y húmedo.

Qué alivio salir un poco del humo, dice ella, ¿verdad?

Estas últimas semanas todo ha aparecido cubierto de humo, y su olor le queda atrapado dentro a uno, dentro de la propia piel.

Philip abre más la ventanilla. El ligero azote de la brisa.

No demasiado, querido, le dice; me voy a despeinar.

Posa una mano en la pierna de él.

Siguen conduciendo; ahora entran en las calles del sur de Belfast, apenas afectadas por los raids. Las grandes y antiguas casas de finales del XVII y del XVIII: Maryville y

Macedon, Windsor. Sus cuidados terrenos y elaborados jardines con sus caminos, avenidas, *allées* y terrazas entrelazados, topiarios al estilo formal francés, largos estanques. Sus grandes, pacientes robles, algunos quizá más antiguos que la propia Belfast, incluso que su predecesora Béal Feirste. Según la tradición, fue en Cranmore, al lado de Maryville, donde el rey Guillermo III descansó camino de Belfast, y supuestamente sigue allí el árbol, entonces joven y hoy mucho más grueso, al que ató su caballo; desde entonces Cranmore fue conocido como Orange Grove. Muchas de las grandes casas ya no son residencias privadas, como Purdysburn, comprado por la corporación municipal para establecer allí el asilo para lunáticos pobres y que desde entonces se usa también como hospital para enfermedades contagiosas. Otras casas han empezado a parcelarse y vender el terreno para viviendas.

Vamos a necesitar muchas más casas, dice Philip a menudo. Vamos a tener que reconstruir, reimaginar la ciudad.

¿Qué pinta tendrá entonces?, se pregunta Florence. Richard tiene un montón de ideas sobre lo que hay que hacer: vivienda pública decente con suficientes espacios verdes, zonas comunes para hacer ejercicio, y todo a una distancia prudente de las fábricas, para tener un aire de mejor calidad. Le gusta oírle hablar de la ciudad, de aquello que podría llegar a ser. Llega un momento, piensa ella, en que te dices que la ciudad ya no es tuya, que lo ha sido pero ahora tienes que cedérsela a una nueva generación con visiones propias. Cuando yo era niña, piensa, casi nadie tenía un vehículo a motor. Recuerdo la primera vez que fui en uno, la emoción y el miedo por su velocidad —y que, por supuesto, no era una gran velocidad precisamente—, avanzando a trompicones por la carretera al faro de Donaghadee, sintiendo como si el esqueleto fuese a salírsenos por la boca... Madre cantando durante el viaje de regreso mientras Fifi y yo apoyábamos la cabeza en el duro y resbaladizo cuero y nos quedábamos dormidas... *Sé adónde voy*, cantaba su madre, *y sé quién va conmigo; sé a quién quiero, pero quién sabe con quién me casaré*, y nosotras pensábamos que vaya tontería, que claro que sabía con quién se había casado: con papá, por supuesto, y se lo decíamos y ella sonreía con una especie de sonrisa privada y agitaba la cabeza y seguía cantando... De eso, piensa ahora, hace tanto tiempo... Eran mis tiempos.

Han llegado. La caja de cambios cruje y devuelve de repente a Florence a la realidad. Un mozo les indica que aparquen al otro lado del camino circular de entrada. El rechinar de la gravilla, el ruido de la puerta al cerrarse, su mano enguantada que se cuelga del brazo de Philip. Al verlo ahora nadie adivinaría los sudores nocturnos que padece desde los raids, como tengo que abrazarlo mientras jadea, ayudarlo a sobreponerse. Me pregunto si les pasará lo mismo a todos tras las sonrisas educadas y amables bajo sus bigotes, bajo el pelo con brillantina. Imposible saberlo: no tenemos palabras para mencionar esas cosas ni, de tenerlas, formas aceptables de mencionarlas.

Una sirvienta con una bandeja de copitas de sherry. Más allá del pasillo con paneles de madera en las paredes, a través de las puertas dobles a la sala de estar, la fiesta está ya en pleno apogeo, y se desborda por las puertas francesas hasta la terraza más allá.

Enseguida se acercan a Philip. Ella sonríe en su papel de consorte, da la mano. Encantada; la palabra no deja como de atascársele en la boca.

Mientras Philip habla, ella se aleja, sale a la terraza, baja los escalones hasta el jardín. En esta limpia noche de primavera, bajo las trémulas hojas frescas de los tilos, de un color verde tan subido, el efecto es encantador. Una bandada de vencejos aparece contra el cielo, dan vueltas, se detienen, se precipitan abajo, chillan. A pesar de todo, ya se acerca el verano.

Alza la copa para brindar por ellos. Una reverencia privada. Se la lleva a la boca y da un sorbo; el sherry es dulce y aceitoso, otra cosa más a la que no consigue acostumbrarse y que tiene que simular disfrutar...

Hola. Una mujer elegante de más o menos su misma edad aparece a su lado: traje chaqueta, broche de plata, sin maquillaje, peinado ligeramente pasado de moda. Al momento Florence se siente frívola y basta con su tafetán y su capa y el perfume y las perlas.

Hola, contesta. Florence le ofrece la mano. Florence Bell, esposa de Philip Bell.

La mujer le toma la mano y la saluda con fuerza.

Moya Woodside.

Moya Woodside, repite Florence, mientras intenta situarla. Y entonces: Los Woodside, claro, piensa, y se siente culpable. Por supuesto, cómo no se me ha ocurrido antes, son los anfitriones de la fiesta.

¿Se lo está usted pasando bien?

Sí, contesta Florence, no del todo sincera.

Moya sonríe, traviesa. Bueno, dice, bajando la voz, la mayoría son ingleses y no tienen ni idea de cómo hacemos las cosas por aquí. Los irlandeses nativos tenemos que unirnos.

Toca el borde de la copa de Florence con la suya.

A tu salud.

Florence sonríe, agradecida. A tu salud.

No está mal, ¿verdad?, dice Moya, señalando el jardín. Aunque, claro, hemos perdido al jardinero; ha sido una pesadilla. Pero en una noche como esta todo resulta aceptable. La vieja Myrtlefield.

Myrtle... se supone que el mirto es la flor de los dioses, dice Florence. *Como el mirto esparce fragancia en el mundo, así esparció Hadassah buenas obras*. Sé que haces mucho por los pobres de la ciudad.

Se enfrascan en una conversación, mientras el cielo sigue oscureciéndose casi imperceptiblemente por encima de sus cabezas. Florence se descubre confesando que desearía hacer más, quizá acoger a refugiados, a lo que Moya responde con un enfático No, querida, por Dios, no a menos que tengas la fortaleza de una santa, y le relata el horror de los desdichados a los que su madre quiso ayudar. Acogió a ocho, dos madres y seis niños, pronto siete, una de ellas va a volver a dar a luz en cualquier momento. Son todos muy sucios, explica; el olor en la habitación es horrible, se niegan a comer nada que no sea pan y té, y los niños más de una vez han orinado en el suelo. Varios parecen tener tuberculosis; dos tienen alguna enfermedad de la piel en la cabeza. Insiste en que hay formas mejores de ayudar. Es inútil intentar ayudar a los individuos, hay que ayudar a la sociedad. ¿Has oído hablar, le pregunta Moya, de Marie Stopes?

Florence nunca ha oído el nombre.

Ah, dice Moya, es maravillosa, maravillosa... Hace un año o así le organicé una visita a la ciudad, y espero convencerla de que vuelva. Aunque tengo que decirte, añade en tono conspiratorio, que sobresaltó a unas cuantas de las otras esposas burguesas decentes cuando durante el almuerzo sacó del bolso un típico gorro holandés para que se lo pasaran, mientras les describía vívidamente el uso que podía dársele como dispositivo anticonceptivo intravaginal...

Florence se sonroja, intenta no sonrojarse.

Eso es lo que de verdad les mejoraría la vida a muchos, sigue Moya: la contracepción. El acceso fácil y gratuito a sistemas de control de la natalidad y servicios abortivos. Lo he convertido en mi misión en esta vida, Florence. Es el gran proyecto de nuestra generación. Va a transformar la sociedad: sobrepoblación, mortalidad materna, pobreza, etcétera. Pero también a nivel individual. Ayudará mayormente a los más pobres de entre nosotros, claro, pero afectará a todas las clases sociales. ¡Va a liberar a la mujer! Las liberará para que puedan disfrutar de su sexualidad en vez de temerla. Los maridos son valorados en relación inversamente proporcional al placer sexual de las mujeres, ¿no te parece?

Coge a Florence del brazo y van juntas al interior: el aire nocturno se ha vuelto más frío y los invitados regresan al bullicio del salón, donde hay que alzar la voz por encima de las exclamaciones y las risas. Por supuesto, la casa y la fiesta son de Moya, pero no parece importarle que la oigan pronunciar palabras como *contracepción*, *control de la natalidad* o *acceso a servicios abortivos*.

Florence, sin poder hacer otra cosa, se concentra en otra copa de sherry.

Es muy bueno, dice ahora Moya; no me molesta demasiado. Eso sí, ojalá dejara de usarme como si yo fuera una escupidera o algo así. Hay mujeres que afirman con orgullo nunca decirles no a sus maridos. ¡Increíble!

Se echa a reír. Florence también, más por la vergüenza que está pasando que por otra cosa. Se le están poniendo las mejillas coloradas.

Moya promete llamarla por teléfono para invitarla a la próxima reunión de la Sociedad para el Control Constructivo de la Natalidad y abandona la sala, sin duda para buscar a alguna nueva recluta.

Florence mira a su alrededor. Ve a Philip, que le da las gracias con los ojos. Gracias por haber accedido a acompañarme. ¿Estás bien?

Estoy bien, ¿y tú?, le contesta ella con la mirada.

Sé lo intolerables que pueden resultar estas cosas, dicen los ojos de él. Sé lo difícil que te resultan. Tengo suerte de tenerte.

Quiero que me lleves a casa y me tumbes y me hagas el amor, dice ella. Lentamente, lentamente. Como si fuésemos jóvenes de nuevo. Como si tuviésemos todo el tiempo del mundo.

Alza la copa en dirección a Philip. Él sonríe y hace lo propio.

37.

El Ayuntamiento, hora del almuerzo. Falta menos de una semana para la boda. Las puertas están abiertas y el jardín lleno de gente, parejas de jóvenes con las corbatas aflojadas y los sombreros ladeados, secretarias sentadas con los abrigos abiertos, sacando a la vez sus sándwiches. Algunos de ellos se recuestan y alzan la cara hacia el equívoco sol primaveral mientras arrancan trocitos de hierba. Una pareja se toca las puntas de los dedos.

Audrey está entre esa gente, con su vestido color cereza y una chaqueta gris encima que hace que el conjunto resulte más sobrio para la oficina. Ya se ha comido su rollito de salmón, bastante seco, por cierto, de la Snackery, y le queda media hora antes de tener que regresar. La semana que viene, este mismo día, esta misma hora, piensa, pero su mente no parece dispuesta a imaginárselo.

El señor Hammond está intentando conseguirle una exención para que pueda seguir trabajando al menos hasta que tenga un hijo, aunque en estos momentos se enfrenta a mayores problemas: ayer recibieron una notificación del cuartel general de Londres comunicando que Doreen iba a ser reasignada a Enniskillen, y ella le ha pedido ayuda para intentar que revoquen la orden: la horroriza tener que irse a un lugar aún más pequeño que Belfast, por mucho que al ser un destino rural estará más a salvo de ataques aéreos, por mucho que eso le suponga rechazar otro ascenso.

¿Crees que Enniskillen, preguntó Doreen, es la clase de lugar donde les gustan los escándalos?

¿Qué escándalos? ¿Que una mujer sea recaudadora de impuestos? Serán paletos, pero no tanto, contestó Audrey. Doreen se rio, tomó nota mental de la palabra *paleto* y se quedó en silencio.

No está tan mal, siguió Audrey. Fermanagh es bonito. Se pueden hacer buenas excursiones; puedes ir en barca hasta Lough Erne... o pedirle a alguien que te lleve, añadió, cuidando el tono.

Normalmente suelen hablar de libros, de teatro, del señor Hammond y la oficina, y últimamente del vestido de boda de Audrey y de Richard, pero Doreen nunca menciona su vida romántica ni a quién le envía todas esas palabras que se apuntan. Audrey ha llegado a la conclusión de que debe de tratarse de un hombre casado, o quizá un católico, ¡quizá hasta un cura! Doreen, al igual que Madre, acostumbra a ir a misa de vísperas. A menudo menciona ir a la catedral de Santa Ana después del trabajo y dedicar una hora a la contemplación. Quizá esté teniendo una relación trágica con un hombre dedicado a Dios...

Pero no, piensa: eso sería demasiado de novela romántica barata.

Suspira. Últimamente le cuesta leer. No es solo que no tenga tiempo, sino algo más profundo y preocupante; algo, cree, relacionado con una especie de sobrecarga emocional. Lleva en el bolso el libro de la Penguin que Emma le regaló por su cumpleaños; hace semanas que carga con él. Ahora, por vez primera, lo saca y lo abre.

¿Tienes una mente de saltamontes?, dice un anuncio en la primera página interior. *¿Aplicas tu mente a mil cosas, pero sin llegar a dominar ninguna? ¿En casa, por la noche, pones la radio, te cansas de ella, hojeas una revista, pero nada despierta tu interés?*

Sí, dice. Sí, sí.

¡Ni siquiera el sol más ardiente es capaz de hacer un agujero en el papel a menos que enfoque y concentre sus rayos en un único punto! La tragedia es que sabes que tienes la inteligencia, las ganas y la capacidad de hacer eso que deseas. Entonces ¿qué es lo que te frena?

Supongo que ahora vas a decírmelo.

¡Descubre ya al *pelmanismo*!

Cierra el libro. ¿Qué diablos me pasa?

Es solo la transición, se dice a sí misma. Es muy normal. No necesitas del pelmanismo. Solo necesitas casarte de una vez y acostumbrarte a tu nueva vida y dejar que las cosas se tranquilicen.

Vuelve a abrir el libro, esta vez decidida a leer. Abre por una historia de una tal Katherine Anne Porter. Es refrescante, piensa, ver una historia escrita por una mujer; Audrey lee la mayoría de las revistas literarias locales, y casi todos los autores son hombres. El relato de Katherine Anne Porter solo tiene seis o siete páginas. Le parece manejable, empieza a leer.

Trata de una pareja de recién casados que acaba de irse a vivir al campo. Él ha ido al pueblo a por suministros, y al volver se da cuenta de que se ha olvidado de comprar el café que deseaba su joven esposa, y en vez de eso se ha hecho con un trozo de cuerda. Despeinado y con la nariz quemada por el sol, recibe una bronca de su mujer: es porque él no toma café; de haber ido a por cigarrillos no se hubiese olvidado,

¿verdad? ¿Y para qué diablos necesitan un trozo de cuerda? ¿Qué van a hacer con él? De momento, al tirarlo en la cesta sobre los huevos, los ha roto todos... Entonces él se enfada. ¿Por quién lo ha tomado ella?, ¿ por un idiota de tres años? Necesita niños, le recrimina él; necesita gente más débil a la que tiranizar. ¡Pero a él no va a tiranizarlo, vive Dios! Ahora ella se echa a llorar y él disfruta de sentirse como un mártir, grita que va a salir de nuevo al enorme calor de la polvorienta tarde azul oscura y va a recorrer de nuevo los seis kilómetros para comprarle el maldito café. Pero no: él prometió que iba a ayudar con las tareas de la casa, y aquí en el campo hay mucho más que hacer que en el minúsculo piso de dos habitaciones de la ciudad, pero aquí está haciendo aún menos. ¿Ah, sí? Ella llora, histérica, y él le da fuerte a la bomba de agua, quiere vaciarle un cubo en la cabeza, pero la bomba se rompe. La deja y se pone a zarandearla a ella, que se suelta y se va corriendo entre llantos. Él regresa al pueblo, disfrutando de la ampolla que se le revienta en el pie, disfrutando del calor de su ira. Cuando vuelve es tarde, ella lo espera contra un poste. Pía un chotacabras. Se intercambian sonrisas cansadas y entran, pero está claro que no tienen ningún futuro.

Por Dios. Audrey cierra el libro de golpe. Deja que su vista vuelva a enfocar el desdibujado edificio del Ayuntamiento, las estatuas en sus pedestales, la cúpula verde de cobre. El cuidado césped, la gente.

Aún le quedan diez minutos antes de tener que regresar a la oficina. Hay más cuentos de apenas media docena de páginas; tiene tiempo de leer otro. Pero, por alguna razón, no se atreve. Mete de nuevo el libro en el bolso y se pone en pie. Se alisa el vestido y la chaqueta. Siente, sin ninguna razón, que todo el mundo la está mirando a ver qué hace a continuación.

Lo que hace a continuación es casarse con Richard en San Marcos, con el vestido que su madre se ha quedado toda la noche en vela acabando. Lleva rosas porque las peonías aún no han florecido. Los invitados del novio llevan fresias en los ojales. Salen y en los escalones les cae una lluvia de arroz; sonríen para las cámaras. Ahí está Richard, con la mayor sonrisa que le ha visto nunca. Ahí está ella, medio paso por detrás, cogida de su brazo. Ahí está Padre, sonriente; ahí están Madre, Emma, Paul con el ceño fruncido. Es un día fresco, y las nubes avanzan rápidamente desde el lago. La tía Phoebe se aguanta el sombrero con una mano y parece no saber qué hacer con la otra; por hoy ha dejado a Peter, el bebé, con la niñera de la vecina. El tío Harry a su lado, la tía abuela Pam en una silla de ruedas alquilada, la abuela, la tía Ruth. Del lado de Richard, su padre, serio, distraído, como ausente, apoyado en su bastón. Su madre, muy propia con su vestido verde de satín y un sombrero de otros tiempos al que ha añadido dos cintas nuevas a juego, acompañada por sus dos primas solteronas, una corpulenta y la otra de aspecto frágil. Unos cuantos doctores del hospital, amigos de Richard, y un par más de su círculo de Old Campbell, del equipo de rugby o el de remo. La única amiga a la que ha invitado ella es Doreen. Y ahí están todos ahora, retratados para la posteridad, para siempre. Audrey Louise Graham. Audrey Graham. Qué rara la sensación de firmar en el registro con ese nombre. La cuidadosa curva de la G. Un círculo de oro en el dedo, bajo el rubí. La señora de Richard Graham.

38.

En Gilnahirk, Paul se lo está pasando en grande. El primo Ian y él han creado una sociedad secreta con Elizabeth, la vecina de al lado, que tiene pecas, un flequillo que no cubre del todo su frente demasiado alta y el resto cortado a tijeretazos severos a la altura del cuello, y unos dientes, dice el primo Ian, que podrían morder una manzana desde el otro lado de una raqueta de tenis; pero los dos están de acuerdo en que es una de las buenas.

Paul se proclama experto en la cuestión porque tiene dos hermanas mayores. También se proclama líder del grupo, ya que es un año mayor y va a Campbell. Piensa en lo satisfactorio que le resulta no ser, por una vez, el más pequeño. A los tres les da por asaltar la despensa de la tía Phoebe y hacerse con los restos de un jamón cocido, una porción de tarta de uva y otra con pasas; se lo llevan todo al refugio que han construido en el bosque con viejas tablas de madera y ramas. Concluido el banquete, trepan a los árboles para vigilar por si detectan acciones enemigas, se arrastran por la hierba acechándose entre ellos, se reúnen, se separan, suben, bajan, saltan adelante y atrás por el arroyo, gritan a pleno pulmón.

Una vez, ven al lado de un hoyo un marco de ventana húmedo y embarrado que alguien ha dejado a secar sobre unos matojos.

Son los hoyeros, dice Elizabeth. Paul no conoce la palabra. Gente que sale de la ciudad cuando hay una alerta, explica ella, y a veces hasta aunque no haya alerta, para encontrar un hoyo en el que pasar la noche, para después, al amanecer, regresar como en procesión a lo que sea que les espere.

Los tres se quedan un rato absortos en la contemplación del marco, y después se vuelven por donde han venido.

Felizmente exhaustos, cubiertos de tierra, con las caras sucias y cortes en las rodillas, se quedan jugando en el bosque hasta que ven a los trabajadores de la granja por el camino; es la señal de que ha llegado el momento de limpiarse lo peor en el arroyo y regresar a casa a tiempo para el té. El padre de Elizabeth está en acción en alguna parte, en la India o quizá en África, dice ella no muy segura mientras pasa la mano por continentes enteros en el mapa que despliega Paul; es información clasificada, alto secreto.

Su madre trabaja, por lo que hace ya tiempo que ha contratado a una mujer para que cuide de la casa y de la niña: la tata Anderson, a la que todos llaman Sandy, es alegre e imperturbable, y lleva mechones de rizos postizos que le cuelgan del sombrero, ya que se arruinó su pelo real a base de demasiadas permanentes y demasiada lejía. Mima a Elizabeth y no le importa remendar calcetines y camisas y camisetas y hasta blusas y pichis. Normalmente los tres acuden primero a ella para lavarse y después saltan la verja a la casa del primo Ian, extienden una manta a cuadros en el jardín y toman allí el té, sacando hojas de lechuga de sus sándwiches para dárselas de comer a Jim, la tortuga de Elizabeth. Hacen apuestas sobre quién va a cruzar el jardín antes: Jim, que va de lo más rápido cuando quiere, o Peter, el bebé, que también es veloz gateando, pero a menudo se distrae para meterse puñados de tierra en la boca.

El fin de semana hacen recados para la madre de Elizabeth en las pequeñas y viejas tiendas de Cherryvalley, yendo a buscar sus raciones de carne o a comprar pescado. En la carnicería hay restos de beicon sobre la tabla de cortar, que cogen subrepticiamente cuando el dueño se da la vuelta. Es un hombre con dedos muy gruesos de un color entre rosado y púrpura que a menudo lleva vendados, y tiene la cara tan roja como la carne que tan poco cuidadosamente corta y echa a la balanza y después al mostrador. Se rumorea que, si se lo pides, puede conseguirte cualquier cosa en el mercado negro, y los tres niños hacen apuestas y se retan entre ellos, imaginándose un gran salón inconcreto en el que todos llevan pasamontañas. El inexpresivo pescadero, al que todos llaman Cara de Pez Ewing a sus espaldas, siempre intenta hacer pasar arenques ligeramente enverdecidos como acabados de pescar esta mañana... Hechos los recados, los tres corren siguiendo la hilera de tiendas —la oficina de correos, la farmacia, la modista— hasta la de la señora Penny, la quiosquera y vendedora de chuches, a quien Ian y Elizabeth cambian sus cupones, y de quien hay que fijarse con atención en la balanza para que no intente esquilmarlos. La señora Penny tiene los dedos sucios y de color naranja por la nicotina; Elizabeth, con tono muy propio y un poco hipócrita, dice que podrían plantarle patatas debajo de las uñas.

Yo no la tocaría ni con un palo, dice el primo Ian, una vez

vuelven fuera y a salvo, con sus bolsitas de dulces de limón y de botellitas de cola.

Pues yo, replica Elizabeth sin acabar de saber de qué habla y a mitad de camino de sus cincuenta gramos de chuches con forma de ojo y sabor a uva, llevaría un palo justo para no tener que tocarla.

Y los tres se echan a reír.

Una tarde en que han mandado a la cama al primo Ian tras una fuerte dosis de agua con sal para hacerlo vomitar después de que se haya quejado de tener el estómago revuelto, Paul lleva su mapa y su cajita de alfileres a casa de Elizabeth para poner al día los frentes de batalla, que ha descuidado un poco desde que está aquí.

Después de una visita del encargado de alojamiento, que les ha informado de la posibilidad de que los endilguen a una familia de la ciudad, Winnie, la criada, ha sacado las alfombras de la planta baja para sacudirlas y todo es un caos, con los muebles empujados a los lados de las habitaciones, por lo que van a la de Elizabeth.

El 27 de abril los alemanes tomaron Atenas; el 30 llegaron a la costa sur de Grecia y capturaron a siete mil miembros del personal británico, australiano y de Nueva Zelanda, una enorme pérdida. Paul, muy serio y solemne, coloca una hilera de alfileres negros.

No es justo, no, no lo es, dice; si tan solo tuviese tres años y medio más...

Elizabeth dice que si Hitler los invade, Sandy se irá a Dublín con su hermana, aunque el señor Sandy afirma que antes preferiría tomarse una botella de herbicida.

¿Crees que lo hará?, pregunta Paul.

¿Quién? ¿El señor Sandy?

Hitler, tontaina.

Ella mira alrededor: *las paredes tienen oídos*... Eso cree Sandy, pero añade que a Sandy le gusta pensar siempre lo peor.

¿Qué harías tú si nos invaden?

Me iría a las colinas y me uniría a la Resistencia. A las afueras de Gilnahirk hay un puesto de escucha secreto; seguro que se reúnen allí.

No será tan secreto si hasta tú sabes dónde está.

El que lo sabe es Sandy, y Sandy lo sabe todo. Bueno, ¿tú qué harías?

Yo también me uniría a la Resistencia, claro.

Copión. Le da un codazo.

No soy ningún copión. Él le devuelve el codazo.

Sí que lo eres. Codazo.

No. Es solo que tú lo has dicho primero. Codazo.

Bueno, espero que no nos invadan antes de que pueda ver *La mort du cygne*.

Ballet, replica Paul automáticamente con voz de desprecio.

La mort du cygne no tiene nada que ver con el ballet tal como tú lo conoces, Paul Bell. Hace enormes demandas artísticas al bailarín, porque cada movimiento y cada gesto tienen que transmitir la agonía de alguien que intenta escapar a la muerte.

Como diría tu Sandy, suena de lo más divertido.

Fue creado para Anna Pávlova, que lo interpretó más de cuatro mil veces. Es la cisma de la carrera de una bailarina.

¿La cisma?

Cállate.

Quieres decir la cima.

¿Ah, sí?

Sí.

De repente tienen las cabezas muy juntas. Él ve cada peca de la mandíbula tensa de ella. Los mínimos pelillos sobre su labio superior. Sus dientes, por mucho que el primo Ian se burle de ellos, por mucho que ella misma se burle —es la primera en decir que los tiene de conejo—, no son saltones en absoluto, piensa Paul.

Sin pensárselo demasiado, se acerca rápidamente y le toca los labios con los suyos. De repente el corazón le late a toda velocidad. Espera que ella lo aleje de un empujón, dé un chillido de disgusto, pero no.

¿Me has besado?, le pregunta.

No sé.

¿No lo sabes?

Él siente como se le ponen rojas las mejillas.

¿Quieres hacerlo otra vez para asegurarnos?

Él la mira.

Vale, dice.

Ella cierra los ojos. Esta vez él se acerca lentamente. Cierra los ojos justo antes de que sus labios vuelvan a encontrarse. Son labios suaves, cálidos. Entonces chocan un poco los dientes, y los dos se echan atrás y ríen.

Ha estado bien, dice ella. ¿Lo habías hecho antes?

Sí, contesta Paul. Bueno, en realidad no.

Yo tampoco. ¿Otra vez?

Lo hacen.

¿Quieres un cigarrillo?, pregunta Elizabeth cuando por fin separan las bocas para respirar. Tengo uno de Johnny, el amigo de mamá.

¿Un cigarrillo?

Bueno, es lo que se hace en estos casos, ¿no? ¿O tampoco los has probado?

La tía Phoebe se va a enfadar mucho si vuelvo oliendo a tabaco.

No te preocupes por eso. Madre usa magnesia dental Phillip's para evitar que se le pongan los dientes amarillos. Te servirá. Voy a traerte.

Les cuesta un poco encender bien el cigarrillo, pero Elizabeth acaba consiguiéndolo. Se lo van pasando, cada vez más reblandecido; chupan y echan nubecillas de humo por la ventana de la habitación, que han abierto de par en par, mientras vigilan que la tía Phoebe no salga al jardín trasero. Una vez se lo han fumado diligentemente hasta dejar solo una colilla, Elizabeth la apaga en la punta del cinturón y la envuelve en un pañuelito para librarse de ella más tarde. Entonces corre al baño a por el tubo de dentífrico, que se distribuyen cada uno con los dedos por sus encías y después, jugueteando, por las del otro.

Listo, dice Elizabeth; la tía Phoebe no va a notar nada. Y añade: Si quieres, puedes besarme una vez más para asegurarme.

39.

Cuando todos se marcharon, los crujidos y ruiditos de la casa le parecieron a Florence la exhalación de un suspiro largo tiempo contenido. El lejano burbujeo de cisternas, el silbido del viento descendiendo por la chimenea en el salón. Oh, domingo. Esta tarde gris que parece hacerlo aún más largo. Audrey, claro, con Richard. Philip, a sugerencia de la propia Florence, de paseo con Emma, que últimamente está muy callada; quizá así, pensó, pudieran hablar, decirse cosas que no podían o no querían en la mesa durante la cena o —tuvo que forzarse a admitirlo— delante de ella.

Guardó la vajilla y los cubiertos y barrió el suelo, dejándolo listo para fregarlo. De paso podía sacarse de encima el sacar el polvo. Debería hacerlo Betty, pero estaba demostrando seguir a la perfección el estilo descuidado de limpiar de la señora Price, pasando la fregona a toda prisa y sin tocar los bordes que más lo necesitaban.

Fue al armario del pasillo a por el recogedor, el plumero. Se detuvo a ordenar los zapatos del guardarropa; pensó en el tío Toe, que siempre metía peniques dentro de estos... Cogió la escoba y barrió un poco de barro seco que había quedado atrapado en el parqué. La gatita de Emma apareció de a saber dónde y se tomó aquello como un juego, saltando hacia Florence e intentando trepar por su falda. Tengo que hacer algo con este animal, pensó, ¿cómo se le había ocurrido a Emma traerlo? Lo cogió de la falda con cuidado, como si fuese un erizo, y lo mantuvo en el aire. Vaya bicho ridículo. Uno de sus ojos seguía siendo azul, pero el otro se estaba volviendo verde. Se revolvió, intentó agarrarse a su muñeca.

Por Dios bendito, dijo ella; vamos.

Volvió a la cocina, cogió una botella de leche sin abrir, le sacó el tapón azul y vertió un poco en un platillo.

Ten, maldita. Pero ni se te ocurra entrar ratones muertos en casa o comerte a mis pájaros, ¿entendido?

La dejó allí y volvió al barrido. Al cabo de un rato salió al jardín a vaciar de migas el recogedor. Un mirlo de ojos brillantes ya estaba esperando con la cabeza ladeada.

Todas tuyas, le dijo. Él se quedó contemplándola, calculando las distancias y poniendo en la balanza los peligros y su deseo. Dio un paso atrás hacia la puerta, después otro, y de repente la situación le pareció segura, o al menos que le valía la pena correr el riesgo, salió disparado hacia una corteza y se la llevó hasta el rododendro para picotearla, con una pinta tan culpable, cómica y triunfal que hizo reír a Florence.

Ojalá tuviera a alguien con quien compartir el momento, pensó. O alguien a quien contárselo. De estar allí, la señora Price la escucharía, aunque, como siempre, no le entendería el sentido. Las chicas se impacientarían: pero, Madre, le dirían, ¿adónde quieres ir a parar con esta historia? Philip le sonreiría con indulgencia y conseguiría convertirlo todo en una reflexión sobre sí mismo, sobre el valor de tener una esposa que se fija en esos detalles.

Cerró los ojos un momento y respiró. El dolor siempre

se queda en los pulmones. Solo tienes que respirar, solo tienes que respirar y echarlo, Flossy.

Volvió a abrir los ojos. Dos jilgueros, como rayos de luz, *lasair choille*, la brillante llama del bosque —eso significaba su nombre en irlandés—, arrancaron mínimos trocitos de milenrama blanda y se los llevaron a lo que debían de ser las obras de su nido cercano...

Se quedó mirando un rato.

El viernes había ido al médico, que le confirmó lo que ella ya sospechaba desde hacía un tiempo: se le acababan las visitas mensuales, comenzaba el cambio. Tampoco es que quisiera tener otro niño, pensó, por supuesto que no, no tendría ningún sentido, soy demasiado vieja para eso... Pero ¿qué venía a continuación? Podría decirle a Philip Quiero un spaniel, como Cocoa cuando era niña, ojos tristones y largas orejas sedosas... Habría que adiestrarlo, sacarlo a pasear cada día, eso ya sería algo que hacer. Pero no, la verdadera cuestión es cómo hacer algo de provecho con mi vida. ¿A quién voy a dedicársela? Tengo que intentar ver esto como una oportunidad, la ocasión de empezar de nuevo. No estoy muy segura de tener madera para los comités de Moya Woodside sobre la contracepción, no creo que pudiera hablar de esas cosas en público, a otros, sin sonrojarme... Pero tiene que haber algo. Tiene que haberlo.

Se da la vuelta para entrar, pero entonces le parece entrever algo. Siente que se le erizan los pelillos de la nuca.

Se da la vuelta de nuevo, lentamente, hacia el jardín.

Hay una especie de cruce entre perro y zorro en el centro, donde hubiese jurado que antes no había nada. Alto como un perro grande, de unos dos metros de largo, piensa. Está inmóvil como una roca, su pelaje castaño ondeando a la brisa, únicamente agitando la punta de su magnífica cola. La está mirando a ella, la está mirando con esos ojos...

Entonces Florence siente que algo la atraviesa de la cabeza a los pies, y de repente se da cuenta.

Reynard, dice, con apenas un resto de aliento.

Parece demasiado obvio, demasiado poco original, que reaparezca en forma de zorro, pero así es. No puede explicarlo y sabe que nunca podrá, pero en este momento está completamente segura, sin la menor sombra de duda. Ahora el alma de él es libre.

En algún lugar por encima de ella, el piar de un zarapito venido del estuario o de los humedales del Victoria Park, su llamada repetida elevándose como una burbuja hasta desvanecerse, como un lamento, como si también él fuese medio pájaro y medio espíritu. Como si todos lo fuésemos.

No quiero que este momento acabe nunca...

El zorro baja y alza su morro puntiagudo, se da la vuelta abruptamente.

Adiós, Reynard, le dice ella, buen viaje.

Lo mira alejarse, pegado a las paredes de las casetas hasta meterse entre los matorrales. Y entonces ella se vuelve una vez más y entra en la casa.

40.

Audrey, infeliz. Ya solo faltan horas para la boda. Minutos. Solo es miedo, se repite a sí misma. Pronto habrá acabado, y todo habrá sido tal y como te lo has imaginado tantas veces. Las rosas, las fresias. Las fotos, el anillo. Y, una vez haya acabado, podrás seguir con todo lo demás.

Pero ese todo lo demás, por mucho que intente imaginárselo, es una hoja en blanco.

Da un paseo con Doreen por Victoria Park, siguiendo el río. Doreen le dice que se va. El señor Hammond la ha librado del destino en Enniskillen, y más que eso: en unos pocos días va a regresar a Londres.

Pero ¿por qué, le pregunta Audrey, abatida, ibas a volver a Londres, donde hay ataques aéreos cada noche? Aquí ha sido duro, desde luego, pero más lo será allá.

No es una cuestión de seguridad, contesta Doreen, sino de que me está matando... la distancia, la lejanía. Mira, dice, ya te habrás dado cuenta de que hay... alguien.

Bueno... dice Audrey. Siguen caminando. Sí, sí que me he dado cuenta.

Se llama William Evans, dice Doreen. Bill.

¿Y está casado?

Doreen se la queda mirando. Se encoge de hombros. Sí, dice, Bill está casado. Con Kathleen. Es profesora de ballet.

¿Tiene hijos?

No, hijos no tienen.

¿Y cuánto hace que...?

Este otoño hará ocho años.

¡Ocho años!

Pensarás que soy idiota, ¿verdad?

No, dice Audrey, no... ¡pero, Doreen! ¡Ocho años!

Eso es lo que me digo yo. Pero mira, dice ella, lo he intentado, Audrey. Lo he intentado con todas mis fuerzas.

Abre su bolso y saca un libro encuadernado en cuero.

Lo llevo siempre, dice. Así, si yo desaparezco, el libro también. No puedo correr el riesgo de que caiga en malas manos. Mira, dice. Se lame la punta del dedo, pasa páginas hasta encontrar la que buscaba. 1937, dice. Su caligrafía es tan pequeña y apretada que tiene que entornar los ojos para leerla.

> Miércoles 2 de junio. Pues eso: adiós por 3 meses. He tenido que decirlo seguido antes de echarme a llorar. Supongo que con el tiempo me sentiré mejor. Me pregunto si él sentirá lo mismo. Y solo ha pasado una hora y media de los tres meses. Jueves 3 de junio. Uno menos de los 96 días hasta que vuelva a verte. Esta obsesión es como tener un tren de juguete en la cabeza, que da vueltas y vueltas en sus vías hasta que no veo nada, no oigo nada, sin pensar en ti. Esta noche Fígaro, acto 3, en Glyndebourne. Ha sido una tontería escucharlo, pero tan bonito que he pensado que quizá tú también lo estarías oyendo.

Cierra el diario. Acababa de ir al ginecólogo, dice. El doctor Malleson. Me estuvo toqueteando por dentro y me prometió que el bebé iba a ser tan sano como cualquier mujer desearía. Ya habíamos hablado de eso, para mí lo de querer un hijo nos ponía en un impasse. Habíamos discutido mis deseos de quedarme embarazada. Pero Bill... bueno, no se... decidía. Le propuse una separación temporal; eso decidiría la cuestión en un sentido u otro. Pero en cuanto lo vi de nuevo todo lo demás se vino abajo y volvimos al mismo punto. Enseguida nos pusimos a hablar de la misma forma que siempre, llenando los vacíos del otro, riendo. La alegría, la diversión. Me di cuenta de que todo era inútil: yo era suya y siempre lo sería. Mira, dice, y abre el libro otra vez y pasa páginas.

> Miércoles 18 de diciembre de 1935. En un rincón a la sombra me abrazó y me besó. Hacer eso en una iglesia silenciosa tiene algo de precioso. En cierta forma lo santifica, lo hace dulce y sagrado y lo purifica. En cierta forma lo convierte en una ofrenda, un tributo, un testimonio al Creador que fue capaz de imaginarse a sus criaturas capaces de alcanzar esas alturas en sus sentimientos. En sus brazos...

Se detiene abruptamente. Bueno, dice, ya te haces una idea.

Oh, Doreen, dice Audrey; sus propios ojos se empañan de lágrimas. Estoy más que llena, piensa. ¿Solo la gente de por aquí usa esa expresión? Pero es exactamente como me siento, como si no me quedara espacio para ni una gota más de nada, la sensación de estar más que colmada de sentimientos.

No me extraña, dice, que no quieras estar en Enniskillen. El horror de intentar conseguir permisos, transporte, salir...

Excepto en caso de emergencia se me permite hacer un viaje a Inglaterra cada seis meses, dice Doreen, y Bill no tiene ninguna razón plausible para venir. Nos escribimos, claro, pero censuran las cartas. Es imposible hablar por teléfono excepto cuando está en el trabajo, y entonces las conversaciones son de lo más incómodas.

Oh, Doreen, repite Audrey, no tenía ni idea. Bueno, tenía mis sospechas, claro, pero ojalá lo hubiese sabido.

¿Ah, sí? Doreen le dirige una sonrisa seca. ¿Y qué hubieras hecho exactamente?

Apoyarte, como hacen las amigas.

Eres mi amiga, por eso te lo estoy contando todo.

Pero necesitas estar cerca de él, dice Audrey. Debe de estar volviéndote loca. Debe de estar matándote.

Bueno, es más que eso, dice Doreen. Vuelve a mostrar su sonrisa apretada, sin abrir ni casi mover los labios. Al final sí que acabamos... buscando un niño. Él o ella nacerá en otoño; en octubre, dice el médico.

¡Por Dios! Quiero decir, felicidades, pero...

Ya no uso faja. No voy a poder mantenerlo oculto mucho más tiempo. Después de comer, por la noche... ya se me nota bastante.

Deberías tener acceso a... Audrey duda... zumo de naranja, y... tabletas de calcio.

Mi casera consigue las naranjas gracias a vete a saber qué contactos, y sí, tengo una receta para tabletas de calcio.

Se detienen. Se quedan quietas un rato.

En la otra orilla, en unas ramas que se extienden por encima del agua, dos cisnes han hecho un nido, enorme, desordenado, de casi tres metros. El macho patrulla delante, sube y baja por el río, la viva imagen de la vigilancia. Las dos contemplan cómo la hembra se alza en sus dos grandes patas palmeadas, entreabre las alas. Entrevén huevos, gigantescos, grises, que parecen piedras; hay al menos media docena.

Vida por llegar, dice Doreen, y, por vez primera, al menos que ella se haya dado cuenta, Audrey posa las puntas de los dedos en su propio estómago.

Vida, vida, vida, vida, vida, dice, haciendo como si contara los huevos, y Doreen ríe.

En este caso no tantos, gracias a Dios. ¿Te imaginas? Suspira. En fin, que adiós, Belfast, hola, Londres, hola, maternidad.

¿Y...? Audrey no está segura de cómo preguntarlo. ¿Y Bill...?

¿Que si dejará a Kathleen? Quizá. No creo que se lo haya dicho aún.

¡Pero no puede no decírselo!

En los ojos de Doreen hay tranquilidad.

Oh, Doreen. Iré a visitarte, dice Audrey. Caramba, ya encontraré la manera de conseguir un permiso. ¿Tendrás ayuda? ¿Y qué hay del trabajo?

En la oficina de Londres hay al menos dos mujeres, dice Doreen, que viven con su pareja en vez de casarse y perder el trabajo. Y una de ellas hasta tiene un bebé; trabajó hasta tres semanas antes y después consiguió un certificado. Pueden darte uno, explica, por alguna razón ginecológica deliberadamente inconcreta. Necesita descansar durante seis meses, esa clase de cosas. Y si le caes bien a tu jefe y eres discreta... En fin, dice, al menos ese es el plan. Ya veremos.

No me imaginaba, dice Audrey, bueno, nada de esto.

Casi todo es posible si eres lo bastante lista o decidida. Pero, en fin, tú no tienes que preocuparte por nada de eso. Dentro de dos días estarás felizmente casada y te dedicarás a tu casa y tu jardín y pronto pasearás tu propio cochecito. Perdona, dice, no quiero sonar resentida, no lo estoy. Como se dice, yo me he hecho mi propia cama y ahora me toca dormir en ella. Lo único que he deseado en mi vida es tener un hijo... y a Bill, o cuanto pueda darme de sí mismo... y eso es lo que he conseguido. Es bueno, estoy contenta.

Le quieres de verdad, ¿eh?, dice Audrey.

Con todo mi corazón, y con toda mi mente, y con todo mi cuerpo, y con hasta el último trocito de mi alma, sea lo que sea de lo que estén hechas las almas.

¿Recuerdas cuando me preguntaste —dice Audrey—, cuando fuimos hasta Stormont, si quería a Richard? ¿Como tú lo dijiste, si estaba colada por él, si me sentía desolada cuando él no estaba?

Hace una pausa.

La verdad es que no, Doreen. Tengo pesadillas sobre la boda. Me despierto bañada en una especie de sudor caliente y frío a la vez, y me vuelvo hacia la otra almohada a ver si está Richard, y me siento aliviada, tan aliviada, de que aún no sea así...

Doreen no dice nada.

No puedo casarme con él, ¿verdad?, dice Audrey.

Yo me lo planteo así, contesta Doreen: ¿Será él suficiente en mis horas de oscuridad? Y eso solo puedes saberlo tú. Nadie puede saberlo por ti. Quizá ni él mismo. Por muy incorrecto que pueda parecer visto desde fuera, eso es Bill para mí, lo sepa él del todo o no.

Creo que yo siempre lo he sabido, dice Audrey. ¿Cómo es posible, Doreen? ¿Cómo podía saberlo y no saberlo a la vez?

A mí me parece, dice Doreen, que mucha gente va por la vida sin saber muchas cosas. Para saberlas hay que ser valiente. Para vivir una vida sincera, ni que sea para ti misma. Para mucha gente ese es un precio demasiado alto.

Audrey y Doreen se quedan ahí paradas durante un buen rato, sin decirse nada más. El cisne macho nada arriba y abajo, arriba y abajo. El cisne hembra está empollando sus huevos.

Pronto van a cerrar el parque, dice Audrey por fin. Tenemos que irnos.

41.

La noche está bien, sin apenas nubes. La luna está en su primer cuarto. Un vientecillo suave llega desde el noreste. Poco después de la medianoche suenan las sirenas. A la 1 a. m., las primeras oleadas de aviones de la Luftwaffe resuenan en el cielo.

No sé por qué, pero una no esperaría que pasara en domingo, es lo primero que piensa Florence, casi con aburrimiento. Lo segundo, con un fastidio similar: Ya nos conocemos la rutina. Se había quedado muy sorprendida cuando la amiga inglesa de Audrey dijo en la comida de Semana Santa que ella se quedaba en la cama y se subía la manta por encima de la cabeza para taparse los oídos. Pero supongo que al final te acostumbras, piensa ahora, al igual que te acostumbras a todo.

Philip al hospital; Emma a su puesto; Audrey y yo bajo las escaleras. La gatita de Emma, que se ha puesto a chillar en su caja de la cocina, también está con nosotras: ha renunciado por completo a la caja y trepado por el camisón hasta el cuello de Florence, como una pequeña bufanda peluda.

Por lo menos sé, piensa, que Paul está a salvo.

Tiene la sensación, aunque no sabe por qué, de que esta vez el ataque va a ser mucho más serio.

Cierra los ojos y siente a su familia, el hilo que conecta a cada uno con ella. El de Audrey, tenso y asustado. El fuerte tirón del de Emma. El de Paul, más lejano y más fino que nunca. El de Philip mientras va cruzando la ciudad. El etéreo fantasma de Phoebe. Hay más hilos, aún más finos, que parecen extenderse detrás de ella. El de Olivia, o el de quien hubiese sido Olivia, delicado como la seda. El de Padre, el de Madre, apenas unos retales. Y, en su plexo solar, la sensación de un agujero que la ha atravesado y se va cerrando poco a poco.

Sí que es mucho más serio.

Durante esa noche y la siguiente caen cerca de cien mil bombas incendiarias por toda la ciudad, más que en casi todos los otros raids en cualquier otra parte del Reino Unido. Esta vez muchas de ellas están provistas de un mecanismo que impide manipularlas. Las valientes ancianas de las que había hablado Emma, que entraban en las casas a cogerlas con pinzas para el fuego y lanzarlas fuera, pierden las manos, la vida. En el este de la ciudad los hombres las tiran con palas de los tejados hasta que estos se colapsan.

La zona de los muelles queda casi totalmente destruida. En Queen's Works, todos los barcos en construcción, cuatro docenas, sufren tantos daños que no hay reparación posible. En los canales de Victoria y Musgrave, grandes cascos de naves en llamas flotan, se convierten en poco más que cenizas contra las orillas. En Queen's Island, los estudios de diseño, las fábricas, las plantas de reparación, los talleres de manufacturas eléctricas, edificios completos de cientos de metros de longitud, todo destruido. El aeropuerto de Sydenham, arrasado. Short & Harland, pulverizado. Grúas de acero que se retuercen por la intensidad del calor. El fuego que desciende como una cascada hacia los niveles inferiores de la colina hasta Newtownards Road. Fuegos que arden sin ser combatidos, imposibles de combatir. Hileras enteras de casas que estallan en llamas y casi con la misma rapidez quedan reducidas a escombros. Ríos de margarina ardiente en las calles provocados por un estallido en una fábrica.

El ala este del Ayuntamiento es alcanzada y sufre grandes daños. En High Street, MacKenzie's y McMullen's son bombardeados; en Bridge Street, a la altura de Rosemary, casi todo queda reducido a pilas humeantes de ladrillos. Arnott's, Singer's, todo desaparecido. Los proyectores del cine Lyric Picture House quedan hechos masas de metal retorcido fundidos unos con otros. Siguiendo por el Albert Clock, ahora más inclinado que nunca, bajando por Corporation Street, subiendo por Waring Street, todo, a excepción del National Bank, arde y queda arrasado. Brand's y Thornton's, en Donegall Place, incinerados. Davie's y Grey's. La parte trasera de los edificios Bank queda tan dañada que tienen que dinamitarla antes de que caiga por sí misma. Ann Street, hasta Victoria Street, a medio camino de la zapatería americana, destruida. El Maypole, el Wilson's de Church Lane, desaparecidos. La juguetería Castle Toy Shop, Norman's, en Castle Lane, todo más arriba de Callender Street y hasta Donegall Square, desaparecido. También desaparecidos: la iglesia presbiteriana de Rosemary Lane, las oficinas del Agua, los almacenes Dunville, el garaje Robb's, la cooperativa maderera Co-operative Timber Stores, el paseo comercial Ulster Arcade, Jackson's, las tiendas Athletic. Las imprentas de tres de los cuatro diarios de la ciudad quedan tan dañadas que al día siguiente no pueden publicar; todas las noticias sobre los daños se esparcen mediante rumores, cosas oídas por ahí, el boca a oreja.

Pero es el este de la ciudad el que más sufre. Chatter Street, Witham Street, Crystal Street, Tower Street, Westcott Street, Hornby Street, Ravenscroft Avenue, Skipper Street, Tamar Street, Carew Street, Bryson Street, Mersey Street, Westbourne Street, Donegore Street, destruidas.

Lleva más de una semana el recuperar todos los cadáveres, y se recuperan muchos menos que en Semana Santa.

Belfast está acabada, dice la gente; no hay forma de que podamos recuperarnos de esta.

A la mañana siguiente de los Raids de Fuego, como enseguida se los ha bautizado, el primer ministro en persona llama por teléfono a sir Wilfrid Spender, jefe del servicio civil de aquí; quiere hablar con él urgentemente. Cuando coge la llamada, sir Wilfrid queda muy sorprendido al oír que el señor Churchill solo desea hablar de proteger la estatua de Carson.

Estoy seguro, señor, contesta con cuidado, incrédulo, que el propio Carson no hubiese deseado que eso se considere de importancia prioritaria dada la situación actual.

Churchill insiste: ¿qué están haciendo por protegerla en caso de futuros raids?

Sir Wilfrid le explica al señor Churchill que el gran cráter causado por una bomba de doscientos setenta kilos a unos cien metros de la estatua sugiere que no existen medidas adecuadas para asegurar su supervivencia aparte de retirarla de su situación actual, y que los recursos disponibles están siendo dedicados a retirar a los vivos de los edificios condenados y a los muertos de entre los escombros.

Churchill le cuelga el teléfono, furioso.

Florence oye eso de Moya Woodside, que a su vez se lo ha oído a lady Lilian Spender, amiga personal de ella y que curiosamente vive cerca de Florence, en Belmont Road.

A la mayoría de los que están a cargo de nosotros, piensa ella, no les importamos en absoluto. Deberíamos, pero no.

Bueno, dice Moya, ya hemos cotilleado bastante. Tenemos trabajo.

Por fin la ha reclutado para uno de sus comités, que distribuye unos fondos privados para ayuda de emergencia. Lleva a Florence con ella a visitar una enfermería para pobres, a conocer a algunas de las candidatas para dichas ayudas. Una lleva allí desde el *Blitz* de Semana Santa, sufre de quemaduras y tiene una pierna rota. Sus cuatro hijos han muerto, aunque ella no lo sabe y cree que los han evacuado. La enfermera le dice a Florence que el marido de la mujer aún no ha reunido el valor para contárselo. Eso complica la asignación del dinero que ella espera que le sea concedido. Otra mujer dio a luz, embarazada de cinco meses, durante el mismo *Blitz*; por supuesto, la criatura murió a las pocas horas. Desde esa noche y todas las siguientes ha ido a pie con sus otros tres hijos a dormir en la zona de las fábricas, para regresar por la mañana. Su casa ha sido destruida en los Raids de Fuego; la mujer ha sufrido un colapso nervioso y está en cama, mientras que sus hijos están repartidos por diferentes centros de reposo de la ciudad. Otras mujeres abren sus mantillas para mostrar bebés prematuros, arrugados o de piel amarillenta.

Florence toma nota frenéticamente de nombres, necesidades más urgentes, requerimientos secundarios. Refrenda los cheques que extiende Moya y, en los casos en que estos resultan imprácticos, toma nota del dinero en metálico entregado allí mismo en sobres. Hace todo eso como en una especie de nube, nauseada. Nunca se había encontrado tan mal por verse incapaz de ayudar, avergonzada y a la vez furiosa consigo misma por esos sentimientos tan indulgentes. Piensa en cómo, tras llevar a la pequeña Maisie y a su madre a casa, se juró hacer más, pero, ¿qué ha hecho que de verdad sirva de algo?

Fuera, en la calle, solloza. No sabía, le dice a Moya, no sabía.

Bueno, replica ella, eso no es culpa tuya. Pero, ahora que lo sabes, sí que es tu responsabilidad.

Sí, contesta Florence. Lo es. Sabe que lo es. Y lo será. Esta ciudad. Sus mujeres. Sus niños. Su futuro.

Pasa casi una semana antes de que Florence sepa nada de Betty. Se lo oye a la señora Price, que ha sobrevivido al ataque, al igual que su marido y sus hijos, después de haber tomado en el último momento la decisión de salir corriendo al refugio antiaéreo. Eso les salvó la vida: su casa, toda su calle, ya no existen.

Ahora están en una residencia provisional. Florence le ruega que vayan todos a la casa y se queden con ella; pero parece que, al menos para la señora Price y sus hijos, más que la catástrofe pesan las convenciones, o quizá sea el orgullo.

En cuanto a Betty, la visión de su padre resultó estar equivocada, o quizá fue correcta, pero la interpretaron mal, como una catástrofe evitable, no ineludible. Sea como sea: John Binks, muerto. Janet Binks, muerta. Su hermana Sarah, el bebé de ella, Harriet, los gemelos: muertos. Clara, Maggie, Jenny Binks: todos muertos. La bebé Annie:

muerta. La otra futura bebé (o quizá, finalmente, el otro futuro bebé): muerta (o muerto).

Florence y la señora Price, cuyo nombre de pila resulta ser Ethna, se abrazan y sollozan, por Betty, por ellas mismas, por Belfast.

42.

Y así, la pequeña Betty Binks, desaparecida, junto con sus sueños de hacerse más alta, su ambición de tomar las riendas de la gran casa, de quedarse con las dádivas y el exceso de jarras de conservas y verduras. Desaparecidos su delantal y su gorro y sus alfileres y su cajón lleno de tiras de esparadrapo. Desaparecida la bandeja esmaltada mellada con la que su madre los enviaba los domingos a comprarle una barra de helado al hombre de la camioneta de tres ruedas. Desaparecida la gran tabla de planchar de roble que ocupaba media habitación y en la que ella, todos ellos, habían dormido de bebés en el cajón de abajo. Desaparecidos los trajes de baño de lana, cada vez más vencidos al ir pasando de hermana a hermana, tejidos a mano por su madre para el viaje anual a Bangor. Desaparecidos sus tesoros: el libro que le habían dado en la escuela dominical por no faltar casi nunca, con sus láminas en color, la historia de Pegaso, el caballo alado que cayó del cielo, y el *Heidi* de su hermana Clara. Desaparecida la gran Biblia de la familia con los nombres de todos los Binks desde antes de su padre, desde su abuelo, y que algún día iba a ser de ella. Desaparecida la expresión en el rostro de su padre cuando sonaba la gran sirena de los muelles y él iba hasta la puerta a ver a los trabajadores que salían, caminando alegremente, riendo y hablando, en grupos de tres o cuatro, botas, chaquetas, gorras planas de tweed, algunos de regreso a casa y otros a tomarse una pinta rápida antes de la cena, y él se sentaba en su silla a la puerta y lo saludaban con el brazo, Buenas noches, John, y Betty apoyaba la cabeza en su hombro y veía cuánto echaba él de menos todo aquello. Desaparecida la vez en que la llevó, cuando ella solo tenía siete u ocho años, a Queen's Island, al muelle Thompson, a ver dónde construían y botaban los grandes barcos, y camino de regreso se detuvieron en Queen's Quay, el embarcadero del carbón, como se lo conocía coloquialmente, a ver las montañas de oscuro y brillante carbón que descargaban los remolcadores de punta chata con sus embudos de color rojo. La luz resplandeciente del agua, las sombras repentinas en los sucios arcos de ladrillo del puente al pasar dos hombres en barca por debajo. La forma en que él señaló la silueta borrosa de la ciudad más allá del puente, más allá de la fábrica de gas, con el humo que se elevaba de sus altas chimeneas, y más allá aún las colinas, y él le dijo Esta es tu ciudad, Betty, que nadie te lo discuta. Desaparecida. Desaparecido el carrito que su padre les había hecho con cajas de madera y las ruedas de un cochecito viejo de bebé y una cuerda. Desaparecida la farola con viga transversal, de las victorianas, que los serenos iluminaban al anochecer, y que todos los demás niños del barrio usaban para agarrarse a ella y correr dando vueltas como en una noria, cosa que Betty misma seguía haciendo de vez en cuando aunque le provocara un poco de vergüenza. Desaparecido el tacto de las bocas de los caballos en las cocheras, que bajaban sus cabezas como de terciopelo para dar cuenta del mendrugo de pan o las briznas de hierba que habías arrancado para ellos, y que conseguían comerse a pesar del bocado de metal que tenían entre los dientes. Desaparecido el cálido aliento de tus hermanas pequeñas mientras iban a gatas por el suelo y se metían en la cama contigo por la noche, retorciéndote un mechón de pelo hasta quedarse dormidas. Desaparecida la sensación de triunfo al conseguir que un barquito de papel bajara todo el camino por el sumidero que daba al terreno adonde iba a parar el agua de las casas.

Desaparecido. Todo ello desaparecido, y sin que apenas quedara nadie que lo hubiese conocido y pudiera señalarlo para la posteridad.

43.

Cuando Audrey le dice a Richard que quiere dejarlo, él cree que es una broma. Las palabras le han salido de forma errática, a pesar de lo mucho que las había ensayado en su cabeza. Al principio él entiende que lo que quiere es posponer la boda. Cuando se da cuenta de que se refiere a para siempre, se queda inmóvil y palidece; da lástima verlo.

No sabes lo que dices. Estos últimos días han sido muy duros para ti. Richard respira hondo. Tienes una constitución muy delicada, mi amor. Creo que necesitas unos días de cama. Consultaré con tu padre un tranquilizante adecuado para ti.

Están en el salón de mañana. Él se levanta de forma abrupta, sale al pasillo y llama a Philip.

Audrey lo sigue. Richard, le dice, para. Para de una vez. No quiero ningún calmante, dice. No necesito un calmante. Lo que quiero en realidad, dice con tono contundente, es lo opuesto a un calmante, sea lo que sea eso. Quiero... un estimulante.

Audrey, amor mío, es obvio que estás alterada. ¡Philip!

Para horror de ella, aparece Padre, periódico en mano, que viene del salón a ver qué es toda esa escandalera. También llega Madre, que ha salido corriendo de la cocina.

Philip, dice Richard, has sido como un padre para mí. Los dos habéis sido muy amables conmigo. Sé que vais a apoyarme en esto. Audrey no es ella misma. Por Dios, ha dicho un montón de tonterías sobre anular la boda. Mi opinión personal y profesional es que está padeciendo una ligera crisis nerviosa.

Y entonces, el horror: Padre mira de Richard a Audrey, de Audrey de nuevo a Richard.

Padre, dice ella. Por favor. En serio.

Philip, dice Richard; con el debido respeto, pero podría tratarse de algo hereditario. Piensa en tu hermana Ruth.

Se produce un nuevo silencio, este aún más horrible.

Tengo que reconocer, dice Philip lentamente, que estoy más que un poco perplejo. Hace apenas unos días nos rogabas, y he de añadir que contra nuestro criterio, adelantar la boda, que no importaba que aún no tengáis casa propia y ni siquiera un piso alquilado. Hiciste trabajar a tu madre sin parar para tener el vestido a tiempo. Y también ha habido otras señales preocupantes, Audrey. Coger a esa niña y cruzar toda la ciudad con ella.

Pero, Padre...

Siempre has sido muy impulsiva, Audrey, sigue Padre. Hace mucho que lo pienso y que me preocupa. Actúas de forma muy improvisada, por capricho, dejándote llevar por tus emociones. Creo que Richard tiene razón cuando dice no comprender por qué las cosas tendrían que cambiar de repente.

Padre, dice Audrey, por favor.

No pasa nada, dice Richard. Te conozco, Audrey. Sé de tus cambios de humor y de tus... caprichos. ¿Crees que no me he dado cuenta? Te conozco mejor que tú misma. Por muy hereditario que quizá sea, voy a cuidar de ti. Te quiero.

Pero ella no te quiere a ti, suena la voz de Emma.

Audrey se vuelve. Su hermana está bajando por las escaleras. Ya están todos, piensa. Todos. Qué bochorno.

Emma, dice.

¿Me has oído?, dice Emma. Ella no te quiere. No quiere casarse contigo.

¿Es verdad eso?, pregunta Richard.

Tienes que decírselo, la anima Emma.

Audrey, dice Richard. Por Dios, Audrey. Y entonces, lo más horrible: él se pone de rodillas allí mismo, en el pasillo, con la boca torcida en esa mueca tan miserable y que a ella le resulta tan conocida.

Lo siento, dice. Lo siento, Richard. Por favor, levántate. Emma tiene razón.

Él se la queda mirando. Tiene la cara blanca.

No me quieres. Lo dices delante de tus padres y de tu hermana. Que no me quieres.

No te quiero.

Bien, dice él. Se pone en pie. Se vuelve, dándole la espalda. Se vuelve de nuevo hacia ella. Se ríe. Bien, dice.

Richard, dice ella. Lo siento. No es por ti. Es solo que... creo que aún no sé qué es el amor.

No seas ridícula, dice él.

Y añade Me has humillado de una forma inconcebible, y se da la vuelta y se va, cerrando de un golpe la puerta interior del porche y después la de entrada.

Durante un largo rato nadie se mueve.

Bueno, dice Padre.

Oh, Audrey, dice Madre.

Audrey, dice Emma, ¿estás bien?

Estoy bien, responde ella. Necesito un poco de... espacio.

Sale descalza, siguiendo el mismo camino que Richard, atraviesa el porche y el camino de entrada. Él ha dejado abierta la puerta de la verja; ella la cierra, colocando la ornada lengüeta metálica en el pasador. Piensa que tienen que repintarla: la pintura negra está pelada y hay mucho óxido. Antes era Tom Gracy el que se encargaba de esas cosas, pero no puede esperarse que esté en todo. También tienen que podar el magnolio, que ya está entorpeciendo el paso. Qué árbol tan poco destacado, el magnolio, excepto durante el breve tiempo en que parece tener velitas encendidas, hasta que las velitas se apagan y se le caen.

Todo va a cambiar, piensa de repente. Tom Gracy no va a regresar de Tanganica y querer dedicarse a esto de nuevo. Todo va a cambiar. De formas que aún no conocemos. Creo que no estoy pensando bien. O que nunca he pensado bien y ahora sí.

44.

El resto de mayo pasa a trompicones, una alerta nocturna tras otra. En el puesto de Emma se quedan sentadas en la oscuridad excepto por sus lámparas de queroseno, cogidas de la mano, esperando. Durante el día ayuda a Madre a hacer colas para conseguir la comida. Después de unos primeros días horribles sin alimentos en las tiendas, sin seguridad en las calles, sin nadie que impidiera el pillaje desesperado de lo que quedaba, sin agua, las estaciones de bombeo de las alcantarillas sin funcionar, la porquería desbordándose por las calles y causando riesgos para la salud pública, que había que arreglar yendo casa por casa a advertir a la gente sobre el riesgo de brotes de cólera... después de esos días, las cosas se han calmado un poco.

Aún hay colas largas como toda Belmont Road ante el colmado y la pescadería, y, en cuanto a la carne, solo hay tripas y dados de carne para guisar. Las panaderías trabajan día y noche, pero casi todo lo que producen es requisado, ya que no hay nada que darles a los sin techo excepto pan y té. El suministro del gas sigue siendo errático, y cuando pasa el carbonero les da la mitad de lo habitual y les dice que tienen suerte de recibir algo.

En las calles de alrededor del puesto, que ellas patrullan

cada día repartiendo folletos y vendando heridas, se ven las frases *Nos hemos ido a Ballymena* o *Nos hemos ido a Bangor* escritas con tiza en las paredes de casas sin techo y sin ventanas. Incluso muchas casas aún habitables han sido abandonadas. El ruego oficial, en los diarios y en los carteles pegados en los postes de toda la ciudad, es *Quédese en casa si puede*. La radio apela cada día a que aquellos cuyas casas no hayan sufrido daños regresen a ellas; el campo está demasiado lleno. Pero la gente tiene miedo. En los obituarios, la lista de nombres bajo *Por acciones enemigas* ocupa cada día columnas y columnas y columnas.

Emma tiene un recorte del *Northern Whig* que lleva siempre cuidadosamente doblado en el bolsillo del mono. Es del 22 de abril.

> Mientras las brigadas de demolición trabajaban sin descanso para eliminar los siniestros recordatorios del ataque a Belfast del miércoles, ayer fueron enterradas las víctimas no reclamadas y desconocidas del raid. Los coches fúnebres eran camiones militares. Las mujeres se arrodillaban en las calles apiñadas de la zona del mercado y rezaban al pasar la procesión. Soldados, marinos, aviadores, miembros de la defensa civil y policías saludaban; las persianas estaban bajadas y las banderas a media asta. A lo largo de la ruta hasta los cementerios el tráfico rodado se quedaba en silencio, y las amas de casa mostraban su dolor mudo a las puertas de las casas. El cortejo pasó ante pilas de escombros, que eran lo único que quedaba de las viviendas de muchas de las víctimas. Donde antes jugaban los niños, ahora soldados y civiles se tomaban un des-

> canso y, palas y picos en mano, se colocaban en posición de firmes. En los cementerios se congregaron grandes multitudes, entre ellas un soldado de permiso cuyo hogar había sido destruido, y que no sabe si su esposa y sus cuatro hijos están muertos o se han salvado.

Emma quiere ir a los cementerios, tanto el de Milltown como el municipal, pero aún no lo ha hecho, aún no lo ha hecho.

Una tarde especialmente desesperada vuelve a la galería de arte del museo, a la sala a la que la había llevado Sylvia. Aquel día Sylvia la había llevado a la sala Sir John Lavery, a ver las tres docenas de cuadros que él había donado al museo unos años atrás; había muerto aquel mismo enero, dijo Sylvia, pero probablemente pasaría a la historia como uno de los mejores pintores que había dado nunca la ciudad.

Mi padre lo conoció una vez, añadió, y Emma esperó a que siguiera, a que se lo contara, pero Sylvia no dijo nada más y ella no se lo pidió; pensó, claro, que ya tendrían tiempo, mucho tiempo, para contárselo todo la una a la otra, tardes tranquilas y noches y mañanas en que llegarían a conocerse hasta el último detalle.

En la sala Lavery no había nadie más. Fueron pasando ante los paisajes, los retratos, el *Segundo estudio del rey, la reina, el príncipe de Gales y la princesa Mary*; *Su Eminencia el cardenal Logue*; *Eileen, su primera comunión*; cerezos.

Este, dijo Sylvia, y se detuvo ante uno titulado *El puente en Grez*. Dos damas eduardianas, de blanco y de cuello alto, una con un parasol, la otra con sombrero, en una barca de remos bajo el arco de un puente de piedra, las dos mirando hacia el espectador, como si el pintor las hubiese atrapado en un momento privado. La vastedad del agua inmóvil del río, la luz de la mañana.

Oh..., dijo Emma, intentando, casi consiguiendo comprender.

Y este otro, dijo Sylvia. *Bahía de Tánger*.

Otra barca, esta vez demasiado lejana como para ver bien a sus dos ocupantes, que se han alejado mucho mucho sobre las olas de color aguamarina y celeste.

La primera luz de la mañana, dijo Sylvia. La primera luz de la mañana, y el crepúsculo veraniego, y todo el día entre ambos.

Se quedaron allí paradas.

Vas a ir a tantos lugares... dijo Sylvia. Cuando todo esto acabe.

Ojalá pudiera besarte, dijo Emma. Mira, aquí no hay nadie, no nos verán. ¿Puedo, Sylvia? ¿Puedo besarte ahora?

Oh, Emma, dijo Sylvia. Más tarde. Ya habrá tiempo para todo lo que queremos hacer, todo. Pero mira, esto es lo que quería mostrarte.

En la pared más cercana a la puerta, con un elaborado marco dorado, una pintura de una ventana, una ventana de guillotina, la hoja subida del todo, la persiana bajada del todo. De espaldas al espectador, con las rodillas en un diván, mirando hacia fuera, una joven con un vaporoso vestido blanco eduardiano. Ante ella, una mesa con cosas de desayuno, una cafetera plateada, una azucarera. A través de la ventana, las siluetas grises azuladas de los tejados, y, a la vastedad de la pálida luz matinal, atrapados en los rayos dorados de primera hora como vencejos o golondrinas, a gran altura, aviones en combate. *La ventana del estudio*, dice la placa.

Es la vastedad, dijo Sylvia. La inmovilidad. ¿Las sientes? Es la inconsecuencia de lo que somos y todo lo que hacemos. Aquí estamos, atrapadas en el remolino, pero todo pasará. Todo.

¿Eso querías decirme?, preguntó Emma.

Quería decirte que tenemos este momento, dijo Sylvia. Incluso con todo lo demás, tenemos este momento, tenemos esto.

Y eso fue todo lo que tuvimos, dice Emma ahora. No había nada más, Sylvia, absolutamente nada más. Todo el tiempo que dijiste que tendríamos, todos los lugares... no tuvimos nada de eso.

En el cuadro, la mujer del vestido blanco sigue mirando, esperando. Toda la habitación, todo el cielo, esperan a que suceda lo que tenga que suceder a continuación.

Y ahora ya ha sucedido, dice Emma.

Cansada, rehace sus pasos por la galería hasta la salida.

En el vestíbulo se encuentra de forma totalmente inesperada con Carol, que ha ido con su prima.

¡Emma!, vente a tomar el té y un bollo con nosotras, le propone. Georgette, esta es mi buena amiga Emma, de Primeros Auxilios. Emma, Georgette es enfermera en el Royal. De repente se me ha ocurrido, esta misma tarde, que quizá, cuando todo esto acabe, yo también estudie para enfermera. Igual podríamos hacerlo juntas. ¿Qué te parece, Emma? ¿No estaríamos guapas con el gorrito y el delantal blancos? Desde luego, sería todo un cambio de llevar esos horrorosos monos viejos, y sigue parloteando, y antes de darle tiempo a decir sí o no, Carol le pasa el brazo y las tres se dirigen juntas al salón de té, Carol no para de hablar, y es un alivio, piensa Emma, porque así no tiene que hacer nada o que pensar ahora qué, ahora qué, como un personaje de dibujos animados que ha seguido caminando por un barranco y ahora patalea desesperado en el aire, y ahora puede dejarse llevar durante un rato, seguir a la estela de otra.

45.

La noche de luna llena de mayo: luna de flores, luna de la Madre. Está empezando a salir, pálida en el borde del cielo aún luminoso. Los cerezos del jardín de Circular Road están en flor, y Audrey está tumbada debajo.

Quiero noches suaves y aire, piensa, y trinos de pájaros, y caminar con alguien, ¡oh, cuánto lo deseo!, con alguien con quien me resulte inconcebible no estar, alguien sin quien, sí, me sienta desolada...

Mientras la luz empieza a disminuir, las flores parecen brillar más por un momento. Lleva este pensamiento, susurra Audrey, suave, suave, en la brisa, hasta quien sea esa persona, donde esté...

Emma sale por las puertas francesas al patio, se detiene un momento, baja al jardín. De repente siente el impulso de quitarse los calcetines; siente la fresca hierba bajo los pies desnudos, entre los dedos. Se sienta al lado de Audrey, recuesta el pecho en sus rodillas.

Hola, le dice.

Hola.

Al cabo de un rato ella también se tumba. El mecerse de

las flores, el cielo que oscurece. ¿Aparecerán esta noche los bombarderos? Quizá sí, quizá no, piensa, y por un momento el contemplar ambas posibilidades, iguales y opuestas, la marea.

¿Es una bendición o una maldición, duda, el tener que vivir para siempre sin ti, o, como en uno de esos ingeniosos cuentos de hadas, parece una de las dos cosas pero resulta ser la otra?

Audrey, como si hubiese percibido el tenor del pensamiento de su hermana, extiende una mano y le coge la suya.

Se quedan allí, tumbadas.

Los últimos trinos. Murciélagos que pasan volando, libres, girando sobre sí mismos.

Creo que voy a irme de casa, dice Emma.

Durante un momento Audrey no dice nada. Entonces dice ¿Adónde irás?

Con mi amiga Carol. Su prima es enfermera en el Royal, y a su casera va a quedarle una habitación libre, al lado de University Road. Normalmente solo se la alquila a enfermeras, pero la prima, Georgette, dice que puede recomendarme. Creo que voy a intentar estudiar para enfermera. Padre cree que es buena idea. Pero aún no se lo he dicho a Madre, y no les he dicho a ninguno de los dos la parte de irme de casa.

¿No estarías más segura aquí?, Audrey no puede evitar preguntarle.

Eso es lo que también dirá Madre. Pero esta guerra aún puede durar años, años y años, y yo no puedo esperar a que se acabe para empezar a vivir mi vida.

Yo no quiero una vida normal, dice Audrey. No quiero casarme, Emma, y creo que ni siquiera quiero tener hijos. A ver, a esa niña que encontré la apreciaba mucho. Pero no deseo tener niños propios. Ni siquiera cuando tengo al pequeño Peter en brazos. No creo haber querido tenerlos nunca, aunque pensara que sí. Y ahora... no sé. Podría hacer muchas cosas. ¿Crees que nuestra generación será la que las haga?

Emma cierra los ojos. Entonces dice Yo solo quiero una vida normal. O, al menos, poder vivirla con normalidad.

Pasa un momento largo.

Emma, dice Audrey. Nota como se le calientan las mejillas.

Un momento más tarde Emma contesta ¿Sí?

Voy a echarte de menos, dice Audrey, y mientras lo dice se da cuenta de que es cierto. Oh, Emma, qué raro va a parecer esto sin ti.

En algún momento tenían que cambiar las cosas, replica Emma.

Lo sé, dice Audrey. Sé que tenían que cambiar. Sé que cambiarán. Pero, aun así...

Últimamente, dice Emma, intento pensar: Que sea lo que sea. Es lo que me repito a mí misma: Que sea lo que sea, que sea lo que sea. Hay que esperar lo que sea sin miedo, sin desmayo.

Sin des-mayo, dice Audrey. Sin des-junio. Sin lo que sea.

¿Chicas?

Florence aparece a las puertas francesas. Chicas, pasan once minutos de las once de la noche. ¿Qué estáis haciendo?

Ven, Madre, dice Audrey, sin moverse. Ven a ver.

Agradecimientos

Estoy en deuda con el denso y magistral *The Belfast Blitz: The City in the War Years* (Ulster Historial Foundation, 2015), la obra de toda una vida, y con la maravillosa introducción que hace Stephen Douds a las voces de algunas de las víctimas documentadas del *Blitz* en *The Belfast Blitz: The People's Story* (The Blackstaff Press, 2015). Moya Woodside, que hace un cameo aquí, y Emma Duffin, del voluntariado civil —en homenaje a la cual he nombrado a mi Emma—, y cuyos diarios de Observación de Masas se encuentran al completo en los archivos del PRONI, merecen novelas propias. Los extraordinarios diarios de Doreen Bates han sido publicados como *Diary of a Wartime Love Affair* (Viking, 2016), editados, en un acto de gran amor y generosidad, por los gemelos que tuvo después del final de mi novela. Les agradezco mucho cederme a su madre como personaje en estas páginas. Mi agradecimiento también a las memorias brillantemente vívidas, frescas e irreverentes de Elizabeth McCullough, *A Square Peg: An Ulster Childhood* (Marino Books, 1997), que contiene dos años de su diario de adolescencia, uno de ellos de 1941: para mí ha sido una mina de oro.

Otros libros de ensayo que me han resultado especialmente útiles y que pueden ser de interés para los lectores:

James Doherty, *Post 381: Memoirs of a Belfast Air Raid Warden* (Friar's Bush Press, 1989).

Alice Kane, *Songs and Sayings of an Ulster Childhood* (Wolfhound Press, 1983).

Ronnie Munck y Bill Rolston, *Belfast in the Thirties: An Oral History* (The Blackstaff Press, 1987).

Guy Woodward, *Culture, Northern Ireland & the Second World War* (Oxford University Press, 2015).

Y, por supuesto, la novela semiautobiográfica de Brian Moore, *The Emperor of Ice-Cream* (André Deutsch, 1965).

También estoy agradecida a la gente con la que hablé sobre sus experiencias en el *Blitz* durante el proceso de investigación y redacción de esta novela. Debo dar las gracias en especial a Nessie Patterson por su calidez, su ingenio y su paciencia al compartir sus recuerdos de infancia conmigo, y a Margot Neill, que se tomó el tiempo durante el año de su 103 cumpleaños para responder a mis preguntas sobre sus experiencias de guerra como jefa de sección en el Centro de Mando de Stormont. Gracias asimismo a Stella Archer y a Chris Corlett y Peter Sellers por acordar y facilitarme esas conversaciones.

La escritura de este libro ha sido posible gracias a una beca del Fondo de Contingencia COVID-19 de la Sociedad de Autores y a un premio AEP del Consejo de las Artes de Irlanda del Norte: mi más profundo agradecimiento a todos aquellos que trabajaron en la obtención y reparto de subsidios aquella primavera de 2020.

Gracias a Damian Smyth, del Consejo de las Artes de Irlanda del Norte; a Peter Straus, de RCW, y a todos en Faber, especialmente Angus Cargill, Libby Marshall, Josh Smith, Lizzie Bishop, Kate Ward y Eleanor Crow, y gracias a Silvia Crompton.

Gracias a Glenn Patterson por los libros, los mapas, la ciudad.

Gracias a Joe Thomas por sus repetidas lecturas.

Gracias a mis padres, Maureen y Peter Caldwell, a los que envié en innumerables misiones de investigación, como identificar árboles concretos, ángulos precisos de visión y diseños de parqué, cuando el viajar era imposible y los portales de internet insuficientes.

Por fin, gracias sobre todo a Tom, William y Orla. Si bien no sería cierto decir que lo vivieron todo conmigo, sí vivieron conmigo durante todo el proceso.

Porque estos días se conviertan en aquellos días, y por toda la vida que nos permitan nuestros días.